Louise Finch
Death. Life. Repeat.
Die ewigen Leben der Clara Hart.

LOUISE FINCH

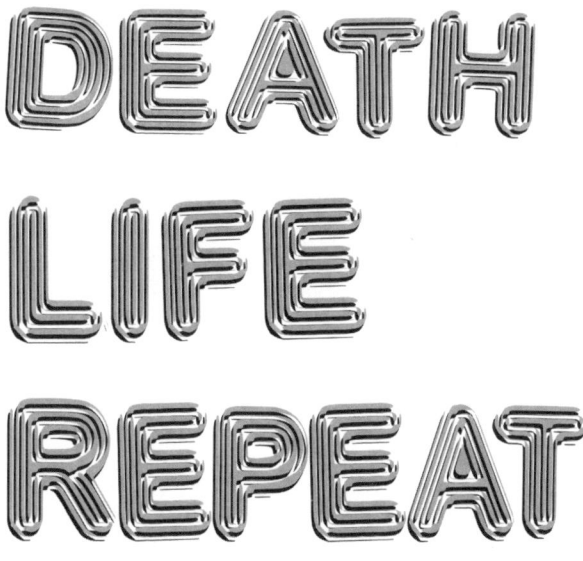

DEATH LIFE REPEAT

Die ewigen Leben der Clara Hart

Aus dem Englischen von Wolfgang Egle

Roman

Dieses Buch ist erhältlich als:
ISBN 978-3-407-75939-9 Print
ISBN 978-3-407-75948-1 E-Book (EPUB)

© 2024 Beltz & Gelberg
in der Verlagsgruppe Beltz · Weinheim Basel
Werderstraße 10, 69469 Weinheim
Alle deutschsprachigen Rechte vorbehalten
© 2022 Louise Finch. All rights reserved.
Erschienen 2022 bei Little Island unter dem Titel
The eternal return of Clara Hart
Übersetzung: Wolfgang Egle
Lektorat: Andrea Baron
Neue Rechtschreibung
Umschlaggestaltung: Annabelle von Sperber
Herstellung und Satz: Elisabeth Werner
Druck und Bindung: Beltz Grafische Betriebe, Bad Langensalza
Beltz Grafische Betriebe ist ein klimaneutrales Unternehmen
(ID 15985-2104-100).
Printed in Germany
1 2 3 4 5   28 27 26 25 24

Weitere Informationen zu unseren Autor:innen und Titeln finden Sie unter:
www.beltz.de

Vor mir liegt wieder eine Leiche.

Sterne bohren sich durch den Nachthimmel und am Boden funkeln Glasscherben. Kälte, feuchte Luft und Laub über dem Grünstreifen. Blut auf der Straße und Rollsplitt in *ihrer* Haut. Mein Atem kratzt im Hals. Dränge mir meine Fingerknöchel in den Mund, ich beiße drauf.

Was ist los mit diesem Tag? Der Tod windet sich durch ihn wie Stacheldraht – der Tod vom letzten Jahr und nun dieser. Fünfmal sollte man dasselbe Mädchen echt nicht sterben sehen.

Vor mir liegt eine Leiche und ihre Augen sind geschlossen. Noch jedenfalls.

Nur ein paar Stunden, dann wacht sie auf. Dann geht alles von vorne los, für uns.

Es tut mir leid.

Ich kauere, glätte ihr Haar. Bin ganz nah.

Wach auf, Clara. Wir sind ein Team, du und ich.

DAS ERSTE MAL

1.1

Dieser Tag ist ein gestohlener.

Sie nennen ihn den *Jahrestag* meiner Mum. Nee, das klingt einfach falsch für mich.

Nicht für so einen Tag. Dieses im Kalender lauernde Datum stiehlt dir jeden Tag aufs Neue deine Lebenslust, nur um dich zuletzt hinterrücks umzuklatschen. Ich steck meinen Kopf in den Sand – bloß wegsehen – und doch frag ich mich jeden Morgen: Ist es schon so weit?

Heute?

Und wenn es dann tatsächlich so weit ist, habe ich natürlich nicht diese Frage in meinem Kopf.

Sondern:

Ist mir da gerade so ein Arsch ins Auto reingefahren?

Scheiße Mann, ein paar Sekunden und *der Tag* wird allen Erwartungen gerecht.

Sogar noch beschissener. An Schicksal glaub ich aber keinesfalls. Ironisch, nicht?

Danke, liebes Universum. Aber nein danke.

Ich kratz mir den Schlaf aus dem Auge und gähne. In meinem Wagen aufzuwachen ist ein neuer Tiefpunkt; vom Gegen-die-Tür-Lehnen tut der Nacken weh, meine Gelenke knacken,

Krawatte zu eng und der Mund belegt und siffig wie altes Spülwasser. Ein Streifen Schulparkplatz im Rückspiegel.

Ah, ja, klar, ich merk's schon: Parke versteckt in einem toten Winkel, unsichtbar für Lehrer. Und für diesen Idioten scheinbar genauso.

Der Wagen, der in mich reingefahren ist, fährt auf den Platz neben mir. Zerdeppterter roter Micra – einer der wenigen Schüler mit Lappen, aber die Karre hab ich noch nie gesehen.

Ich fall aus der Tür, steck mir mein zerknittertes Hemd in die Hose und marschier auf seine Fahrerseite zu. Wuchte mein ganzes Gewicht gegen die offene Tür, bevor der überhaupt sein Bein rausbekommt.

»Ey!«, ruf ich.

Ich kenn *sie*: Clara Hart. Schwarze Haare, spitzes Näschen und die Ohren gepierct, aber dafür in tadelloser Uniform. Ihre Lippen in der ihr üblichen Ablehnung zusammengepresst, unter zusammengekniffenen Augen. Kein Wunder, dass die mir reingefahren ist – vor lauter Überheblichkeit nichts gesehen.

»Du hast mein scheiß Auto gerammt!«

»Auch dir einen *Happy Friday*, Spence. Du weißt, dass du zu spät zur ersten Stunde kommst?«

Clara versucht sich vorbeizudrängeln.

Ich ziehe sie am Arm. »Da. Schau.«

»Verzeihung?!« Sie reißt sich los und bedenkt mich mit einem bösen Blick, folgt mir aber trotzdem zur Rückseite meines MG Oldtimers. Energisch deute ich mit dem Finger auf das glänzende verchromte Heck und halte inne. Nach Hunderten Werkstattstunden mit dem Wagen kenn ich jeden Zentimeter an ihm besser als meine eigenen Hände.

Und die Stoßstange ist makellos. Verdammt perfekt ist die.
Ich sage: »Stoßstange is' zerkratzt.«
»Entschuldige bitte, wo?«
»Genau. Da.« Selbst ich bin davon nicht überzeugt.
Clara kneift die Augen zusammen, die Hände in die Hüften gestemmt. »Da ist nix. Was soll ich denn an absolutem Garnichts machen? Willst Du meine Versicherungsdaten?«
Ihre dunklen Augenbrauen sind kampfbereit hochgezogen. Meine Augen wandern über ihren verbeulten Micra. Fahre mit der Zunge über die Zähne und spüre, wie peinliche Wärme in meine Brust kriecht. Wer ist denn hier eigentlich das Arschloch?
Ich sage: »Würd mich wundern, wenn jemand den da noch versichert.«
Sie hält zwei Finger hoch und zählt ab. »Erstens, ich bin dir nicht mal reingefahren, guck selbst! Und zweitens hat nicht jeder reiche Mamis und Papis, die ihnen ein Auto kaufen.«
»Ach, wirklich?« Doch mein Herz zieht sich zusammen. Zeigt damit, was sie längst weiß. Eher nicht reich. Keine Mutter.
»Kann ich gehen?« Sie hält den zweiten Finger immer noch hoch, als hätte sie ihn ganz vergessen.
»Einige von uns haben Ansprüche, denen sie tatsächlich gerecht werden müssen.«
»Was?«
»Hast Du im Straßengraben gepennt?« Sie verzieht die Nase.
»Da hast du Fahren gelernt, oder?«
Jesus, *im Straßengraben fahren?* Ich ignoriere die Nichtexistenz meiner Schlagfertigkeit und mach den Kofferraum auf, um an meine Tasche zu kommen. Claras selbstzufriedenes Gesicht kann ich mir echt nicht geben. Klar, ich bin heute Mor-

gen schon ein bisschen durch, aber immerhin baller ich nicht in anderer Leute Autos.

Das hätte ich mal sagen sollen.

Clara holt ihren Kram aus dem Auto und stampft davon, ihre Tasche hüpft auf der Hüfte und ein schwarzes Skizzenbuch klemmt unterm Arm. Sie ist ein überlanges Ausrufezeichen; dunkle Haare, dunkelblaue Schuluniform und schwarze, klobige Stiefel, die an die blassesten Beine anschließen, die je einer gesehen hat.

Ich leg mir was Kluges und Bissiges zurecht, das ich ihr nachrufen kann, da kommt von ihr über die Schulter »Geh mal duschen!«. Sie knickt um und stolpert, fällt beinahe. Dreht sich nicht mehr um und sieht auch nicht, wie ich mich vor Lachen biege.

Karma is a bitch, Clara.

Ich folge ihr mit angemessenem Abstand, damit ich sie nicht einhole. Die erste Stunde wäre mir eigentlich egal, wenn ich nicht wüsste, dass Anthony richtig angepisst wäre, wenn ich ihn das allein durchstehen ließe.

Er hat mir auch eine Nachricht geschickt, wo ich sei, und ich geh davon aus, dass er an *den Tag* gedacht hat. Was mich ziemlich berührt.

Ich setze eine entschuldigende Grimasse für Mr Barnes auf, als ich in den Stuhl gleite. Anthony klopft mir auf die Schulter und betrachtet mich, sein Blick wird düster. Vielleicht stinke ich wirklich. In Anthonys Hugo Boss-Wolke kann ich das nicht mehr einschätzen.

»Hat's mit deinem Vater wieder geknallt?«, fragt er.

Ich schüttel den Kopf, behalte die Augen auf dem Schreibtisch. »Ohne Reden gibts auch keinen Streit.«

Wenn man nicht daheim ist, kann man auch nicht reden. Und ich denk, Anthony will was zu *diesem Tag* sagen, aber dann kommt »Gut, mein Lieber, alles klar. Hast du deinen Philosophieaufsatz geschrieben?«

Die Erinnerung daran schwebt irgendwo im Nebel von letzter Nacht. Mit zwei Bier im Kopf den Aufsatz angefangen, aber ich könnte genauso gut im Koma schreiben und immer noch etwas Vernünftiges raushauen. Egal, ist sowieso kaum relevant. Paar Wochen bis zu den Ferien, den Prüfungen und dann ist das alles nicht mehr wichtig. Außerdem lese ich noch mal drüber. Qualitätscheck und so.

Anthony faltet einen Papierflieger und schießt ihn gegen meinen Kopf. »Also bist du doch mehr als ein hübsches Gesicht, was?«

»Nicht mal das.«

Um uns herum hängen Schüler auf ihren Tischen, lerngeschädigt und freitagsfühlig, bereit, ins Wochenende zu stolpern. Ein paar Reihen weiter schreibt Clara in ihr Notizbuch. Ich versuche sie durch Anstarren zum Umdrehen zu bringen und sich noch mal richtig dafür zu schämen, beinahe meine Stoßstange eingedrückt zu haben. Aber sie behält den Kopf unten.

Es klingelt. Ich mache mich bereit zum Gehen, aber Mr Barnes hält mich zurück mit einem »James Spencer? Hierbleiben.« Er schließt die Tür vor einer Truppe von Schülern, die sich für die nächste Stunde setzen möchten, und wir sind allein.

Barnes rutscht auf der Ecke seines Schreibtisches herum, bis es ihm zu unbequem wird und er mit der Sprache herausrückt, was los ist. Sein Blick geht über mein zerknittertes

Hemd, meine schlampige Krawatte, meine seit Tagen ungewaschenen Haare. Jetzt geht's los:

»Ist alles gut bei dir, James?«

»Klar, passt.«

»Du warst heute Morgen wieder zu spät.«

Ja, offensichtlich. Schon ganz okay, der Mr Barnes. Dürre Bohnenstange und Glatzkopf. Heute mal in Braun mit limettengrüner Krawatte als Farbakzent; sein Blazer juckt in meinen Augen. Ich will ja echt nicht unhöflich sein, das bekommt er oft genug ab, doch Clara kam auch zu spät und muss sie etwa zu diesem Verhör?

»Passt«, wiederhole ich.

»Deine Leistung lässt auch zu wünschen übrig.«

»Ja, stimmt.«

Pause. Vielleicht versucht Barnes, zwischen den Zeilen zu lesen.

»Du weißt doch, dass du jederzeit zu mir oder jedem anderen Lehrer kommen kannst, wenn du Redebedarf hast, ja?«

Und los geht's. Hab mich schon gewundert, wann er auf den Punkt kommt. Barnes interessiert sich, wie alle, geradezu für mein Unergründliches, Düsteres. Damit er meine ausgekotzten Gefühle analysieren kann und mir dann erzählt, dass das alles nicht so wichtig ist wie eine 1+ in Philosophie.

»Kann ich jetzt gehen?«

»Ich seh dich in Philosophie. Versuch, pünktlich zu sein.«

Barnes faltet die Hände zusammen und seine Lippen werden schmal. Ein Sinnbild der Sorge. Ich weiß schon, warum, klar. Man will nicht, dass mein Heulen, Drogenmissbrauch oder gar Vandalismus auf ihre Kappe geht. Nicht noch ein durchgeknallter Schüler in der Statistik; jedenfalls nicht ohne vernünftige Prüfungsnoten in der Akte. Barnes ist nett, wie gesagt, trotzdem besser, mich daran festzuhalten, dass mich von denen niemand wirklich kennt. Bloß nicht drauf reinfallen. Ich bin ein weiteres Kind auf dem Fließband. Teil des Jobs, bis zum Feierabend.

Ich verplempere die erste Hälfte der Pause unter der Dusche in der Turnhalle. Deo kümmert sich um das Gestern in meinem Hemd. Man sieht immer noch, dass ich drin geschlafen habe, aber unterm Blazer bemerkt das keiner. Kaugummi für die Zähne. Zwei Paracetamol setze ich auf mein schepperndes Hirn an.

Als ich meine Freunde wiedersehe, bin ich schon fast wieder ein Mensch.

Anthony und Worm sitzen in der Cafeteria, wo wir die meiste Zeit unserer Freistunden verbringen. Die beiden sehen aus wie ein Abendessen – teurer Klotz von Steak neben ein paar gammeligen, dünnen Fritten auf dem grauen Tisch. In der Cafeteria riecht es andauernd nach tot gekochtem Gemüse, damit immer noch besser als im Gemeinschaftsraum. Deutlich besser als der Gemeinschaftsgeruch.

Anthony legt die Beine auf einen Stuhl und grinst. Worm zieht ein schmollendes Gesicht.

Da habe ich wohl etwas Spannendes verpasst, doch es juckt mich nicht. Die Cafeteria ist beinahe leer. Nur bisschen Verkehr beim Fressautomaten. Gerade deswegen hängt Anthony hier gerne rum. Der schaut nach *Vögelchen* wie ein Ornithologe.

»Lach doch mal, Mia«, krakelt er zu einem vorbeikommenden Mädchen. Gerade rutsche ich in einen der Stühle, da dreht sich Anthony zu Worm und mir und haut noch raus: »Ich wüsst schon, wie man der mal gute Laune macht!«

»Schokolade?«, frage ich, während Mia eine Münze in den Automaten wirft. Sie wagt einen Blick über die Schulter und ich schenke ihr ein mitleidiges Lächeln. Absolut peinlich, wie Anthony sich verhält. Der will gerade etwas sagen, aber ich dränge mich weg vom Tisch, meine Hände suchen Kleingeld in den Taschen. An Mia vorbei, die mit ihrem Snack in den Händen gerade rausgeht.

Anthony brüllt »Heute Party! Bring deine Schwester mit!«

Mia hat's gehört und reckt nur ihren Arm, dreht sich nicht um, bleibt nicht stehen.

Ich fummle 50 Pence in den Automaten für ein Mars, geh zurück zum Tisch und höre Anthony, »Mia ist so 3,5 Sterne von 5; guter Service, aber nicht noch mal.«

Das schon wieder. Als hätte ich noch genug Hirnkapazität, Mia zu bewerten. Anthony stößt mich mit dem Fuß an, und, nachdem er mich nachgerade gezwungen hat, sie mit einer Nummer zu bewerten, sag ich: »Nee, Mann, kein Plan. Drei maximal.«

Anthony sagt: »Du würdest eh, wenn du könntest.«

»Nee, lass ma.«

Sein Lächeln schwindet. »Wir sehen uns um sieben?«

Aber klar doch. Ich halt das Grummeln in meinem Bauch mit den Händen zurück und kaue auf meiner Wange. Mache ein Geräusch in Richtung Anthony, das alles und gar nichts sagt.

Hätte vor Wochen etwas sagen sollen, als die Party geplant wurde.

Hab wohl gehofft, dass Anthony einfach einknicken würde;

denkt an den Jahrestag meiner Mum und plant alles um. Aber er hat's wohl vergessen, ist halt auch nicht seine Mum; und jetzt schau ich raus aus diesem Loch, in dem ich hänge. Und sage: »Vielleicht.«

»Heut macht er mal 'nen Ruhigen, Ant«, sagt Worm und kommt mir grad zuvor.

»Ja, sicher«, drück ich durch die Zähne.

Worm lässt es erst ruhig angehen, wenn er in der Kiste liegt.

Anthonys Partys sind legendär. Seit er in der zehnten Klasse zum ersten Mal sturmfrei hatte, entwickelten sie sich von harmloser Einsteigeranarchie – stockbesoffene Sardinen, zwanzig Kids zusammengequetscht im Abstellraum unter der Treppe – zum legendären Chaos der letzten paar Male.

Jeder erinnert sich an eine Mansbridge-Party oder zumindest ans erste Dreiviertel davon. Letztes Mal hat Worm um neun Uhr abends komplett nackt in den Whirlpool gepisst. Hat er noch nicht ganz verwunden. Würde ich auch nicht, wenn mich die Mädels an der Schule immer noch »Die Rote Rakete« nennen würden. Ist ja nicht viel schlimmer als »Worm«, aber es gehen Gerüchte, dass sein Gehänge doch mehr nach Hund als nach Mann aussieht.

Worm erinnert sich nur ungerne daran.

»Weißt du was? Ich denk, ich pack's heute nicht«, sag ich mit entschuldigendem Ton.

»Was?« Anthony tritt mir nur sanft in die Rippen. »Ach, sei mal nicht so. Du kannst uns doch nicht deiner Gesellschaft entziehen, nur weil du gestern ein bisschen zu viel Spaß allein hattest. Komm schon, leg dir mal 'n paar Eier zu.« Von seinem verurteilenden Blick wird mir ganz heiß im Nacken.

»Ich denke, ich sollte 'n bisschen langsamer machen.«

»Ach was. Kontertrinken und so weiter.«

»Klar, aber –«

»Und wir sind beinahe fertig mit dem Mist hier.« Er weist mit der Hand auf die ganze hygienisch saubere Umgebung. Die letzte Party, bevor der richtige Lernstress und die Prüfungen losgehen. Ich weiß, dass du das feiern willst, Mann.«

Ich zwinge meine Lippen zu einem Lächeln. Ergibt keinen Sinn, darauf zu beharren und zu riskieren, dass Anthony die Freundschaft auf Eis legt, solange es ihm passt. Er kann ziemlich kleinlich sein und ich pack diesen Tag nicht allein.

Vielleicht lässt er's gut sein, wenn ich sage, warum ich nicht kann. Aber es gibt Tote-Eltern-Regeln: Mach es nicht öfter zum Thema, als du wirklich musst; der Tod zieht runter wie sonst nichts. Mein Trauma ist weitaus uninteressanter für andere Leute als für mich. Außerdem, neben der Party ist meine einzige andere Option ein Abend zu Hause; mit Dad, der einen Bogen um das Thema macht. Mir einreden, dass der Jahrestag nicht heute ist. Mir einreden, dass Mom ganz bald von der Arbeit kommt. Nee, wenn ich mir schon was einrede, dann lieber unter Menschen, die keine Ahnung von der Wahrheit haben.

»Außerdem«, Anthony beäugt mich von der Seite. »Was für ein Freund wärst du, wenn du nicht mit mir feierst, dass Bee und ich auseinander sind.«

Da ist es: sein Ass, die Trennung. Anthony hat mich.

Er hat recht. Du kannst einen Kumpel nicht im Stich lassen, der gerade verlassen wurde. Nicht mal, wenn ausschließlich sein Stolz verletzt ist. Nicht mal, wenn ich einen unglaublichen Kater habe. Nicht mal, wenn ich die letzte Person bin, die Mitleid empfinden sollte.

»Also, kommst du?«

Ich schaue zu Worm, der an seiner Krawatte fummelt.

»Spence, sag schon was, Junge«, sagt Anthony und wird dann abgelenkt »Aber hallo, schau mal da.«

»Jesus.«

Die schon wieder. Die mir reingefahren ist. Stolziert durch die Cafeteria, als ob sie uns nicht sehen könnte. Als wären wir gar nicht da.

»Was?«, kommentiert Anthony meinen Ausdruck. »Die ist in Ordnung. Wolltest Du nicht mal was von der, Spence?«

»Nein«, antworte ich zu schnell.

»Der würde ich die Seele rausbumsen«, pflichtet Worm bei. »War die schon immer hier?«

»Gott sei Dank gibt's die Pubertät«, sagt Anthony. »Erstaunlich, oder? Im einen Augenblick sind sie traurige kleine Versagerinnen mit schwarzem Lippenstift und Babyspeck und im nächsten saugt sich das ganze Fett in die Titten und den Arsch.« Er macht ein schlürfendes Geräusch und fasst sich an die Brust.

»Eben, genau *so* funktioniert das«, sag ich. »Scheiß auf Biologie und so, ja?«

»Vier Sterne. Sieht aus der Entfernung genau richtig aus. Würde ich weiterempfehlen.«

»Keine Sterne. Beschädigt angekommen«, grummele ich mit Gedanken an meinen Wagen und seine emotionalen Narben.

»Ich werd sie einladen.«

»Mach schon, Ant«, kichert Worm.

Ich sag: »Nee, komm –«

»Hey. Heute Party bei mir?«

Clara bleibt stehen. Hält inne mit ihrem aufgerissenen

Bounty vorm Mund – *beschissener Geschmack an Snacks* ins Vorstrafenregister hinzugefügt – und sagt: »Joa, nee danke.«

»Komm schon«, sagt Anthony. »Du bekommst eine Geld-zurück-Garantie, falls du keinen Spaß hast: Komm zu *einer* Party, die nächste gibts umsonst. Spezielles Schnupperangebot. Du bekommst sogar eine Hausführung von mir persönlich.«

Claras Blick haftet auf dem Boden. Fühlt sich wahrscheinlich komisch an, überhaupt mit Anthony zu reden.

Unrecht hat er nicht. Vielleicht, vor langer langer Zeit, war ich mal fünf Minuten lang interessiert. Wir sind ein kleiner Jahrgang. Kleinstadt. Geringe Auswahl an Mädchen. Und Clara ist nicht hässlich, auch wenn der Nasenstecker und die gedehnten Tunnel in ihren mehrfach gepiercten Ohren sehr nach Aufmerksamkeit bemüht aussehen. Würde Anthony mich weiter nerven, gäbe ich ihr dreieinhalb Sterne – Punktabzüge für Fahrstil und Persönlichkeit. Clara ist eine von denen, die nicht mitmacht. Eine von denen, die ganz bewusst abseitssteht, als wäre *sie* diejenige, die *uns* ablehnt. Jemand, den keiner von uns wiedererkennt, wenn er in fünf Jahren das Jahrgangsfoto ausgräbt. Nicht lustig. Nicht erinnerungswürdig. Einfach gar nichts.

Bei Leuten wie Clara wird mir gleich ganz anders; glauben sich total erhaben über den Rest von uns, die doch einfach nur versuchen, irgendwie über die Runden zu kommen. Partys, Sportklubs und schlechte Entscheidungen gehören eben zur gemeinschaftlichen Jacke, die sich nicht jeder anziehen möchte. Sie war schon immer so. Immer. Solange ich mich erinnern kann. Je nach Perspektive kann man ihre Haltung interessant oder nervig finden – und ich weiß genau, wo ich stehe.

Clara reißt den Kopf hoch und spricht, warum auch immer,

mich an und nicht Anthony. »Nein danke. Ich hab von euren Partys gehört und habe Besseres mit meinem Abend zu tun, als jemandem zuzuschauen, wie er auf einen Tisch kackt oder mir einen Tripper einzufangen.«

Sie beißt in ihren Kokosdreck und schlendert davon, viel zu arrogant.

»Denk drüber nach«, brüllt Anthony ihr nach. Abschätzig ergänzt er: »Pfft. Tripper. Hätt sie wohl gerne.«

Ich muss lachen, aber Schmerz schießt durch mein Rückenmark, ein Echo des vermeintlichen Aufpralls, der mich geweckt hat, und ich schrecke gerade zum richtigen Zeitpunkt auf, um Anthony noh mal sagen zu hören, »Pfft. Tripper. Hätte sie wohl gerne.«

Diesmal lache ich nicht, weil was zum Teufel? So eine aufdringliche Art Déjà-vu ist das, das fühlst du tief in der Magengrube.

Eben einfach *dieser Tag*, der noch die schrägsten Wege findet, richtig nachzutreten, wenn ich schon am Boden liege.

1.2

Ich wühle mich durch meinen Schultag – Freistunde, Philosophie, Mittagessen, Geschichte, frei – und komme am anderen Ende wieder raus. Zu Hause stehe ich vor meiner Haustür, den Schlüssel in der Hand, schau mir die Kletterrosen am Fenster an und versuche auf deren Namen zu kommen. Komisch, dass Pflanzen Namen haben. Komisch, dass Pflanzen länger leben als wir. Ich reiß mich zusammen und gehe rein.

Das Haus ist still wie ein Grab. Ich werfe meine Tasche in

eine Ecke des Flurs und schließe die Wohnzimmertür. Ich muss jetzt nicht unsere großen Einbaubücherregale sehen, die früher mit abgewetzten Taschenbüchern vom Flohmarkt vollgestopft waren, jetzt nur noch voll Staub und ein paar alten Steven Kings von Dad sind. Die Küche sieht nicht viel besser aus; unser kleiner Kalender ist noch aus dem letzten Jahr und die Uhr über der Tür zeigt beständig Viertel nach eins; Batterie leer. Als Filmkulisse würde das niemanden überzeugen.

Ich wünschte, ich könnte die Uhrzeiger bewegen, beschleunigen, mit heute fertig werden und morgen weitermachen. Stattdessen das Übliche: Mikrowelle klingelt, Toaster rappelt und ich setz mich hin mit Pasta auf Toast und einer Coke mit einem Schüsschen Wodka aus der Flasche in meiner Schultasche. Danach spüle ich und trockne ab, verwische alle Spuren meiner Mahlzeit.

Halb fünf liege ich ausgestreckt auf dem Teppich in meinem Zimmer, die normalerweise perfekte Ordnung gestört durch Alltagskrempel, Bücher, Laptop, Wiederholungsnotizen zu Nietzsche; als wäre das beim ersten Mal noch nicht genug mindfuck gewesen. *Black Hole Sun* stöhnt aus meinen Lautsprechern. Ich starre vor mich hin, als im Gang Schritte näherkommen und – los geht's, wie immer – eine Pause und dann Klopfen. Ich knalle meinen Laptop zu und drei strahlende Gesichter werden dunkel.

Dads Kopf taucht auf. Seine tiefbraunen Augen verschwimmen hinter der Brille, die Stirn ist zerfurcht. Er zögert.

»Was gibt's?«

Er reibt sich die Nase. »Wie war äh ... wie war dein Tag?«

Ich zuck mit den Achseln. »Deiner?«

»Ach, du weißt schon. Überschaubar. Nicht der einfachste,

um ehrlich zu sein, James ...« sagt Dad. »Wolltest Du etwas essen? Ich –«

»Nee, hab bei 'nem Freund gegessen.«

»Gut.«

»Joa.«

Ich starre den Teppich an. »Nicht der einfachste.« Jesus. »Überschaubar« Mein Hals schnürt sich zu.

»Du warst gestern Nacht bei Anthony, oder?«

»Äh, klar«, lüge ich. Gestern Nacht hab ich Abstand gebraucht. Gestern Nacht war ich allein, bin Dad aus dem Weg gegangen. Gestern Nacht hab ich mich mit Bier abgefüllt, bis ich all die Gedanken an ihn verwässert hatte oder die an Mum oder an dieses Haus oder an überhaupt alles. Gestern Nacht habe ich in der schäbigsten Ecke des Schulparkplatzes geparkt, einfach weil mir kein anderer Ort einfiel, der nicht nach *ihm* stank, nach *ihr* und diesem verdammten Scheißtag, den ich nicht kommen sehen wollte.

Wäre auch kaum möglich, ihm das zu erklären. Glücklicherweise hat Dad keine Ahnung, wo ich war; sein Geist ist nicht abwesend, der ist ausgewandert. Empfänger unbekannt verzogen.

Dad bemerkt die Lüge nicht. Mit seinen leeren Fragen fertig, beginnt er sich abzuwenden und ich seh mich schon wieder ganz allein in diesem Zimmer hocken. Stelle mir vor, dass es die ganze Nacht so geht. Sehe ganz deutlich eine Vision von *diesem Tag* genau vor einem Jahr, als ich erkennen musste, dass die Welt nie wieder dieselbe sein würde. Zähle im Kopf all die kleinen Dinge auf, die ein toter Mensch nie wieder tun wird, genau wie bei Dads sinnlosen Fragen: Freunde treffen, Mittagessen, Zähneputzen ...

»Gehe später noch raus.« Laut, damit er es auch hört. »Party bei Anthony.«

»Oh ...« Sein Kopf erscheint wieder. »Oh.« Traurig. »Heute Abend?«

Ich nicke. Warte. Erwarte ein bisschen Widerstand. Und will es auch ein bisschen; wer geht schon an so einem Tag zu einer Party? Aber die Tür schnappt ins Schloss und das war's.

Ich klappe den Laptop auf. Auf meinem Desktophintergrund sind wir – Foto von ihr, mir, Dad – strahlend wie eine Familie aus dem Bilderbuch. Ich kann mich nicht an den Klang ihres Lachens erinnern.

»Sinnlos, ne?«, nuschle ich.

Schon okay, ehrlich. Dad möchte auch nicht, dass ich durchs Haus geistere und ihn an sie erinnere. Abstand ist besser für uns. Wir haben keinen Halt, sind wie kippende Dominosteine auf dem Weg nach unten. Wenn wir uns zu nahekommen und einer fällt, sind wir beide dran.

Ich mache die Musik aus und lasse eine Serienfolge laufen, auf die ich mich nicht konzentrieren kann. Die Welt ist mal wieder untergegangen und nur die attraktiven Leute sind übrig. Ich schau zu, bis mein Verstand sich verabschiedet. Die nächste Episode kommt automatisch. Die Zeit vergeht in Abschnitten von dreißig Minuten, bis ich mich anziehen muss und los zu dieser verdammten Party.

Rufe zum Abschied und bin raus, bevor Dad antworten kann. Im Auto, als ich gerade losfahre, überkommen mich Kopfschmerzen. Es dröhnt tief in meinen Knochen.

Schlag um Schlag um Schlag, wie eine Uhr. Wie Gefahr. Wie ein Countdown.

Wir feiern bei Anthony aus genau einem Grund: sein Haus. Es liegt außerhalb unseres Städtchens bei den noblen Dörfern, wo Autos auf geschwungenen Landstraßen viel zu schnell fahren und sich Ungetüme aus Ziegeln hinter hohen Hecken verbergen. Große Häuser, noch größere Gärten, glänzende Autos, Kleintierzucht und Hunde groß wie Ponys. Übers Grün verstreut, als hätte unsere Stadt sie ausgespuckt. Spießer, wo man nur hinschaut.

Bei Anthony fühlt es sich an wie mein zweites zu Hause, seit die Mansbridges vor sieben Jahren hier aufschlugen, um dem feindlichen London zu entkommen. Mr *Nenn-mich-Dom* Mansbridge wurde von der Presse gehetzt, weil er der Kopf hinter einer windigen »Vermögensberatung« im Ausland war, die für ein paar C-Prominente deren überschüssige Millionen versteckte. Nichts Verbotenes, aber wie Dad beim Kaffee moserte, »nicht die feine englische Art.«

Man sieht das Gesicht von Mr M manchmal immer noch in der Zeitung, was die Mansbridges für diese Stadt zu so etwas wie Berühmtheiten macht. Kein Wunder, dass die Partys riesig sind. Der Ruch. Der Glanz. Die abwesenden Eltern.

Auf dem Marmortresen in der Küche steht der Sprit: billiges Zeug und geklautes Zeug, Bier, Schnaps, Cider. Sektflaschen von Mädchen, die so tun, als hätten sie Klasse.

Ein paar Fremde stehen herum und Mädchen aus der zwölften Stufe, zu hübsch, um sie anzusprechen. Ich komme an. Trinke. Schenke nach. Trinke.

Solange ich es noch fertigbringe, hole ich meine Gitarre aus dem Auto und spiel ein bisschen was für die Leute im Garten. Nur die Klassiker – Zeug, bei dem auch Eltern mitsingen könnten. Zuschauer werden zum Publikum, manche singen mit.

Die Menge, das ist, warum ich Spielen gelernt habe, warum ich nach Unterricht bettelte, nachdem ich die Geige aufgab. Mum sagte, ich würde es mit der Gitarre auch nicht durchhalten, aber sie hat die Anziehung, ein Musiker zu sein, vom ersten Tag missverstanden, als sie für mich die Geige aussuchte. Es ist zu bezweifeln, dass ich die Massen mit Brahms begeistern könnte. Ich wechsle zu etwas Besserem: »One More Cup of Coffee«, aber keiner kennt den Text.

»Hör mal, willst du, dass wir uns alle die Pulsadern aufschneiden?«, fragt mich Bee, die mit wehendem Erdbeerblond neben mich fällt. »Kennst Du denn nichts anderes?«

»Given to Fly?«, biete ich an.

»Immer so düster. Ich mein irgendwas Lustiges, Schönes. Was hast Du denn für mich?« Bee wackelt mich mit ihren Augenbrauen an. Zwei Herzschläge voller intensiver, merkwürdiger Stille.

Ich lache und fahre mit der Hand durch meine Haare, sage: »Nur Trauermusik. Muss doch zur Stimmung passen.«

Sie schnappt sich die Gitarre, klopft einen Takt und singt eine Zeile der Arctic Monkeys, hört dann abrupt auf und schmollt.

Mein Magen zieht sich zusammen. Bee ist ein verdammt angenehmer Mensch. Sie ist außerdem komplett symmetrisch, von den Beinen bis zu den Wimpern. Weil wir Schüler so geistvolle Menschen sind, ist ihre Attraktivität einer der Hauptgründe, warum Leute Bee so lieben. Und wenn ich Leute sage, meine ich alle, eingeschlossen Anthony bis vor fünf Tagen. Apropos:

»Nicht bisschen unsensibel von dir, dass du hier bist?«

Spöttisch schiebt sie eine Handvoll Locken weg, während

ihre Kettchen dazu klimpern. »Gott, wir tun jetzt nicht so, als sei Anthony von den jüngsten Geschehnissen sonderlich getroffen, oder?«

»Ich denk mal, der ist hart im Nehmen.«

»Das hat er vor, glaube ich. Wenn er denn was Warmes findet, das er noch nicht hart genommen hat.«

Ich zucke mit den Achseln.

»Definitiv keine meiner besten Entscheidungen«, sagt sie.

»Ja«, sage ich etwas zu mitfühlend. »Von all den Jungs ...«

Ein Lächeln breitet sich über Bees Gesicht aus. »Was für Alternativen hätte ich denn gehabt, mein kleiner Spence?«

Tief aus meiner Kehle kommt ein komisches Geräusch. Die verdammte Bee weiß genau, was für Alternativen. Sie macht mich fertig mit dem Mist. Ich schnapp meine Gitarre und lasse die Saiten brummen.

Bee zieht, weiß Gott woher, einen Loli mit Colageschmack. Sie steckt ihn mir in den Mund, steht auf, fegt Fussel von ihren Schenkeln und reicht mir ihre Hand.

Wir gehen rein und ich erkenne, dass ich die goldene Chance verpasst habe, wieder allein mit Bee zu reden, ganz der miserable Bastard, der ich bin. Stattdessen werde ich zu sinnlosen Trinkspielen genötigt, Flaschen drehen, Flaschen leeren. Ehe der Colalutscher sich in meinem Mund aufgelöst hat, bin total am Ende. Trinke. Schenke nach. Trinke. Ich tanze mies und laber noch mieseres Zeug. Trinke. Die Welt dreht sich schneller. Trinke.

Noch nicht mal elf Uhr und alles ist bereits gekippt. Draußen hängt Mia Turner künstlerisch von goldenen Scheinwerfern beleuchtet auf einer Gartenbank. Sie hält dunkles, lockiges Haar nach hinten und kotzt in einen Blumentopf. Auf der anderen Seite, ungestört von Mias Darbietung, frisst sich ein Paar halb auf. Und dann ist da noch Lana, die Shaun gegen die Hauswand reitet und Felix, der drinnen einen Trichter säuft; der Boden ist rutschig und muffiger Grasgeruch dringt aus dunklen Ecken.

Das Wohnzimmer zerfällt in Lärm und Farben und Chaos. Körper klatschen zusammen, unkoordiniert, unsauber. Manche bleiben stehen, manche bleiben liegen. Manche schwingen und andere schlingern. Die Luft ist stickig von Alkohol und schlechtem Deodorant. Der Herzschlag der Party dröhnt aus den Wänden und raubt mir die Energie.

Ich hab inzwischen alles satt, wünschte ich könnte allen sagen, dass sie sich verpissen sollen. Frage mich, warum ich überhaupt gekommen bin.

Ich sehe alles mit Weichzeichner. Meine Hand ist klebrig von einem übergeschwappten Getränk. Ich schlängele mich durch das blau gestrichene Wohnzimmer auf der Suche nach einem bekannten Gesicht. Mein Schienbein knallt an den Beistelltisch und ich werde fündig.

Worm, halb verschwunden in kastanienbraunem Leder. Er wendet den Kopf ab, als ich neben ihn auf das Sofa falle.

»Na also, Worm. Heute 'nen Ruhigen?« Ein unverständliches Grunzen kommt aus den Kissen. »Kotzt du auch nicht auf die Couch?«

Noch ein Grunzen.

»Willst du Wasser?«

Er dreht sich mir zu, die Gesichtszüge verzerrt. »Alles, was ich will, du Vogel, ist, in Ruhe allein zu sterben.«

»Klar.«

»Wie ein besiegter Tiger in der Serengeti.«
»In der Serengeti leben keine Tiger, mein Lieber.«

Ich hebe seine Brillen auf und setze sie ihm auf. Er stöhnt, faselt irgendwas von David Attenborough und reibt sich mit dünnen Fingern die Augen. Ich tätschel ihn und empfehle dem edlen und stolzen Wildtier ein kleines Schläfchen, ist er doch mehr verletztes Erdmännchen als majestätisches Raubtier. Er wälzt sich um. Ich setze mich auf seinen Rücken und versuche klarzukommen.

Etwas fällt mir durch einen Spalt ins Auge. Schwarzes Haar weht, ein funkelndes Ohr. Ich stelle mich aufs Sofa, mit den Füßen auf Worms Kopf, um über die Menge blicken zu können.

Stellt sich also heraus, dass Clara Hart wirklich nichts Besseres mit ihrem Abend vorhatte. Sie ist hier – dort – tanzt in der Meute. Trägerkleid, weit ausgeschnitten, dass man ihr weißes Dekolleté sehen kann, einen Hauch schwarzer Spitze.

Clara tanzt so, wie Menschen es immer wünschen zu tanzen, komplett enthemmt, mit geschlossenen Augen. Sie hält die Hände über dem Kopf, ihr Kinn wiegt sich unter feuchten Haaren. Sie verschüttet den Inhalt ihres Bechers über sich selbst und bespritzt die umstehenden Leute. Mit geschlossenen Augen kann sie die Blicke, die auf sie gerichtet sind, nicht sehen, auch nicht, wie ihr alle aus dem Weg gehen. Aber ich sehe es.

Ich wusste nicht, dass Clara gerne tanzt. Wusste auch nicht, dass sie gerne feiert.

Ich führe meinen Becher an die Lippen und trinke ihn komplett aus. Anthony drückt sich durch die Menge. Er kommt ihr näher und Clara wendet sich ihm zu. Sie bemerkt meinen Blick und zeigt in meine Richtung. Gestikuliert. Aber Anthony hat seine Hand auf ihrer Hüfte. Überall.

Tripper? Hätte sie wohl gerne ... Ich lache, aber nur trocken, kratzig. Clara schaut immer noch zu mir, aber scheiß drauf.

1.3.

Ich geh mir einen neuen Drink holen.
 Getränk gefunden, leer, neu. Stolpern, Hose, Reißverschluss.
 Am Treppenaufgang eine Notiz festgemacht:
 DENK NICHT MAL DRAN, MOTHERFUCKER
 Ich denk dran. Ich torkel daran vorbei und arbeite mich an den Pfosten hoch. Das Obergeschoss ist Sperrgebiet dank des makellosen Teppichbodens und es zeigt deutlich, wie sehr jeder die Mansbrige-Partys liebt, wenn alle dieses Schild auch respektieren.
 Entweder das oder es zeigt deutlich, dass keiner rausfliegen will. Ryan hat es beim letzten Mal auf die harte Tour gelernt, als Anthony die Musik ausgemacht und ihn weggeschickt hatte. Er ließ Ryan erst mal ziemlich vor sich kriechen. Was für eine Show.
 So oder so, niemand ist hier oben. Absolut niemand. Nicht mal die verzweifelten Seelen aus der Toilettenschlange. Habe ich auf meinem Weg hierher gesehen; ein Fließband von drückenden Blasen, Mädchen kneifen die Beine zusammen und gehen in Grüppchen, als ließe sich mit Publikum besser pissen.
 Mein Gehirn schwappt gegen die Seiten meines Schädels. Ich kann kaum noch aufrecht stehen.
 Ich brauche ein Versteck, einen Platz, wo ich die Augen schließen kann, ohne eine Augenbraue zu verlieren oder einen Eddingpenis im Gesicht zu gewinnen. Mir schon einmal

passiert und ich hab definitiv daraus gelernt. Aber als ich Anthonys Zimmertür öffne, ist er dort, neben seinem Bett im Dunkeln. Ich mach das Licht an und er schreckt zusammen.

»Oh Gott, Kumpel.« Er seufzt erleichtert und kramt weiter in seinen Schubladen. »Ich dachte schon, du seist ein Regelbrecher.«

Anthonys Zimmer sieht zerwühlt aus, überall Klamotten, Tassen und Teller auf allen Flächen gestapelt. Zu meinen Füßen liegt ein Wäscheberg. Ich taumle, als ich eine Socke vom Boden aufhebe.

»Scheiße, ich bin einer. Ich bin ein Rebell.«

»Bisschen drüber?«

»Verdammt langweilig da unten.« Ich zwinkere ihn an. Er versteht mich.

»Aha«, sagt er. »Weißt du, was du brauchst?«

Er richtet sich auf, dreht seine Hand und zeigt, was? Alles verschwommen. Pillen oder Pulver oder was-auch-immer.

Ich trete einen Schritt zurück. »Nee. Nee. Ich nicht.«

»Pussy. Das würde dich aufrichten. Vielleicht.«

Anthony geht den Inhalt durch. Vielleicht bin ich eine Pussy. Verpasse wahrscheinlich den Spaß, weil Lehrer dem kleinen zwölfjährigen Spence Angst machten, dass er beim ersten Mal direkt dran stirbt.

Aber als ich bereit bin, einen Schritt zu machen und einmal einzuwilligen, meine Hand aufzuhalten für was-immer-da-kommt zuckt eine Erinnerung von Mum durch meinen Kopf: Enttäuschung auf ihrem Gesicht, weil ich meinen Magen auf die Türschwelle entleert habe, nach einem gescheiterten ersten Experiment mit Wodka. Sie würde es hassen und genau das hasse ich.

Anthony sagt: »Du hast schon genug Müll in deinen Körper gekippt. Der Suff bringt dich eher um.«
»Sterben müssen wir alle.«
»Schon okay.« Anthony packt sein Zeug wieder in die Schublade. »Hast Du genug von der Party?«
»Nee.«
»Willst Du dich mal hinlegen?«
»Bitte.«
Anthony führt mich zum Zimmer seines Bruders, aufgeräumt und leer, seit Eric vor fünf Jahren zur Uni gegangen ist. Jetzt sehen wir ihn nur noch online.

Anthony bugsiert mich auf die Bettlaken. Er zieht mir die Schuhe aus und ich nuschle eine Entschuldigung, dass ich sie noch anhabe – der Teppich, Jesus, bin ich denn ein Tier?

Die Decke wabert, doch wenn ich die Augen schließe, rast das Dunkel auf mich zu. Offen ist besser.

»Lass meine Hose an, Dreckschwein.« Ichtrete nach Anthony, der meine Jeans anfasst.

Er hebt beschwichtigend die Hände. Ich rolle auf den Bauch. Keine Ahnung, warum Jungs immer so erpicht drauf sind, einen auszuziehen, wenn man besoffen ist. Als wäre das Aufwachen in Jeans mit zerknitterter Haut und wunden Eiern so viel schlimmer, als ohne scheiß Klamotten aufzuwachen.

Ein bisschen später wache ich auf. Immer noch in Erics Zimmer. Immer noch angezogen, zerknitterte Haut und wunde Eier, einfach alles. Musik wummert, Gelächter zieht herauf, ordentlich Gesprächslärm, Rufe und das Geplatsche im Whirlpool.

Eine Tür knallt irgendwo im Flur.

Ich schau auf mein Handy: kurz nach Mitternacht, peinlich

früh, um schon schlafen gelegt zu werden. Immerhin bedeutet das einen neuen Tag, es ist nicht länger der Jahrestag von irgendwas. Ich hüpfe aus dem Bett und lasse diesen Ballast hinter mir. Der Timer wird neu gestellt.

Meine Stiefel stehen auf dem Boden, ich will reinschlüpfen und scheitere. Ich ignoriere sie und stehe mit wackeligen Beinen auf. Schaue noh mal auf mein Handy, während ich durch den Gang marschiere.

Anthony und Worm waren fleißig. Im Gruppenchat sind Selfies von ihnen, wie sie Mädchen die Wangen lecken. Immer das gleiche Spielchen. Überrascht mich, dass die Mädchen sich das noch gefallen lassen, aber vielleicht mögen sie es heimlich. Eins hat den Titel »Schmeckt wie Hähnchen«.

Da sind auch Fotos von Clara. Hart drüber. Die Lider hängen, Spaghettiträger auf halbmast, auf der Haut ein Film von Schweiß. Sie stand kurz vor einem Nippelblitzer – wann? Vor einer halben Stunde.

Clara Hart, wer hätte es gedacht. Schätze, sie weiß doch, wie man Spaß hat.

An der Treppe angelangt, höre ich ein gedämpftes Kichern. Anthonys Zimmertür ist geschlossen, aber ich würde Worms dreckige Lache überall erkennen. Ich greife nach dem Türgriff und drücke. Der Riegel bewegt sich, aber sonst tut sich nichts.

»Worm.« Ich hau gegen das Holz. Wieder und wieder, dann lehne ich meinen Kopf dagegen. »Ey, du ekelhafter Scheißkerl. Ich hoff mal, du rauchst nicht da drin.«

Das Klicken des Schlüssels im Schloss. Ich lege die Hand drauf und schiebe. Sie öffnet sich kaum, wird dann heftig vor mir geschlossen.

»Was zum …?«

»Spence?« Anthonys Stimme.

»Mach die Tür auf, Vollidiot.«

Er öffnet sie einen Spalt. Sein Kopf und Arm tauchen auf, sein Ellbogen gegen den Türrahmen versperrt mir den Zutritt.

»Macht's dir was aus?«, fragt er. »Ich bin hier sozusagen beschäftigt, wenn du weißt, was ich meine.«

»Ach ja?« Das ist kompletter Schwachsinn, da ich schließlich Worm gehört habe. Außer natürlich Anthony möchte mit Worm ganz allein sein, dann würde ich ihm für seine geschauspielerte Macho-Heterosexualität einen Preis verleihen.

Ich versuche zu schieben, bisschen Raum gewinnen. Anthony taumelt. Ich sehe sie.

Nur einen Augenblick. Zu viel Haut. Teile von ihr, von denen ich dachte, dass ich sie niemals sehen würde.

Die Tür drängt zurück. Anthony schiebt sich in den Spalt.

»Kannst Du mir mal ein bisschen Zeit lassen?«

»Ist Worm da drin?«

»Nein.«

»Hab ihn gehört.«

»Ist er nicht.«

Ich starre ihn an. »Was ...?«

»Spence, Kumpel, du musst dich jetzt –« Er stemmt sich fest gegen die Tür und ich stolpere in den Flur. »Verpissen.«

Die Tür fällt ins Schloss.

Ich starre die Tür an, immer noch nicht sicher, was ich gesehen habe. Nicht mal wen. War das nicht ... nee ... nicht Clara Hart.

Ich geh nach unten. Setz mich auf ein Sofa.

Sehe Menschen in und aus meinem Blickfeld tanzen. Keiner bleibt. Keiner fragt, was sollten sie auch fragen?

Ich steh auf, schenke mir einen Drink ein. Nehme den Drink mit zum Sofa und sitze. Trommle mit dem Finger auf dem Becher. Trinke ein bisschen mehr; die Mischung im Glas ist stark und wärmt mich.

Wünschte, ich könnte aufhören zu denken. Wünschte, ich hätte sie nicht so ausgestreckt daliegen sehen; es ist einfach falsch. Peinlich. Hat nicht mal versucht, sie zuzudecken. Verdammte Clara, die mich aufgeweckt hat, mir ins Auto gefahren, einmal quer durch die Party gestolpert ist. Die lässt mich einfach nicht in Ruhe.

Und *sie* war es, da bin ich mir fast sicher. Ich reibe meine Augen, bis alles warm wird und die Welt in Scherben fällt.

Ich kann kaum glauben, dass Anthony sie an Land gezogen hat. Das wird ihm morgen gut peinlich sein. Egal wie lustig sie jetzt ist, Clara ist kein Vergleich zu Bee. Bei Worm würd ich es sofort glauben. Worm würde sofort, gar kein Problem – wenn er denn überhaupt da drin war.

Wenn man vom Teufel spricht. Worm hüpft auf das Sofa, sein Blick ist wild. »Hey, hey, Spence! Na, ausgeschlafen?«

Ich starre ihn an. »Clara Hart? Ernsthaft?«

»Mann, die war richtig auf der Suche.« Er ist vollkommen aufgedreht. Sorglos. Ich denke, er würde mir gar zuzwinkern, wenn das seine Koordination zuließe. Sein Anblick ist es, mehr als seine Worte, der mich mitnimmt.

»Erbarmungslos.«

Sorge zerrt an Worms Lippen. Er kann sie kaum kontrollieren, klatschen aufeinander wie Fleischlappen. »Entspann dich. Das ist 'ne Party.«

»Ach wirklich?«

Das Lächeln kehrt auf sein Gesicht zurück. Ich schaue an die

Decke, als könnte ich vielleicht einen Blick darauf erhaschen, was dahinter vor sich geht. Zurück zu Worm. Sein dummes Gesicht, dicke Brillengläser.

»Gehts dir gut, mein Junge?«, fragt er, während er Blättchen und Tabak arrangiert.

Small Talk. *Smallest* Talk.

Ich schüttele mich. Komm schon. Das ist eine Party. Es ist Worm. Es ist Anthony. Und was ist überhaupt mein Problem? Ich schüttel den Kopf, schüttel die hab garen illoyalen Gedanken aus meinem Gehirn. Sie sind meine besten Kumpels. Ich bin ein Arschloch.

»Mädchen«, sag ich und seufze mit ganzer Energie. »Warum muss das immer so schmutzig enden?«

»Scheiße, du hast ja keine Ahnung.«

»Nein«, stimme ich zu.

Worm grinst. »Du hast sie doch vorhin tanzen sehen? Total am Ende.«

»Die wird sich richtig gefickt fühlen morgen.«

»Oh, das tut sie schon heute.« Worm lacht, tief und dreckig.

»Als ob.« Mir kommt Kotze hoch. Ich seh sie dort auf dem Bett.

Ist doch gar nichts. *Dieser Tag* macht mich paranoid, macht alles eine Nummer zu groß.

Muss mal klarkommen, muss mal –

»Weißt Du was?«, frage ich. »Du musst mich richtig high bekommen. Jetzt verdammt, sofort.«

Worm dreht. Ich schau zu, angespannt und mit weit aufgerissenen Augen. Frage mich, wie zur Hölle Claras Probleme zu meinen geworden sind, denke daran, wie sehr besser ich mich fühlen werde mit etwas zu Rauchen und einem Drink und wenn sie dann die Treppe runterkommt und mit ihren Freundinnen abklatscht, weil sie eine halbe Stunde mit dem beliebtesten Kerl der Schule zugebracht hat.

Sonst fühle ich mich eben besser nach dem Rauchen, fünf Drinks und etwas Schlaf. Alle Probleme erledigt: sie, ich, die ganze Welt.

Ich balanciere meine Ellbogen auf den Knien, als Geräusche aus dem Flur kommen. Holpern und Stöße. Klingt übel.

Über die Sofalehne bietet sich der Blick durch die offene Tür. Der Treppenaufgang ist gerahmt und somit auch Clara. Sie liegt ausgestreckt, halb auf dem Boden, halb auf der Treppe. Ich steh auf. Schaue zurück auf Worm, der nur Augen für sein Gras hat.

Claras Kleid hängt ihr um die Hüften und man kann die Unterwäsche sehen, schwarze Spitze.

Ich taumle, unkoordiniert, als wäre es ich und nicht Clara, der gerade wie ein Stein die Treppe runtergeschlittert kam. Ich sollte hingehen, helfen, ihre Kleidung zu richten, aber es wirkt falsch, sie anzufassen, also stehe ich einfach sinnlos herum.

Ich kann meine Augen nicht von ihr nehmen.

»Mein Gott, Clara.« Bee schießt an mir vorbei und kauert sich an Claras Seite, hilft ihr, sich aufzusetzen, zieht ihr Kleid in Form. Ich schlendere so lässig wie möglich rüber, bevor ich an Bees bösen Blicken bemerke, dass Lässigkeit gerade nicht gefragt ist.

»Is' sie okay?«, frag ich.

»Sie ist die Treppe runtergefallen.«

»Oh, klar.«

»Wie geht's deinem Kopf, Clara? Wo tut's weh?«, fragt Bee und Clara starrt, die Augen wie leere Fenster.

»Bisschen viel getrunken?«, werfe ich ein und Bee schaut mich vorwurfsvoll an. »Ist Anthony noch da oben?«

Clara schüttelt den Kopf.

»Lasst ihr mal ein bisschen Platz, Leute«, ruft Bee, auch wenn niemand ihr zuhört.

»Ist alles okay da unten?« Anthony taucht am oberen Ende der Treppe auf, schaut auf uns herab, von hinten beleuchtet wie irgendein allmächtiges Wesen. Er nimmt die ersten paar Stufen hinab.

Andere bekommen nun auch mit, was los ist, angezogen von Bees Schrei. Sie drängen sich in Türen, schauen um die Ecke, kommen aus dem Flur. Sie halten Abstand, weit genug, um unbeteiligt zu bleiben, doch nah genug, um zu sehen, was passiert, nah genug für mich, um das laute Flüstern zu hören: »In so einem Zustand ...«

Claras Kopf schnalzt nach oben. »Ich geh nach Hause.«

»Mein Gott, sei doch nicht so, hat doch keiner gesehen«, sagt Bee. »Bist doch nur ein bisschen gestolpert.«

Clara schafft es auf die Beine, rumpelt zur Haustür und bekommt sie irgendwie auf.

»Wo gehst du hin?«, fragt Bee.

»Nach Hause.«

»Nein, Clara, du kannst so doch nicht Auto fahren, Süße, du bist betrunken.«

Claras Augen schießen umher, schauen in alle unbesetzten Winkel. Sie schlingt die Arme um sich selbst, so eng, als würde sie versuchen zu verschwinden. »Ich lauf.«

»Was?«

»Sorry ... ich muss einfach«, sagt Clara von der Türschwelle aus, mit Blick nach innen.

Nasse Augen und den Mund zu klein gekniffen. Ihre Arme sind weiß und fleckig, rot, wo sie sich zu fest gequetscht hat.

»Sag ihr, dass das nicht geht.« Bee zeigt auf mich und ich antworte mit einem Achselzucken.

Clara beginnt über die Einfahrt wegzulaufen und Bee folgt ihr. Ich bleibe mit Anthony in der Tür stehen.

»Alles klar, mein Freund?«, fragt er. Wir sehen den Mädchen nach.

»Clara, wohin gehst du?«, ruft Bee ihr nach.

Clara läuft schneller, im Stakkato über den Kiesweg. Sie rennt und taumelt, zuckt und winselt, aber sie fällt nicht. Sie rennt durch das offene Tor und bleibt stehen.

Da ist absolut nichts. Kein Fußweg, keine Lichter.

Die Zeit spannt sich straff und wird ganz langsam, als es zu diesem Augenblick kommt.

Ich sehe Clara draußen im Dunkeln und Bee, die sie einholt. Clara schlagartig beleuchtet. Bee schreit.

Alles wird vorgespult. Ein Auto dort, wo Clara stand, und Clara ist weg. Nichts ergibt Sinn. Kies knirscht. Ein kalter Windhauch in meinem Mund. Die Handknöchel weiß. Und dann bin ich auf der Straße und da sind Glasscherben und kaputte Lichter und ein nackter Fuß im falschen Winkel und ich schau mir das nicht an. Werde mir das nicht anschauen.

Aber nein, ich kann die Augen nicht schließen.

1.4

Die Polizeiwache ist blau und weiß, sterile Farben, aber der Boden ist beschmutzt mit Flecken. Das viel zu helle Licht bringt meine Augen zum Tränen. Bringt mich dazu, etwas beichten zu wollen.

Einer der Polizisten ist ruhig und groß. Die Kleinere von ihnen spricht. Ihr Haar unter der Mütze ist braun und zurückgebunden, was ihr Gesicht lang zieht. Kaffeegestank wabert aus ihrem Mund, wenn sie sich zu weit vorbeugt, aber sie ist freundlich, also kann ich kaum sagen, dass sie mich anwidert.

Ich bin höflich. Beim Beantworten ihrer Fragen stolpere ich über die Wörter.

Clara ist im Krankenhaus, sagen sie.

Bee und ich warteten am Tor. Wir verschränkten unsere Finger ineinander. Wir zitterten gemeinsam, unsere Lippen zu kalt, um Lügen zu formen wie »Alles wird gut«.

Bees Kettchen klimperten an ihrem Handgelenk und sie nahm sie ab und warf alles auf den Kies. Anthony war weiß-Gott-wohin gegangen.

Der Rettungswagen kam, Polizei auch. Blaue blitzende Lichter zurückgeworfen vom Haus, den Bäumen, den Wolken, von unseren Gesichtern. Sie nahmen Clara mit.

Weiß nicht, wie ich vom Haus zur Polizeiwache kam. Kann mich nicht an Clara auf der Straße erinnern oder an die Fragen, welche die Polizisten stellten. Kann mich nicht an die Antworten erinnern, welche Bee ihnen gab. Kann mich nicht an den Namen dieses Polizisten erinnern. Diese harten Tatsachen sind verschwunden, genauso wie viele andere, nach denen mich die Polizistin weiterhin fragt.

»Sie rannte auf die Straße. Es hat sie erwischt.« Das ist das einzig Wichtige. Das Einzige, woran ich denken kann. Genauso wie –

»Kennst du Clara gut?«

»Aus der Schule.«

»Kannst du mir erklären, was Clara auf der Straße gemacht hat?«

Ich schüttel den Kopf. Sie schreibt etwas auf. »Sie wollte nach Haue«, sag ich. Die Polizistin notiert.

»Weißt du, ob sie irgendwas genommen hat?«

Schüttle den Kopf.

»Getrunken?«

Nicke.

»Drogen?«

Zucke mit den Achseln.

»Was hat Clara sonst noch auf der Party gemacht?«

Diese letzte Frage.

»Wie?«

»Könntest Du mir beschreiben, was Clara auf der Party getan hat?« Ihr Ausdruck ist einfühlsam, aber die Frage ist eine Falle. Mein Herz klopft schneller. Meine Gedanken wandern zu Clara auf Anthonys Bett, aber nein, das nicht. Clara würde nicht wollen, dass *sie* das wissen.

Ich schaue zu, wie mein Fingernagel die Stuhllehne entlangfährt, spüre rau die Plastikgänsehaut darunter. Absolut lächerlich, dass ich immer noch in Socken bin. Meine Zehen verkrampfen. Gras und Dreck hängen im Stoff; die Socken muss ich wohl wegschmeißen. Clara war barfuß.

Die Müdigkeit kommt schlagartig. Sie ergreift mich, reißt an mir. Wenn ich nicht bald schlafen kann, mache ich mir Sorgen, komische Dinge zu erzählen. Sie stehen schon Schlange an meiner Bewusstseinsgrenze.

Ich kann das Flehen nicht verbergen, als ich frage: »Kann ich jetzt gehen?«

Clara war völlig weggetreten, deswegen stand sie auf der Straße. Sie hätte niemals zur Party kommen sollen, wenn sie sich nicht im Griff hat. Alle haben gesehen, wie besoffen sie war, beim Tanzen und beim Trepperunterfallen. Beim Vor-Autos-Rennen. Hat meinen Tag ruiniert, von Anfang bis Ende.

Clara, dort auf der Straße. Ausgerechnet verdammt noch mal heute.

Bevor ich gehe, gibt mir die Polizistin eine Broschüre, die ich falte und einpacke, ohne sie zu lesen. Sie dankt mir für meine Zeit. Ich kann ihr nicht in die Augen schauen, als sie sagt, wie gut ich das gemacht habe und wie hilfreich ich war. Ich war nicht hilfreich.

»James. Oh, James«, sagt Dad, als ich raus in den Wartebereich komme. Keine Ahnung, wer ihn angerufen hat, aber Dad passt perfekt zwischen die abgegriffenen Plastikmöbel. Sein Anblick fühlt sich nach Versagen an. Dass er extra herkommen muss, um mich abzuholen.

Er geht auf mich zu, als wolle er mich berühren. Ich halte eine Hand hoch und er prallt von meiner unsichtbaren Barriere ab.

»Danke, dass du gekommen bist.«

»Du bist ...« Er schüttelt den Kopf, die Stirn zerfurcht, als der Satz einfach so verklingt. Ich warte darauf zu erfahren, was ich bin. Sinnlos. Zeitverschwendung. Dads Lippen zittern, ich kann mir nicht vorstellen, warum. Er sagt: »Alles klar. Ich bring dich nach Hause.«

»Hast Du Anthony oder Worm gesehen?«

»Tut mir leid, nur ein Mädchen.«

»Clara?« Meine dumme Frage ärgert mich. Natürlich nicht Clara. Clara ist im Krankenhaus. »Bee?«

Dad schüttelt traurig den Kopf. Jep, er hat keine Ahnung von meinen Freunden. Das war immer Mums Aufgabe.

Da ist ein Typ in Uniform. Kommt mir bekannt vor. Jemand, den ich vielleicht beim Haus gesehen habe. Ich frage: »Hey, äh. Gibts Neuigkeiten? Das Mädchen? Clara Hart?«

Ich schätze, der Typ erinnert sich auch an mich, weil er mich ansieht wie Dreck. Vielleicht bin ich das ja. Vielleicht weiß er ja, was ich getan habe. Aber ich hab nichts gemacht. Und jetzt weiß ich schon gar nicht mehr, wie er mich überhaupt ansieht.

Er antwortet: »Sie ist vor etwa einer Stunde gestorben. Kam bereits tot an.«

Ich nicke. Bin wie ausgehöhlt.

Auf der Fahrt zurück sagt Dad Dinge wie: »Du weißt, dass du mit mir reden kannst«, »schlimm so was mitanzusehen«, »das arme Mädchen«. Er setzt mir diese bedeutungslosen Schnipsel vor. Ich frage mich, ob er sich selbst nicht hören kann. Ich frage mich, ob er nicht die Parallelen sieht. Ob es nicht jedes Gefühl in ihm abtötet, bis er ganz taub ist, vom Schrecken der Ereignisse. Das ist passiert. Heute. Alles noch mal von vorne.

Scheiße.

»Mir geht's gut.« Ich versuche, die Mundwinkel hochzuschieben. »Brauche nur etwas Schlaf.«

»Wir reden dann morgen.«

»Vielleicht.«

Dad wagt einen verstohlenen Blick auf mich, wendet sich aber ruckartig ab, als sich unsere Augen begegnen.

Mein Kopf ist übervoll. Kein Platz für irgendwas. Meine Stirn ruckelt auf dem Metall des Autos und ich sehe mich und Dad in Stückchen zerrissen und Haut, Blut und Glas auf der Straße verteilt.

Nein.

Wir fahren in völliger Stille. Ich geh ins Bett. Starre meine dunkle Glühbirne an. Das Metall und Glas sind jetzt verschwunden. Stattdessen ist da ein Spruch, den ich nicht mehr aus dem Kopf bekomme. Als Clara getanzt hat, dieses Auf und Ab; stehen, in die Hocke, wieder stehen. Wie hat Anthony das immer genannt? Ach ja. Schlampen-Aufzug.

DAS ZWEITE MAL

2.1

Mein Auto gibt einen Ruck, schüttelt mich wach.

Moment. Auto?

Mir ist schon wieder jemand in den scheiß Wagen gefahren?

Ich mühe mich auf. Könnte schwören, im Bett eingeschlafen zu sein. Würde mein Leben darauf verwetten. Aber hier bin ich, in meinem Auto, umgeben von Snackverpackungen, Dosen und Papier, ganz genau wie gestern.

Gestern. Die Erinnerung holt mich ein. Polizei. Clara. Mum. Ich reibe mein Gesicht und versuche die Gedanken zu verjagen, aber sie durchfließen mich wie Blut. Als ich meine Hände sinken lasse, parkt ein schäbiger roter Micra gerade in die Bucht neben mir ein; große, entschuldigende Augen fixieren mich. Ein bekanntes Gesicht, das es nicht geben kann.

»Was zum ...?«

Ich dränge raus und bin am Heck des Autos, als sie ihre Tür öffnet. Sie. Clara.

»Du bist hier«, sage ich. Und sie ist es wirklich. Die Erleichterung ist keine Welle, sie ist ein verdammter Tsunami, und ich klammere mich an die Autotür wie an ein Rettungsboot. Dieses Mädchen ist hier und nicht einfach nur hier, sie ist unversehrt. Hat nicht mal einen Kratzer.

Sie ist gestorben.

»Warum zum Teufel bist du hier?«

»Mein Menschenrecht auf Bildung? Du weißt, dass du zu spät zur ersten Stunde kommst?« Sie versucht an mir vorbeizulaufen.

»Aber ... du warst bei Anthony.«

»Anthony Mansbridge? Ich glaube nicht.«

Ich fahre mit den Fingern durch mein Haar und nehme eine Geruchsprobe von meinem Körper. Alter Schweiß überlagert Deo von gestern.

»Es ist Samstag.«

»Wenn du meinst.« Claras Augen weiten sich, als wäre ich verrückt.

»Du bist mir schon wieder ins Auto gefahren.« Ich greife ihren Arm. Er ist warm, fest. Sie reißt sich von meinem Griff los und beäugt meinen silbernen MG, begutachtet ihn mit großer Geste, während ich versuche, meinen Verstand zusammenzusammeln.

»Ähm, nein?«, sagt sie.

Ich starre. Ich weiß, dass ich es tue. Sie ist gestorben. Clara Hart, fragwürdiges Einparken, Zerstörung meiner Träume. Sie ist hier. Das ist wie irgendwas aus *Black Mirror,* so ein ganz reales David Lynch-*what-the-fuck.*

»Wo warst du?« Ich greife nach ihr und schnappe mir wieder ihr Handgelenk, und sie ist immer noch echt. Immer noch warm. Ich drücke fest genug zu, um ihren Puls zu fühlen. Alles echt.

»Lass das sein!« Sie zieht den Arm weg, erschrocken. »Ich gebe dir meine Versicherungsdaten, wenn du das wirklich für nötig hältst. Aber wir müssen los. Du solltest vielleicht mal ... einen Augenblick ausruhen. Vielleicht mal in den Spiegel schauen.

Ich starre.

Sie marschiert Richtung Schule. Ich sehe ihr nach.

»Und vielleicht eine Dusche«, trägt der Wind zu mir. Ihr Knöchel verdreht sich und so auch ihr ganzer Körper, Arme schnellen hoch, um Balance zu kriegen. Sie geht weiter, ohne zurückzublicken. Jede Bewegung punktgenau zum Rhythmus.

»Scheiße.« Ich sinke zu Boden. Knie treffen auf den Asphalt und irgendetwas Spitzes versucht in mich einzudringen. »Scheiße.« Mein Verstand läuft mir davon. Ich nehme tiefe Atemzüge sauberer Luft, schlucke die Säure, die sich in meiner Kehle sammelt.

Sie ist hier. Sie ist echt. Ich bin hier. Ich bin echt.

What. The. Fuck.

Ich stehe nicht vom Boden auf, bis das ferne Klingeln der Schulglocke das Ende der ersten Stunde anzeigt. Ich richte mich mühsam auf. Gehe zur Turnhalle, mache mich sauber, trockne mich ab und ziehe meine Kleidung wieder an. Meine Hände zittern, also lege ich sie auf mein Gesicht und schreie, aber es fühlt sich dadurch nicht besser an.

Anthony und Worm sind in der Cafeteria, wo ich sie erwartet habe.

»Lach doch mal, Mia«, krakelt Anthony. »Ich wüsst schon, wie man der mal gute Laune macht!« Er grinst. Worm kichert. Ich starre.

Anthony lacht. »Mia ist so 3,5 Sterne von 5; guter Service, aber nicht noch mal.«

»Jungs«, sage ich außer Atem. »Mir geht's ... nicht so gut. Glaube, ich bin noch besoffen von letzter Nacht. Oder ...«

»Erzähl mal was Neues. Anhand deiner Nachrichten erstaunt es mich, dass du überhaupt lebst«, lästert Anthony. Ich nicke, dankbar, dass er vom Drehbuch abweicht, bis Mia wieder an uns vorbeiläuft.

»Heute Party«, ruft er. »Bring deine Schwester mit!«

Sie reckt ihren Arm.

Anthony dreht sich wieder um. »Wir sehen uns um sieben, Spence? Worm?«

»Heute macht er mal ›'nen Ruhigen, Ant‹«, bietet Worm an.

»Das würde ich gerne erleben, Worm, wirklich gerne würde ich das.«

Mein Blick zuckt von einem zum anderen, bin froh um meinen leeren Bauch.

Ist doch gar nichts. Jeder unserer letzten 365 Tage war exakt gleich. Mädchen, Sport, Spiele, Filme, Serien, Chillen; eine endlose Wiederholung. Aufgewärmte Anekdoten so oft auseinandergenommen und wieder zusammengesetzt, dass sie schon angelaufen sind. Kein Wunder, dass ich den Text bereits mitsprechen kann.

Es ist *dieser verdammte Tag*. Ich hatte ihn zu sehr gefürchtet, für zu lange, mich von seiner Unmöglichkeit überzeugt. Dann beim Saufen im Auto eingeschlafen und das viele Bier hat mir in buntesten Farben einen LSD-würdigen Vorsehungstraum beschert. *Don't drink and dream*, so sagt man das doch, oder? Ich sollte aufhören.

Was ich mir da nur zusammengereimt hatte: ein komplett verpfuschter imaginärer Tag. Ein Mädchen stirbt auf der Straße. Jesus, was stimmt denn nicht mit mir?

»Biste okay?«, fragt Worm, während er seine Ärmel über die Hände zieht. Diese einfache Frage wirft mich aus der Bahn.

»Ich hab was geträumt«, fange ich an, die Stimme verschwörerisch tief; tief genug, dass es fast vom blechernen Klingeln in meinen Ohren übertönt wird. Und dann halte ich inne denn, wenn ich wirklich den Verstand verliere oder ein steckrübengroßer Hirntumor mir solche Traum-Trips verpasst, ist das wirklich etwas, was ich mit anderen teilen sollte? Ich würde wie ein Verrückter klingen. Die Erkenntnis schlägt ein wie eine Atombombe.

»Irgendwas Komisches passiert«, presse ich hervor.

»Besorg dir mal was zu trinken«, sagt Worm.

»Genau Kumpel, Kontertrinken und so weiter«, pflichtet Anthony bei.

Ich öffne meinen Rucksack und entnehme eine kleine Glasflasche. Schau mich um, bevor ich einen hastigen Schluck in meinen Rachen kippe, wo er einen Pfad bis in mein Blut brennt, bevor ich einen Kaugummi folgen lasse. Ich packe die Flasche weg und lehne mich in meinem Stuhl zurück, strecke meine Finger, bis die Sehnen schmerzen.

»Ooh hallo, schaut mal da«, sagt Anthony und ich weiß es, ohne hinzusehen. Sie.

»Der würde ich die Seele rausficken«, stimmt Worm zu.

»War die schon immer hier?«

»Nein«, sag ich. »Lad sie nicht ein.« Der Lärm in meinem Trommelfell steigt noch weiter an, meine Sicht verschwimmt. Nicht Clara. Nein.

»Erstaunlich, oder? In einem Augenblick sind sie traurige kleine Versagerinnen, mit schwarzem Lippenstift und Babyspeck, und im nächsten –«

»Lass sie in Ruhe«, sage ich. »Sie ist eine Hexe.«

»Was ist sie?« Anthony lacht und runzelt die Stirn gleichzeitig, als er sich umwendet und Clara hinterherruft. »Hey. Heute Party bei mir? Komm schon. Du bekommst eine Geld-zurück-Garantie, falls du keinen Spaß hast: Komm zu *einer* Party, die nächste gibts umsonst. Spezielles Schnupperangebot. Du –«

Ich greife nach Anthonys Arm und flüstere: »Mach's nicht. Ich mein's ernst.«

»Was ist mit dir los?«, faucht Anthony. Er lässt die Augen nicht von ihr.

»Sie will deine Krankheiten nicht.«

»Bitte?«

»Nein danke«, sagt Clara, kommt endlich zu Wort. »Ich hab von euren Partys gehört und habe Besseres mit meinem Abend zu tun, als jemandem zuzuschauen, wie er auf einen Tisch kackt oder mir einen Tripper einzufangen.«

Sie verlässt die Cafeteria. Anthony streckt die Hand aus und sagt: »Hast du einen Schlaganfall?«

Ich lasse es auf mich wirken. Worms abgeranzte Schuhe mit den fadenscheinigen Schnürsenkeln, der Pickel über Anthonys linker Augenbraue. Worms Zunge schießt heraus, Anthonys breites Gesicht ist vor Verzweiflung zusammengekniffen. Das Papierknäuel unter dem Tisch. Es ist identisch. Es ist gestern. Jede Kleinigkeit ist gleich.

Aber ist das nicht immer so?

Philosophie kommt als Nächstes. So wie gestern oder, ich denk mal, heute. Genau wie mein komischer Hirnaussetzer. Als ich in die Klasse komme und mich setze, bemerke ich, dass Mr Barnes »Nietzsche und die Lebensbejahung« an die Tafel geschrieben hat. Wieder. Ich überblicke hoffnungsvoll den Raum, warte darauf, dass jemand aus der Klasse die Hand hebt und Mr Barnes erklärt, dass er sich irrt; wir haben das bereits durchgenommen.

»Also Leue«, sagt Barnes, verschränkt seine Hände unter einem Lächeln, welches während der nächsten Stunde deutlich schrumpfen wird. »Was können Sie mir über Nietzsche erzählen?«

»Gesundheit, Ian«, ruft Jay.

»Für dich immer noch Mr Barnes, vielen Dank«.

»Doppelmoral.«

Ich werfe meine Hand in die Luft und bereite mich darauf vor, diese Schulstunde bis zu dem Thema zu beschleunigen, welches ich plötzlich unbedingt behandeln will.

»Ja, James?«

»Freddy Nietzsche, notorisch verwirrender Philosoph und Daddy der ewigen Wiederkunft: Was, wenn die Zeit sich für immer in Kreisen bewegt?«

Und meine Augen werden trocken in ihren Höhlen, während ich auf die Antwort warte. Denn ich muss es wirklich, wahrhaftig wissen.

»Danke, James. Schön zu wissen, dass immerhin einer von euch lesen kann, auch wenn es dir scheinbar immer noch an Fähigkeiten mangelt, korrekt zusammenzufassen. Wollen wir uns das Ganze mal anschauen.«

Barnes schreitet hinter den Schreibtisch, während er schwatzt. »Wie James richtig hervorhebt, eine der Vorstellungen, welche Nietzsche uns gegeben hat – neben vielen weiteren – war das Konzept von einer ewigen Wiederkunft – die Vorstellung, dass dieses Universum und unsere Leben sich in identischer Art für eine unendliche Zahl wiederholen.

Hierbei handelt es sich selbstverständlich nicht um eine

Wahrheit, sondern um ein Gedankenexperiment. Wenn es wahr wäre, würden wir mit Freude oder Verzweiflung reagieren? Würden wir das Leben bejahen oder ablehnen? Und wenn wir gezwungen wären, unsere Leben immer und immer wieder zu erleben, was würde dies für unsere moralischen Entscheidungen bedeuten?« Barnes reibt seine Handflächen zusammen und grinst. Er liebt es. Er liebt es verdammt noch mal sehr.

Ewige Wiederkunft. Unendliche Wiederholungen der Zeit. Geschehen finden statt, wieder und wieder. Freddy Nietzsche hat ein paar gute Ideen hinterlassen, auch wenn er bei Mittelstufen-Philosophie absolut versagt hätte, aufgrund seiner Unfähigkeit, zusammenhängende Aufsätze zu schreiben. Aber da gabs einiges Diskussionsmaterial in den hunderten Jahren seit seinem Tod. Ewige Wiederkunft ist das abgefahrenste – stell dir nur vor, wie Geschichte sich auf identischem Weg für immer wiederholt und wir kämen niemals raus und wüssten von nichts. Hamster in einem Universum-großen Rad.

Ist es das, was gerade mit mir passiert? Irgendeine Art von Schleife im Universum verpasst mir ein Déjà-vu auf Steroiden? Oder hellseherische Einblicke in andere Versionen dieses Tags? Aber nein, ich glaub nicht an mystische Vorhersehung oder Zeitschleifen.

Ich glaube an falsch verkabelte Gehirne und emotionale Zusammenbrüche, und alle beide Möglichkeiten wirken plausibel.

Anthony schubst mich und schiebt mir ein Blatt Papier zu. Ich entfalte es unter dem Schreibtisch, während mein Herz zusammenschrumpft. Er hat ein Telefon mit einer gezackten Sprechblase gezeichnet: »Sind auch Sie ein Opfer von Mr Bs verdammt langweiliger Philosophie? Benötigen Sie eine Lobotomie? Rufen sie jetzt gratis an auf 0800-B-R-I-N-G-M-I-C-H-B-I-T-T-E-U-M!«

Das hab ich schon einmal gesehen. Exakt das. Ein weiterer flüchtiger Moment aus der Traumversion von *heute*; so unbedeutend, dass ich mich kaum daran erinnere, bis es mir direkt unter die Nase gehalten wird. Ich bin mir sicher, dass Anthony meine Panik bemerken wird, aber er lacht nur: »Schau dir an, wie Barnes richtig drauf abgeht.«

Anthony geht davon aus, dass Barnes es übertreibt, weist mit spöttischem Gesicht darauf hin, als wäre das ein charakterlicher Makel. Ich geh davon aus, dass er dasselbe über mich denkt, obwohl ich gerade so mit natürlichem Talent und dem absoluten Minimum an Leistung durchkomme.

Barnes klatscht vor Aufregung gegen die Wand und Anthony flüstert: »Ich würde gerne zu einer Zeit vor dieser ganzen Langeweile zurückkommen.«

Recht hat er ja. Es ist langweilig, weil ich alles schon gehört habe. Barnes schwafelt vor sich hin über die ewige Wiederkunft, wiederholt sich dabei ewig selbst, bis ich ihn einfach anbrüllen möchte, damit er aufhört.

Der Grund, warum ich Philosophie immer mochte, außer wie einfach es ist für einen, der einigermaßen Namen und Daten im Kopf behalten kann, ist, dass es sich nur um Problematiken ohne Antworten handelt. Du kannst über die größten Fragen sinnieren, ohne Lösungen zu brauchen. Das hat mich bislang nie gestört, aber heute verursacht es mir Gänsehaut.

Mein Stuhl bleibt im Teppich hängen, als ich aufstehe.

Barnes verstummt mitten im Satz und alle schauen in meine Richtung. Ich sehe Jay und Anthony und Mia und Lana. Sie sitzen ganz genau da, wo sie eben sitzen, tragen dieselbe Uniform, die wir jeden Tag tragen.

»Setz dich hin, Vollidiot.« Anthony zieht am Rücken meines Blazers.

»Geht es dir gut?«, fragt Barnes.

Ich öffne meinen Mund, um zu sagen, dass es mir gut geht, aber nichts kommt heraus. Mein Inneres verknäult sich und mir kommt das Kotzen. Mit der Hand über den Mund renne ich zur Tür.

2.2

Nach der Schule verabrede ich mich mit Anthony, um ihm beim Einkauf zu helfen. Die Vorteile sind zweierlei Natur: 1. Den Tag verändern. 2. Dad aus dem Weg gehen. Der Gedanke an eine Wiederholung mit ihm lässt meine Haut altern.

Bingo Booze ist ein Schnapsladen, ein paar Blocks von der Doppelhaushälfte entfernt, in der Dad und ich zusammen existieren. Er liegt zwischen Happy Shopper, dem traurigsten Ecklädchen der Welt, und einem Barbershop, den irgendwer in einem Anflug von Wortwitz *Sweeney Todd's* genannt hat.

Als ich auf den Parkplatz einbiege, wartet Anthonys glänzend schwarzer Audi-Kombi bereits auf mich. Er wird »Bonnie« genannt; ein nettes Auto. Allerdings ohne Seele. Kam letztes Jahr funkelnd und neu von der Fertigungslinie, ohne dass Anthony dafür einen Finger hätte rühren müssen. Aber andererseits, Anthony bemüht sich sowieso für gar nichts.

Ist vielleicht nicht ganz gerecht, das zu vergleichen, aber ich habe mir vorletzten Sommer die Eier in der Werkstatt abgeschwitzt. Gearbeitet, wann immer ich konnte. Mum hat ihren Teil erledigt, dann meine Arbeit inspiziert. Meine Kanten begutachtet und scharf die Luft eingesogen, wenn sie eine Macke gefunden hat.

Damals hab ich das Auto noch nicht geliebt. Es hatte mich noch nicht überzeugt und ich konnte nicht fassen, dass Mom mich dazu gebracht hatte, einen Schrottkübel aus den 1970ern zu reparieren. Konnte nicht verstehen, warum sie einfach etwas gekauft hat, was *MG Midget* heißt. Was für eine Belohnung, als ich ihn endlich fahren durfte, nicht wahr? Bettelte nur so nach lebenslangen Witzen über Zwergenschwänze. Aber dieses Auto besitzt ein eigenes Leben. Das ist Geschichte.

Keine Ahnung, warum ich das Auto so überdenke. Idiot.

Ich mach den Motor aus und hüpfe raus.

»Siehst hervorragend aus, Kumpel.« Anthony legt einen Arm um meine Schulter und steckt einen Finger in mein Ohr. Ich bin erleichtert, ihn zu sehen. Es ist was Neues. Je weiter weg ich von diesem Morgen komme, desto einfacher ist es, den Albtraum von letzter Nacht abzuschütteln. Mein Traum-Heute hatte keinen Besuch bei Bingo Booze, keinen fremden Finger im Ohr.

Anthony sagt: »Ich hatte dich eigentlich im Lätzchen erwartet nach der Vorstellung heute. Wie geht's deinem Magen?«

»Gut. Sorry, hab allerdings auf dein Hemd gekotzt.«

»Was?« Anthony lässt mich los und klopft auf meinen Bauch. Er trägt ebenfalls Jeans, aber seine sind an den völlig falschen Stellen ausgefranst und abgenutzt – am Bund, auf der Rückseite seines Oberschenkels. Ein knitteriges, lachsfarbenes Hemd hängt offen über einem türkisen T-Shirt, bedruckt mit einer Meerjungfrau und dem Statement *I sleep with the fishes.* Anthony hat einen unverwechselbaren Geschmack, den ich nur beschreiben kann als: »Das größte Kleinkind der Welt. So siehst du verdammt noch mal aus.«

»Ach, leck mich. Ich bin zutiefst faszinierend.« Anthony hebt eine Augenbraue.

»Nee. Keiner denkt das.« Ich bin überrascht, wie wütend ich mich anhöre; mein über den Tag beanspruchtes Hirn macht sich bemerkbar.

»Jeder denkt das«, sagt er.

Wünschte, er hätte unrecht. Anthony hat eins dieser breiten, symmetrischen Gesichter, bei denen Muttis ganz schwach werden. Gehe davon aus, dass er seinem schmierigen Politikernamen gerecht wird, wenn er die Sprüche-Shirts und uralten Jeans hinter sich lässt, die ein Mittelfinger in Richtung seines James Bond-Double-Dads sind.

Zwar bin ich kaum auffällig, aber sehe schon ganz ordentlich aus in blau-grauem Hemd, Jeans und Stiefeln. Meine Haare sind auch ganz in Ordnung und meine Haut sah schon schlimmer aus. Wenig Sport gemacht in letzter Zeit, aber ich bin drahtig-groß in einer Art, woran nicht einmal meine ungesunde Ernährung etwas ändern kann.

»Ist Worm zu spät?«

»Klar doch. Der Dummkopf hat absolut keinen Respekt vor meiner Zeit.«

»Vielleicht, wenn er einen fahrbaren Untersatz hätte.«

»Junge, Worm könnte längst ein Rad oder ein Auto haben, wenn der faule Hund nicht sein ganzes Cash für Weed ausgeben würde."

»Hmm, kein Plan.« Die Klingel über der Tür übertönt meine Stimme.

Anthony nimmt einen Achterpack, während ich mich bei den Angeboten bediene.

Jane, das Mäuschen, welches hinterm Tresen lebt, sagt gelangweilt, »Ausweise bitte.«

Ich klappe meinen Führerschein auf. Sie liest ihn nicht einmal.

»Spence, ich regel das.« Anthony schubst mich zur Seite. Ich stecke meine Börse ein, als er vier Zwanziger über den Tresen schiebt, nebst Ausweis. Spendierfreudigkeit tut sich zusammen mit Pünktlichkeit auf Anthonys sehr kurzer Tugendliste.

»Lust auf Party später, Süße?« Anthony sagt es mit einem kaum versteckten Grinsen, während er die Hand für Wechselgeld aufhält.

»Nicht mal, wenn das meine letzte Nacht auf Erden wäre.« Jane lässt die Münzen auf die Theke neben Anthonys Hand fallen, sodass er sie mühevoll zusammensammeln muss.

»Musst du wissen.«

Sie bedenkt uns mit einem bösen Blick, bevor sie hinter einem dicken Fantasy-Taschenbuch verschwindet.

Als wir an der Tür angekommen sind, sagt Anthony in voller Lautstärke. »Stell's dir trotzdem mal vor. Verdammte unlustige Ein-Stern-Bitch.«

Die Tür klimpert. Als sie sich hinter uns schließt, drehe ich mich gerade rechtzeitig um, um zu sehen, wie Jane Anthonys Rücken den Mittelfinger zeigt.

Bei Anthony daheim haben wir noch genug Zeit. Wir starten Fifa und es ist beruhigend normal. Dieselben Drinks wie immer auf dem Tisch, dieselben schwitzigen Hände beim Versuch, das Ergebnis auszugleichen. Ich pausiere das Spiel und verändere meine Aufstellung, versuche einen wunden Punkt in Anthonys Verteidigung zu finden; währenddessen verspottet er mich als Loser, wo er doch ganz genau das von mir erwartet.

Obwohl das Mansbridge-Anwesen einem Palast gleicht, fühle ich mich hier wohl. Hauptsächlich durch den randvollen Kühlschrank und dem Mindestmaß an elterlicher Überwachung.

Sogar wenn sie im Land sind, verbringt sein Dad die ganze Woche in der Wohnung in London und seine Mum hat immer einen Spa-Tag oder organisiert irgendeine wohltätige Tanzveranstaltung. Sie können von Glück sagen, dass Anthony und Eric nicht ganz verwildert sind.

Dieses Haus beruhigt meine Nerven. Es ist eine Abwandlung von den ganzen absonderlichen Ähnlichkeiten, die mich verfolgt haben. Alles wird gut, solange das Szenenbild sich immer wieder ändert. Neuer Ort, neues Gespräch und jetzt, zwischen Spielen, reicht mir Anthony über den Tisch eine Postkarte, die ich noch nie gesehen habe. »Schau dir mal diese beiden Clowns an.«

Das Foto zeigt bunt gestreifte hölzerne Boote, die zusammen einen tief türkisen Fluss entlangtreiben. Zwei Strichmännchen in Kugelschreiber darunter rufen WIR VERMISSEN DICH!!! Kunstvoller Stempel und gekritzelte Nachricht auf der Rückseite, unleserlich bis auf »Mum & Dad xxx« am unteren Ende.

»Schön, dass sie an dich denken«, sag ich.

»Ja, denen wäre es doch so viel lieber, ich wäre dort. Deswegen sind sie auch in der Schulzeit gefahren, nicht wahr? Wenn ich nicht mitfahren konnte.«

»Wegen der Arbeit?«

Sein Kinn zuckt. »Ist doch Standard inzwischen, darauf will ich hinaus. Denkst du, die wären damals allein weggeflogen, als Eric noch da war?«

Sind sie definitiv. »Wie geht's dem Goldjungen?«

»Wenn Du mich fragst? Entführt für Lösegeld. Sei froh, dass du keine Geschwister hast.«

Meine Finger fahren über die Worte Mum & Dad xxx. Die Buchstaben verschwimmen.

»Was ist los mit dir? Du verhältst dich verdammt komisch.« Anthony lehnt sich zurück und gibt mir seine volle Aufmerksamkeit.

»Jep.« Ich blinzle lang und schnipse gegen die Kante der Postkarte.

Ich könnte es ihm erzählen, denke ich. Der Jahrestag.

Das letzte Jahr war er derjenige, der auf mich aufgepasst hat, neben mir saß, mich ertragen hat. Derjenige, der mich abgelenkt hat mit Spielen, Filmen, Konzerten, Rugby, Partys, alles, was die Gedanken ferngehalten hat. Es war okay, wenn ich für Stunden nichts gesagt habe. Hat mich allein gelassen, wenn nötig. Hat meinen Blick vorwärts gehalten, versucht mir zu helfen, die Vergangenheit dort zu lassen, wo sie hingehört. Monatelang war ich persönlichkeitsbeschädigt und er hat zu mir gehalten, ohne sich zu beschweren. Er plant und ich folge in seinem Windschatten, ziehe gerne mit, was ihn auch glücklich macht.

Anthony war von Anfang an auf meiner Seite, seit wir kümmerliche Elfjährige waren ohne gestählte Rugbykörper, die uns vorangebracht hatten. Niemand, der Anthony kennt, würde das glauben. Er ist ein guter Freund. Aber es gibt Grenzen, was man einem Kumpel zumuten kann. Grenzen, welches Elend man Tag für Tag ausschütten kann und dann erwarten kann, dass irgendjemand es mit einem aushält.

Ich werfe die Postkarte auf den Tisch. »Jep. Großartig.«

»Gut, mein Lieber, gut.« Er lehnt sich vor, Augen auf den Bildschirm. »Dann freu dich mal drauf, wie ich dir in den Arsch trete.«

Worm schneit fünfundvierzig Minuten zu spät herein. Er schlurft in einen Sessel und nickt mit dem Kopf in Richtung der Postkarte. »Wo ist die elterliche Kontrollinstanz?«

»Vietnam«, sag ich. »Sensibles Thema.«

Anthony sagt: »Ich bin nicht *sensibel*, sondern massiv angepisst, einen tollen Urlaub zu verpassen, weil meine Mutter keine Kalender lesen kann.«

Worm beugt sich vor, um an mein Bier zu kommen. »Na gut.«

»Es ist jetzt, was? Nach Mitternacht dort; also wird sie wach legen und Dad hassen, während er ihr besoffen ins Gesicht schnarcht. Lass sie ihre gute Zeit ruhig ohne mich haben, bitte sehr.«

»Richtig.« Worm und ich tauschen Blicke aus.

»Um ehrlich zu sein, brauch ich sie nicht einmal besonders in meinem Leben im Moment«, grummelt Anthony weiter. »Die könnten andauernd weg sein und es würde mich nicht stören.«

Uff. Mein Herz hat einen Aussetzer. Anthony knallt einen Ball in mein Netz und macht sich zum Prahlen bereit.

Ich werfe meinen Controller Worm zu und gehe in die Küche, tauche meinen Kopf in den höhlenartigen amerikanischen Kühlschrank, bis mein Blut wieder in einem normalen Gang fließt. Scheiß auf Anthony und seine beiläufige Herabwürdigung von Dauerhaftigkeit. Der Tod ist kein Urlaub.

Auf dem dunklen Marmortresen sind Krümel verstreut, in der Spüle stapeln sich die Schüsseln, wo die Putzfrau Anthonys Verwüstung nicht hinterherkommt. Ich wische die Fläche und spüle ab und fühle mich besser, als alles sauber ist.

Zurück im Wohnzimmer stelle ich zwei Bier und eine Coke auf den Tisch. Worm und Anthony spielen, während ich mich auf einem anderen kaffeebraunen Ledersofa ausbreite. Ich tippe einen Namen in mein Handy, der erste, der mir in den Sinn kommt.

Clara, so scheint es, teilt ihr Leben nicht so gerne. Wir sind keine Freunde oder Follower. Ein Profilbild ihres privaten Accounts muss herhalten, aber es ist eine echte Schönheit. Das Gesicht verzerrt in spielerisches Knurren, Zunge rausgestreckt. Von all den Leuten, die in meinen Träumen sterben könnten, ist das eine echt interessante Entscheidung meines Unterbewusstseins. Vielleicht hat der hintere Teil meines Gehirns ja Geheimnisse vor dem vorderen Teil.

Ich drehe den Bildschirm um. »Warum hast du sie eingeladen?«

»Warum nicht?«, sagt Anthony. »Je mehr, desto dreckiger, mein Lieber. Außerdem, nicht außer Acht zu lassen, sie sieht gut aus.«

»Nee.«

»Lecker.« Anthony leckt die Lippen.

»Sie ist verdammtes Weißbrot«, sag ich. »Langweilig.«

Anthony lacht und lehnt sich rüber. »Das Gefühl beruht klar auf Gegenseitigkeit. Kein Zugang. Hier.«

Ich fang sein Handy und sehe Claras Profil. Sie folgt ihm. Scheinbar versteckt sie sich nicht vor jedem. Aber das wusste ich bereits.

»Wer ist wem zuerst gefolgt?«, frage ich.

»Bin ich die Sorte verzweifelter Bastard, der sich daran erinnern kann?«

Als Anthony sich wegdreht, sagt Worm schnell lautlos: »Er.«

Ich scrolle. Selfies, zu viel Filter, und Beine am Pool vom letztjährigen Urlaub in Santorini – obwohl Harts Beine eher Cocktailwürstchen als Hotdogs sind.

»Hast du sie bewertet?«

Anthony schnaubt. »Ich würde nicht Nein sagen. Wenn sie mich bitten würde. Ich mein, wenn sie auf die Knie geht ... du weißt schon.«

Worm lacht. Ich nicht. Und dann ist das Thema beendet, weil Worm fragt: »Wenn du dir eine Superkraft aussuchen könntest, welche wäre es? Ich würde Fliegen wählen.«

Ich sage: »Das hatten wir gestern schon.« Und Worms Gesicht verzieht sich, weil er nicht weiß, dass er sich wiederholt.

Ich pack's einfach nicht. Dieser Tag ändert sich nicht. Ich will hier einfach nicht sein. Also nehm ich mir eine Auszeit und verliere mich in Anthonys Handy, scrolle genau zum Anfang von Claras Feed. Ein albernes Selfie in einem blauen Hoody. Gesicht aus dem typischen Mädchen-Winkel aufgenommen. Wenn sie heute zur Party kommt, wenn sie tanzt, wenn sie trinkt, wenn sie Anthony abschleppt wie zuvor. Wenn sie wegläuft. Wenn sie stirbt. Was dann?

Ich mache den Bildschirm aus. Das wird nicht passieren. Nichts davon.

2.3

Ich sitze auf dem Rasen, die Arme um die Gitarre geschlungen, und ich friere bis ins Mark. Meine Gelenke schmerzen dort, wo sie gestreckt werden möchten, aber irgendwie war ich bis jetzt unfähig, auch nur einen Muskel zu bewegen. Für eine ziemlich lange Zeit nicht. Ich hab genug Schnaps in mich reingekippt, um meine Gedanken abzutöten, aber sie kommen immer wieder. Stehen wieder auf wie der Mörder in einem Slasher-Film.

Das Haus ist voll. Anthony schickt Fotos von Mädchen, die ich nicht kenne. Seine Nachrichten überfluten mein Handy und eins ist betitelt mit »Wie alt ist die da?« In meinem Magen schwappt es; ich sollte eigentlich Spaß haben, aber dieser kaputte Traum macht mich immer noch fertig. Alles ist exakt gleich und ich hab's satt. Die können sich gerne alle Déjà-verpissen.

Ich stelle mich auf die Beine, geh ins Haus und wate durch die Party, knietief in Selbstmitleid.

Was mache ich hier? Denk nach, Spence, denk nach. Noch mal bei Bee versuchen und hoffen, dass es Anthony nicht juckt? Nee, das ist der schnellste Weg, ein Körperteil loszuwerden. Meine Aufgabe ist es, die Augen aufzuhalten, sicherzugehen, dass meine verrückten Eingebungen nur Täuschung waren. Oder?

Und dort, wie eine Antwort, steht Clara-fucking-Hart. Ich denke, ich konnte ihr eben nicht die ganze Nacht aus dem Weg gehen.

Clara ist schon gut betrunken, wie alle. Sie tanzt mit Anthony. Ihre Freundin Genni tanzt daneben mit Jay. Aber nachdem der sie abseits führt, bleiben nur Clara und Anthony übrig.

Sie wieder, er wieder, ich wieder. All das schon wieder. Allerdings bin ich dieses Mal hellwach, dieses Mal kann ich nichts mehr übersehen.

Anthony verlässt den Raum und geht nach oben. Clara schwingt allein vor sich hin. Ich stehe auf, sehe ihr zu. Aber Anthony ist sofort zurück. Er verschwindet kurz aus dem Blickfeld und hat auf einmal zwei Drinks in der Hand und einer davon ist für Clara.

Ich setz mich wieder hin. Clara kichert und torkelt mit gesenktem Kopf über die improvisierte Tanzfläche. Sie lässt sich in die Hocke fallen und bleibt, schwarze Spitze auf dem Holzboden. Anthony zieht sie hoch. Sie schubst ihn spielerisch und fällt rückwärts auf Bee. Die sagt tonlos: »So verzweifelt?«

Es passiert alles wieder, so, wie es zuvor gewesen sein muss. Aber das war nicht echt und das hier jetzt ist es genauso wenig. Sie wird nicht sterben.

Anthony zieht sie aus dem Zimmer. Bückt sich, um sie vom Boden aufzuheben. Sie geht mit ihm. Ganz schlaff und lächelnd. Sie gehen nach oben.

Ich bleibe stehen. Starre durch die Wohnzimmertür auf den Treppenaufgang und warte, geschubst von der Menge für wer-weiß-wie-lang, bis ich dort ein armseliges Knäuel aus Körperteilen sehe, hochkriechend.

»Wom«, rufe ich. »Worm, geh da nicht rauf.«

Worm dreht sich um. Seine Augenlider versuchen einander nicht zu berühren. »Schwimme.«

»Ach so?« Aber er hat recht, Worms Kleidung und Haare sind komplett durchnässt, seine Brillengläser von Feuchtigkeit angelaufen. Er riecht nach frisch geputztem Klo. Aber Worms plötzliche Nässe ist nicht ganz das Rätsel, das ich lösen möchte. Ich sage: »Komm, setz dich. Rauchen.«

»Aber ...«

»Nee, komm her.«

Während er rüberrutscht, starre ich nach oben in Richtung Anthonys Zimmer. Die Tür ist geschlossen.

Am Fuß der Treppe hängt ein Zettel:

GEFAHR! ABSOLUT KEIN ZUTRITT! ERSTICKUNGSGEFAHR!

Das wirkt nicht richtig. Und nicht wegen der Cartoonschwänzen, die Anthonys Drohung untermalen. Ist das Schild dasselbe?

»Hast du Clara Hart gesehen?«, flüstere ich, als wäre sie ein Geist oder so was.

Worm kichert. »Angesoffener Mut und nur Augen für Mansbridge.«

»Okay, bleib hier.« Ich deute auf das Sofa.

Worm kippt, fällt auf seine Seite und zieht die Knie an die Brust.

Letztes Mal war Worm oben. Er und Anthony und Clara gehen nach oben, sie fällt die Treppe runter, sie läuft weg. Sie stirbt? Aber nein, nichts davon stimmt. Ich hab zugesehen und sie hat getanzt, glücklich, kichernd und ist mit nach oben gegangen. Sie wird nicht wegrennen, nicht fallen. Außerdem ist das alles nur eine kaputte Halluzination von meiner Kummer-geplagten-Vorstellungskraft.

Aber die letzte Version *dieses Tages* hört nicht auf, durch meine Erinnerung zu geistern. Scheinwerfer. Glasscherben. Sirenen. Das kann ich mir nicht noch einmal ansehen. Ich geh in den Flur, nehm mein Telefon und wähle. Das Letzte, was ich sage, ist: »Bitte beeilen Sie sich.«

Im Hörer knistert es, als die andere Person atmet. »Er holt sie in fünf Minuten ab.«

Clara geht mich einen Scheißdreck an.

2.4

Irgendwie wissen wir alle, dass es mal zu Ende geht. Vielleicht hat's dir jemand zum ersten Mal erklärt, als du sieben Jahre alt warst und die Katze morgens nicht mehr aufgestanden ist. Vielleicht, weil deine Eltern aufgehört haben, dich für Besuche beim alten Nachbarn mit der welken Haut zu bestechen. Aber du glaubst nicht so richtig dran, dass das passiert; dass Menschen sterben. Du glaubst nicht dran, dass du stirbst; dass du eines Tages, wenn du Glück hast, einfach ausgehst wie eine Glühbirne.

Oder du, mit nicht ganz so viel Glück, von Schmerz und Natur zerrissen wirst.

Ich hab nicht daran geglaubt. War nicht vorbereitet. Tief in meinem Herzen glaubte ich, der Tod wäre etwas, was nur anderen Leuten passiert. Den Freunden und Familien von anderen Menschen. Deren Eltern, nicht meinen.

Es ist viel zu früh passiert. Das war nicht gerecht. Aber vielleicht passiert es einfach immer zu früh.

Seit Mums Tod kenne ich die Wahrheit, jeder, den ich kenne, läuft mit einem geheimen Ablaufdatum herum. Vielleicht fünfzig Jahre, vielleicht eine Stunde. Und dieses neue Wissen zehrt mich aus, zehrt an meinem Optimismus, hinterlässt mich verletzt und müde – wie eine Grippe der Gefühle. Meine Haut tut weh, meine Knochen tun weh, mein Kopf tut weh. Ich bin erschöpft. Ein Jahr lang war mein Verstand mit Erwartung beschäftigt. Jede unerwartete Nachricht, jeder Anruf, jede Autofahrt, die Dad ohne mich macht, jeder internationale Flug der Mansbridges. Ich erwarte Tod und Katastrophen vom Moment des Aufwachens an, damit es mich nie wieder so kalt erwischen kann.

Aber jetzt, denk ich, hab ich mich zurückentwickelt. Ich hab ein Jahr verloren und glaube nicht länger, dass schlimme Dinge passieren. Menschen sterben nicht. Wenn ich's nicht sehe, kann nichts passieren. Vielleicht war ich ja irgendwie schuld daran. Aber nicht heute.

Gelbe und rote Lichter wischen vorbei und Autos reihen sich ein, verlangsamt, wenn ich sie mit meinen Augen verfolge. Meine Knie halten meine Hände fest. Der Rest von mir zittert.

»Was?« Ich lehne mich vor, um längst verpasste Worte zu hören.

»Heftige Nacht?«, wiederholt der Taxifahrer, aber dem ist es egal, solange mein Mageninhalt drinbleibt.

Das Taxi setzt mich ab. Ich bezahle und schaue ihm beim Manövrieren zu. Schwieriges Ausparken in einer Straße, die in geparkten Autos erstickt.

Im Dunkeln sieht das Haus fremd aus. Ich schau auf mein Telefon, überraschenderweise noch nicht mal ein Uhr. Im Gruppenchat ist eine Unmenge an Nachrichten, sinnlose Verschwendung an Kommentaren, die nicht existieren sollten, wenn diejenigen Spaß hätten.

Eine private Nachricht ploppt auf. Etwas Neues, etwas, dass meinem gestörten Unterbewusstsein noch nicht eingefallen ist.

Anthony: Etwas ist passiert. Ruf an!

Ich hocke mich neben die kühle Betonstufe, mein Körper schwer und ohne Gleichgewicht. Das Handydisplay so hell, es lässt alles verschwinden, bis nur noch ich und Anthony da sind. Er geht beim zweiten Klingeln ran.

»Spence, wo bist du?«

»Zu Hause.«

»Jesus. Komm zurück. Du glaubst nicht, was passiert ist. Ein Mädchen ist die Treppe runtergefallen. Die Polizei ist da. Ich finde nicht einmal Worm –«

»Es hat sie erwischt«, murmle ich.

»Wen? Spence? Die Treppen, ihr Kopf. Es ist ... Herrgott. Ernst.«

Nein. Ich drücke auf den roten Anrufbutton. Drei Anläufe, dann wird Anthony stumm. Ich pack das Handy in die Tasche und gelange mühsam ins Haus.

Versuche leise zu sein; stolpere dabei die Treppen hoch und verpasse die letzte Stufe, trample laut auf den Boden. Im Badezimmer, benommen von der Helligkeit, schlage ich meine Faust mitten ins Waschbecken. Dad empfängt mich im Flur, sein Gesicht ganz merkwürdig ohne die Brille.

Er fragt, »Wie bist du heimgekommen?«

»Taxi.«

»Gut. Gute Party?« Ein breites Gähnen reißt sein Gesicht weit auf.

»Tod und Verderben. Das Übliche.«

Dad blinzelt mich an. Er sagt: »Ist das ... alles in Ordnung?«

Ich sehe an ihm vorbei in die Dunkelheit. »Alles gut. War nur 'n Witz.«

Ich stolpere das Treppenpodest entlang bis in mein Zimmer, schließe die Tür mit einem Tritt und verdrücke mich ins Bett. Ich liege auf dem Rücken. Sehe ausdruckslos zur Decke.

Sie hat sich ihren Kopf gestoßen? Auf der Treppe? Das war nicht der richtige Ablauf. Trotz all der Ähnlichkeiten, der Worte des Unterrichts, der Party, des Tanzens, des Todes. Es konnte einfach nicht die Wirklichkeit sein und das gibt mir hässliche Erleichterung. Sie ist gestürzt. Sie wurde nicht angefahren. Es war anders. Es war nicht meine Schuld. Gott, es wird Zeit für Samstag.

DAS DRITTE MAL
3.1

Im fluoreszierenden Licht der Polizeiwache fasse ich über den Schreibtisch und greife nach einem Blatt Papier. Ich kritzle die Adresse drauf, die ich auswendig kann, seit ich elf Jahre alt war. Das Adrenalin verwandelt meine Schrift in Hieroglyphen und ich zwinge mich, langsamer zu machen.
Blockschrift.
Ordentlich.
»Also Sie sagen, ein Mädchen wurde verletzt?« Der Polizist hinterm Tresen klingt gelangweilt, als würde ich einen schlechten Witz erzählen.
»Sie wird sterben.«
»Jemand ist tot?«
»Wird –«
»Ah, das ist natürlich ernst. Wie wird sie denn sterben?«
»Autounfall«, sag ich und in der kalten Atmosphäre der Wache, keine Hintergrundmusik außer dem Phantomgeräusch von Partymusik in meinen Ohren, kommt das Wort ganz falsch raus, genuschelt in der Mitte. Auto-un-fall. Ich hätte heute nüchtern bleiben sollen. Vielleicht würde man mich dann verstehen, aber ich bin den ganzen Tag durchgedreht,

hab den ganzen Abend zugesehen, bin dem Drehbuch gefolgt und es ist dasselbe. Genau dasselbe. Es ist Wirklichkeit: *dieser Tag*, diese Falle.

Es ist Wirklichkeit, dass ich meinen Verstand verliere. Nee, der war schon verloren und an seine Stelle tritt Entschlossenheit.

Es darf nicht noch einmal geschehen. Auch wenn mein Hirn voll Mist nicht verstehen kann, warum das Universum mich losgeschickt hat, das zu regeln, es ist eben so. Und ich bin absolut nicht die Art von Idiot, der nur rumsitzt und nichts tut. Jedenfalls kein drittes Mal.

Ich lasse Clara nicht sterben.

»Bitte ... sperren sie die Straße oder so was? Oder verhaften sie das Mädchen? Irgendwas.«

»Sir –«

»Schauen Sie.« Ich knalle meine Fäuste mit einem metallischen Klirren auf den Schreibtisch und meine Schlüssel graben sich in die Haut. Ich versuch's noch mal. »Ein Mädchen wird sterben, wenn Sie nichts daran ändern.«

Unsere Blicke treffen sich. Dieser Typ wird hier bis nach Mitternacht sein. Er und ich sind alte Kumpel, auch wenn er mein Gesicht noch nie zuvor gesehen hat. Ich weiß, wie verrückt ich wirke; stehe hier und fasele etwas über die Zukunft. Die Dringlichkeit hält mir die Scham fern, während ich zusehe, wie dieser Polizist überlegt, was er als Nächstes machen soll. Er prüft mein Äußeres. Sein Blick hängt an dem Inhalt meiner Faust. Bingo. Jetzt sieht er ein Problem, das er kennt, jetzt passen die Puzzlestücke ineinander.

Die Drinks, die ich heute hatte. Ein paar zu viele.

»Wie sind sie hierhergekommen?«, fragt er.

»Ich bin achtzehn.« Ich ziehe die Faust mit dem Schlüssel langsam vom Schreibtisch, als würde das den Schaden ungeschehen machen. Er schaut dabei zu.

»Haben sie heute Abend getrunken?«

Ich schüttle den Kopf. »Dann halte ich sie eben selbst auf.« Ich verlasse die Wache, raus auf die Straße. Beginne zu rennen. Die saubere, kalte Luft brennt in meiner Kehle.

»Hey, warten Sie! Stopp!«, ruft mir jemand hinterher, aber meine Beine rennen weiter.

Allerdings, jetzt, da ich draußen bin, kann ich nirgendwo hin. Wenn ich zurück zu meinem Auto gehe, bin ich dran. Sie würden mir folgen, für etwas Richtiges verhaften und dann würden sie mir nie glauben. Ich halte an und warte. Ich sinke auf die Knie und sie kommen, führen mich wieder nach drinnen.

»Fahren Sie zu dieser Adresse.« Ich streiche das Papier glatt und schiebe es nach vorn. »Holen Sie das Mädchen ab, bitte.«

»Ist das Ihre eigene Adresse? Wie lautet Ihre Adresse? Können Sie uns eine Nummer geben? Jemand, den wir anrufen können?«

Ich kann nicht, tu es nicht und meine Geldbörse ist im Auto, viel Glück. Man steckt mich allein in einen Raum, cremefarbene Wände mit eingeritzten Graffitis. Ein hartes Bett mit Plastikmatratze und eine glanzlose Metalltoilette.

Ich klopfe gegen die Tür und rufe: »Werden Sie Clara retten?« Aber es kommt keiner und niemand antwortet.

Viel später schreckt das Geräusch der Tür mich von meiner Zellendecken-Meditation auf. Schritte. Ein weinender Mann.

Ich gehe zu meinem Fenster und sehe zu, wie der Weinende

von einem anderen Polizisten vorbeigeführt wird. Ich stecke die Hand durch die Öffnung und rufe: »Ey, ich kenn dich!«

Sie halten und ich bemerke seinen Geruch. Der saure Unterton von Alkohol unter Schweiß. Ich erkenne die Verzweiflung in seinen Augen. Er ist es. Vom ersten Mal. Ich stand auf der Straße in Bees Armen. Er hat telefoniert, weinend, genau wie jetzt.

»Du hast sie wieder überfahren, nicht wahr?«, sage ich. Er zuckt zusammen.

»Okay, jetzt reicht's aber«, sagt der Polizist und sie gehen weiter.

»Warum habt ihr sie nicht aufgehalten?«

»Ruhe jetzt.«

»Ich hab's euch gesagt!«

DAS VIERTE MAL
4.1

»Mädchen sind verrückt, Mann. Ich mein, Bee zum Beispiel, die weiß überhaupt nicht, was sie will.«

Anthony grinst mit Thunfisch zwischen den Zähnen und schluckt den Bissen Sandwich runter, auf dem er herumgekaut hat. Multitasking zum Mittagessen, welches ich bereits mehrere Male erlebt habe.

Ich bin in der Cafeteria, nur halb anwesend, die Gedanken sind bei letzter Nacht. Heute. Denn genau das passiert hier: es ist identisch. Wieder und wieder: Clara ist betrunken, sie tanzt, sie schleppt Anthony ab, sie stürzt, sie stirbt. Die Abfolge der Ereignisse fängt jedes Mal mit Claras chaotischem Auftritt auf der Party an und endet mit ihr mitten auf der Straße. Also fange ich am Anfang an: sie davon abhalten, betrunken zu werden und vielleicht bricht das die Kette. Sie vom Sterben abhalten. Das muss die Lösung sein.

Jemand lässt sein Tablett fallen: Jay. Auch wenn er im Rugbyteam ist, ist Jay weder so beliebt oder verhasst, dass er dafür einen ordentlichen Applaus bekommt. Nur vereinzelt wird ironisch geklatscht.

Dieser Tag. Dieser Scheißtag.

Ich bin froh, am Leben und frei zu sein, nachdem ich in einer Zelle eingeschlafen bin. Ausgebrannt, aber froh, in der Sofortwiederholung aufzuwachen.

Immerhin hat sich der lähmende Rausch der Panik gelegt. Gestern war Chaos, aber heute werde ich bestimmt nicht wie ein Irrer durch die Stadt laufen und die Leute fragen, ob ihnen bewusst ist, dass wir in einer Zeitschleife stecken, kein Geschwätz mit der Polizei heute Abend.

Sowieso bringt das nichts; ich bin der Einzige, der versteht, dass dies Freitag Nummer vier ist. Vielleicht bin ich der Einzige, für den das real ist. Vielleicht leben alle anderen schon im nächsten Montag mit einem leeren Zombie-Spence, während mein Verstand hier gefangen ist. Keine Ahnung.

Was ich weiß: Die Geschehnisse stehen nicht fest. Ich hatte sie verändert – ich hielt Worm beim zweiten Mal davon ab, nach oben zu gehen. Und wenn ich die kleinen Dinge ändern kann, dann auch die großen. Konzentrier dich, Spence, konzentrieren. Die Vier ist die magische Zahl.

Hilft auch nicht, dass Clara einfach verdammt *überall* ist. Geht in den Fluren an mir vorbei; begegnet mir beim Wasserspender; und jetzt ist sie auch wieder hier, einen Tisch weiter in der Cafeteria mit Genni. Sie unterhält sich, wedelt mit den Händen. Höre ihr Lachen die ganze Stunde. Es lenkt mich ab, so ist es. Ich sitze hier und zermartere mir den Kopf und stattdessen zieht das tote Mädchen meine Aufmerksamkeit auf sich. Jedes Mal, wenn ich sie ansehe, sehe ich geschundene Haut und verzerrte Glieder und das will ich nicht. Kann damit nicht umgehen.

Dieses Mal also hole ich Clara da raus. Und dann finde ich heraus, wie es endlich Samstag werden kann. Mit ein bisschen Anstrengung wird das einfach. Richtig einfach.

»Als hättest du das echt, Ant«, sagt Worm. Ich hab ein bisschen was verpasst. Irgendwelches Geprahle über Lana.

»Hab ich verdammt noch mal. Jay hat's gesehen. Nur weil du noch nie ein Mädchen angefasst hast.«

Anthony schaut sich um und fixiert Jay, der immer noch den Inhalt seines fallen gelassenen Tabletts zusammensucht.

»Hey, Jay –«

Worm wird lauter: »Immerhin hab ich noch nie –«

»Schwierige Sache, oder?«, sage ich, sehe meinen Einstieg.

»Was?«, sagt Anthony.

»Mädchen. Besonders bei Partys; da musst du besonders vorsichtig sein, nicht wahr?«

Eine verlegene Pause. Anthony tauscht Blicke mit Worm, als wäre ich die einzige verzweifelte Jungfrau an diesem Tisch. Vielleicht bin ich das, aber das juckt mich nicht. Das einzige Mädchen, welches ich bisher mochte, war mit meinem Kumpel zusammen und ich war in letzter Zeit zu beschäftigt, zudem stehen die Mädels wohl nicht auf die starken ruhigen Typen. Oder vielleicht beschönige ich das Ganze etwas. Ruhig bestimmt, aber stark ist etwas weit hergeholt.

Schon ein bisschen her. Eineinhalb Jahre, um genau zu sein, noch bevor die Trauer meine Persönlichkeit gekapert hat. Party, natürlich. Bei Anthony, natürlich. Fünf Minuten lang die Hand in Sophie Cobbetts Höschen, während sie mich angeschaut hat, als würde sie gerne das Fernsehprogramm wechseln, absolut geräuschlos. Danach hat sie mir einen geblasen; wahrscheinlich damit ich sie nicht mehr weiter anfassen würde. Und nachdem ich in ihren Mund gekommen bin, hat sie ihre Lippen abgewischt und gesagt: »Richtig nett, mich vorzuwarnen.«

Woher hätte ich denn die Blowjob-Ettikette kennen sollen? Aber ich sagte: »Ja, sorry, beim nächsten Mal.«

Und obwohl ich eigentlich mit *beim* nächsten *Mal* das nächste Mädchen meinte, ließ mich Sophie mit ihrem Gesichtsausdruck wissen, wie unbeschreiblich dumm ich war, und sagte: »Sorry, wenn du da etwas falsch verstanden hast, Spence.«

Hatte ein sehr angespanntes Wochenende danach, löschte jede angefangene Nachricht an sie. Dann der Montag. Jesus. Sophie flüsternd und lachend, während ihre Freundinnen sich zu mir umdrehten und kicherten.

Ich hab zwar noch nie ein Mädchen so sehr beunruhigt, dass sie auf der Straße plattgefahren wird, aber ich bin mir ziemlich sicher, dass Sophie mich für einen verdammten Loser hält. Wusste seither nie, was ich zu ihr sagen sollte. Wusste nie, ob sie es bereut oder mich hasst oder überhaupt dran denkt. Ich hab noch nicht einmal Anthony und Worm von ihr erzählt. Allerdings liegt das nur zur Hälfte an der Peinlichkeit; es ist schließlich auch ihre Angelegenheit.

Und Jesus, mir wäre es lieber, wenn sie ihren Freundinnen nicht von meinem Schwanz erzählen würde.

»Spence, kannst du das Offensichtliche mal etwas runterfahren?«

»Was?« Ich blinzle, zurück in der Cafeteria, auf Anthonys Hand, die vor meinem Blickfeld auf und ab wedelt. Dahinter hockt Clara, fertig mit Essen, gebeugt über Gennis Hand und bemalt deren Nägel in kräftigem Pink. Lachen weiterhin. Lachen immer.

»Ich dachte, du hättest gesagt, sie sei – und Worm, verbessere mich gerne, aber ich glaube, ich zitiere dich genau – ›abstoßend‹.« Es stimmt, das habe ich in meiner Verzweiflung gesagt, um Anthony die Einladung auszureden. Hat absolut keinen Unterschied gemacht.

»Na und?«

»Na, dann hör mit dem Blick-Ficken auf, du Vollidiot.« Seine Aufregung lässt nach und verschwimmt in ein Grinsen. »Du bekommst deine Chance später schon noch. Aber lass das Starren sein – es macht traurig.«

»Hab ich echt nicht«, sage ich.

»Ist sie der Grund, warum du auf einmal die hohe Kunst der Verführung verstehen möchtest? Stehst du wieder auf Clara?«

»Was? Nee, natürlich nicht.«

Das Läuten rettet mich; ich rutsche von Anthony und Worm weg, in der Hoffnung, dass sie nicht zusehen, wie ich mich durch den Zug von Schülern winde, um einem glänzenden Pferdeschwanz zu folgen. Bisschen quatschen kann ja nicht schaden, oder?

Wäre etwas einfacher, ihr Leben zu retten, wenn sie mich nicht hasste.

»Clara!«, rufe ich und ihr Kopf zuckt kurz, aber sie bleibt nicht stehen.

»Spence, toll. Bist du gekommen, um mich noch mal wegen deines Autos anzuschreien?«

»Anschreien? Nee.« Gott, ist die sensibel. »Gehst du zu Geschichte?«

»Ich glaube, das wird irgendwie von mir erwartet. Wegen Schule und so.«

Ich laufe neben ihr her. Ihre Geschichtsbücher hat sie bereits an ihre Brust gepresst. Sie atmet hörbar ein und lässt einen Schwall Wörter heraus.

»Dein Freund ist nicht lustig, weißt du. Wäre schön, sich einen Snack holen zu können, ohne Belästigung als Beilage.«

»Stimmt, ja. Gut zu wissen«, sage ich und zucke mit den Achseln. Gewohnheit.

Ihre Augen verengen sich. »Er zieht dich damit auch runter.«

»Ja, hab's verstanden. Scheint euch aber nicht abzuhalten, oder? Alle Mädchen mögen ... wie nennt man das? Den *Bad Boy*?«

»Nicht *alle* Mädchen.« Aber Claras Wangen werden feuerrot und sie weicht meinem Blick aus. Ja, schon klar.

»Schau mal, mach langsam heute Abend.« Ich ergreife ihren Arm und sie bleibt stehen.

»Entschuldigung?« Ihre Stimme wird feindlich. Sie reißt sich los von mir und ich strecke die Hand aus.

»Bei der Party. Du bist das Ganze nicht gewohnt, also geh es ruhig an, Hart.«

»Hab ich gesagt, dass ich hingehe?«

»Wir beide wissen, dass du es wirst.«

»Und wenn ich hingehen *würde*, ginge dich mein Verhalten tatsächlich nichts an«, giftet sie und läuft davon. Ich lasse sie ziehen. Sie hat ein Problem mit ihrer Einstellung. Wütendes Mädchen. Erklärt die Phase mit den lila Haaren. Alle Konturen ganz in Schwarz, der Kleidungsstil ein bisschen zu aufmerksamkeitshungrig. Es hat einfach nicht gepasst. Alles ein bisschen zu viel »schaut mich an« – und genau deshalb hat es niemand getan. Das war ungefähr die Zeit, als ich auch aufhörte hinzusehen.

In einer Kleinstadt werden Menschen einsortiert. Wir erinnern uns alle. Ich erinnere mich. Obwohl sie wieder zur Normalität zurückgekehrt ist, hat das nichts geändert. Konnte den Schaden nicht ungeschehen machen.

Clara stapft davon und ich frage mich, wie zum Teufel ich sie am Leben erhalten soll, wenn sie mich nicht einmal für fünf Minuten ertragen kann.

4.2

Ich verschwinde nach dem halben Schultag und fahre weg. Ich ziehe raus zur Burg und parke auf einer Grasfläche, umgeben von Bäumen, gigantisch genug, um mich klein zu fühlen. Eine Erinnerung an meine eigene Unwichtigkeit, abgesehen von der Tatsache, dass sich die Welt aktuell wortwörtlich um mich zu drehen scheint.

Noch eine Portion Schultag, der genauso schmeckt wie die letzten drei, konnte ich nicht mehr ertragen und das ist ein guter Ort, um davon wegzukommen. Ich versuche zu dösen, die Stunden vorbeiziehen zu lassen. Immerhin steht die Zeit nicht still. Spielt dir was vor, wenn du kurz nicht hinsiehst. Gute Tage, die ich richtig genießen wollte, sind einfach vorbeigeflogen und ich hatte einen richtig schlechten, den ich ewig mit mir herumschleppe. Und jetzt hab ich einen Tag am Hals, den ich nicht ändern kann. Aber nach Mum sind ganze Wochen einfach in der Leere verschwunden.

Ich war an diesem Ort schon seit Jahren nicht mehr. Wir nannten ihn schon immer *die Burg*, aber wer weiß schon, wo das herkommt. Ein bedeutungsvoller Name für ein paar Steine, jetzt halb im Boden versunken, überwuchert von Moos und Gras, Ratten und Müll. In einer Kleinstadt braucht es solche Orte; etwas, wo du mit deinen Jungs hingehen kannst, wenn du alt genug bist für ein bisschen Freiheit, aber zu jung für die Pubs. Wenn du zu pleite bis für ein Café, keinen Führerschein hast für eine Fahrt ins Kino und du in einem Kaff ohne Zukunft lebst, wird eine bröckelnde Ruine eben zu einem Schloss.

Wir waren hier jeden Sommer. Anthony hatte immer seine rauschenden Lautsprecher dabei und feine Essensreste, die ihm seine Mutter eingepackt hatte. Worm hat die Songs ausgesucht und wir lagen zusammen in der Sonne neben dem eingestürzten Turm und warteten drauf, dass etwas passiert.

Clara kam auch hierher. Wir haben sie manchmal gesehen. Einmal insbesondere.

Ich erinnere mich an den Moment, es war wie in einem Film, sehe sie mit Genni an unserer Gruppe vorbeilaufen. Claras blasse Beine unter einem Sommerkleid.

Schwarze Haare mit Pony schwarzes Make-up und eine übergroße Taschenuhr an einer Kette, als wäre sie Alice im scheiß Wunderland. Sie hat gelächelt. Glänzte. Eins von den ruhigen Mädchen, aber ich ging davon aus, dass das die richtige Sorte Mädchen für mich sei. Ich bin ein ruhiger Kerl.

»Na mach schon, du alter Feigling, oder ich lade sie selber en«, provozierte Anthony und trat mir ans Schienbein.

»Die will dich«, ergänzte Worm und schob sich salzige Chips ins Maul.

Dann das Rumoren in meinen Eingeweiden, als ich rief, sie fragte, ob sie herkäme, mit dem Ziel, sie nach einem Date zu fragen. Ich weiß noch, wie das Rumoren schlimmer wurde, Felsbrocken in meinem Bauch, als sie mir einen Korb gab.

»Kann ich mir nicht vorstellen«, hat sie gesagt.

Natürlich konnte sie es sich nicht vorstellen. Konnte es sich nicht vorstellen, weil es absolut unvorstellbar wäre, dass sie mit mir ausgeht. Natürlich sagte sie nein.

Anthony und Worm haben sich kaputtgelacht. Mich damit bis zum Ende Sommers aufgezogen, ziemlich bevor ich was mit Grace Modi bei einer anderen Party hatte.

Wir waren wohl fünfzehn, aber ich kann immer noch dieselbe unangenehme Scham fühlen, als Clara mich abgewiesen hat. Ist ja nicht so, dass ich immer noch mit ihr ausgehen will. Kein Interesse an Clara und ihrer Art. Es belastet mich einfach nur, dass meine bestimmte Superkraft die Fähigkeit ist, jede unangenehme Erinnerung aufzurufen und neu zu erleben, als wäre das der Tag, in dem ich feststecke und nicht dieser hier. Ich zehre von seit Jahren vergangener Enttäuschung.

Aber gleichzeitig ist es eine nützliche Erinnerung. Es ist wirklich ein Problem, dass Clara mich für eine menschliche Platzvergeudung hält. Schließlich, wie kann man ein Mädchen retten, wenn man so unvorstellbar ist.

Zu Hause umgehe ich Dad und gewinne Zeit ohne Anthony, indem ich mich an mein cleveres Versprechen halte, den Alkohol allein zu besorgen. Wieder ein Punkt für mich gegen diesen niemals endenden Tag. Wieder ein Wechsel. Nimm das, Nietzsche.

Ich schleiche durch fluoreszierende Korridore, zu nüchtern, aber von den Regalen voller Flaschen uninspiriert. Es wäre so angenehm, die Flasche anzusetzen und mich in die Dunkelheit zu trinken und meiner Existenz die Schwere zu nehmen, aber wofür? Die Schwere kehrt immer wieder zurück. Und dieses Mal muss ich mir meinen Verstand erhalten.

Trotzdem hole ich mir bei Bingo Booze ein paar Bier und gehe zur Kasse.

»Du machst wohl einen drauf heute, wie ich sehe«, sagt Jane mit finsterem Gesicht. »Ausweis, bitte.«

Ich schiebe meinen Führerschein rüber.

Jane sagt: »Na Frodo, wo ist Gollum heute? Kann mich nicht an das letzte Mal erinnern, als ich einen von euch ohne den anderen gesehen habe.«

Ich lache, zutiefst schockiert, Jane einen richtigen Witz reißen zu hören. »Seine Party«, sag ich und deute mit der Hand auf die Bierflaschen.

»Das muss ja ein großer Spaß sein.«

»Jep. Lust drauf?«

»Danke. Lieber steck ich die Finger in die Fritteuse.«

Der kam so trocken, ich muss tatsächlich wieder lachen. »Alles klar.«

Jane bucht alles in die Kasse. Nachdem sie meine Scheine genommen hat, lässt sie das Wechselgeld auf die Theke fallen.

Dann sagt sie: »Der Typ ist eine Verschwendung von gutem Sauerstoff, dein Kumpel. Die Art, wie er sich hier benimmt, diese unreifen Witzchen über mich. Ist nicht so, als fiele mir das nicht auf.«

Eine zwanzig Pence Münze klebt am Tresen. Ich kratze mit meinen stummeligen Nägeln dran.

»Du solltest dich nach besseren Freunden umschauen«, sagt Jane.

»Ja, hör ich öfter.« Meine Freunde scheinen so beliebt wie die Bahn zu sein, aber es ist eben einfach zu glauben, jemand wäre diese oder sonst eine Art von Arschloch, wenn man nur die eine Seite von ihnen kennt. Ich wickel den Henkel meiner

Tasche ums Handgelenk, packe das Bier unter den Arm und winke. »Jane, danke.«

»Hannah.«

»Hä?«

Ich schau noch mal hin. Sie lächelt. Das erste bekannte Mal, dass Jane lächelt. Es verändert sie völlig. Sie ist jünger als erwartet, möglicherweise. Jane und ich könnten Freunde sein, fällt mir auf. Außer, dass sie nicht mal Jane ist.

»Jane hat hier vor mir gearbeitet. Haben mir nie ein eigenes Namensschild gegeben.«

Sie schnippt mit dem Finger gegen das lügnerische Stück Plastik auf ihrer Brust. Nicht Jane. Arbeitet seit Monaten hier und hat mich nie korrigiert. Außerdem fällt mir etwas Neues auf: ein kleiner Regenbogen-Anstecker gleich neben ihrem Nicht-Namen. Ein Tritt aus Bedauern trifft meine Rippen für jedes Mal, als wir uns über sie lustig gemacht haben. Sie ist eine Hannah, keine Jane, und scheinbar eine komplett andere Persönlichkeit.

Sie verschwindet wieder hinter ihrem Buch.

Beim Gehen rufe ich ihren neuen Namen und winke Hannah zu und sie winkt zurück. Das gibt mir ein breites Grinsen. Nennt mich verrückt, aber das wirkt wie ein gutes Vorzeichen.

4.3

Ich weiß nicht, wie ich hierhergekommen bin.

Vor mir steht der Tisch voll Bechern mit Jägermeister und Bier.

Sie sind in zwei gegenüberliegenden Dreiecken aufgereiht

und ich hab einen Tischtennisball in der Hand. Aber anstatt mit Beer Pong loszulegen, starre ich, denn Clara und Genni sind in der Küche, genau von den Türen eingerahmt, sodass ich sie von meinem Platz am Esstisch aus beobachten kann. Sobald Clara sich Richtung Alkohol bewegt, bin ich bereit, mich einzumischen.

Dieses Mädchen und Alkohol sind eine schlechte Kombination. Sie geht normalerweise nicht feiern, also kann sie schlecht damit umgehen, es verändert ihren Charakter. Sie mag ja auf Anthony stehen, aber ich hätte sie nie so eingeschätzt, dass sie mit jemandem etwas anfängt, den sie kaum kennt. Das eigentliche Problem kommt, wenn der Schnaps das Urteilsvermögen aus dem Ring boxt.

Also hier ist mein Plan: Ich behalte sie im Auge, behalte sie nüchtern, behalte sie am Leben. Easy-peasy. Wird dann auch die Zeit wieder normal? Vielleicht.

Clara tanzt, immer noch lachend natürlich, und es ist kein typisches sexy-betrunkenes Tanzen. Sie hat gute Bewegungen drauf und so. Ich bin mir nicht sicher, ob es ironisch ist, aber ich kann nicht aufhören hinzusehen.

»Komm schon, wirf endlich.« Eine schwere Hand landet auf meinem Kopf. »Aha, was haben wir denn da im Auge?«

»Nichts«, versuche ich Anthony abzutun, aber zu spät.

»Clara«, ruft er, und sie schreckt auf. »Komm schon, zeig, was du draufhast.« Sie schaut erst mich, dann Anthony an. Genni schubst sie mit breitem Grinsen nach vorne.

»Kannst du das nicht lassen?«, frage ich.

»Was denn? Ich tu dir einen Gefallen?« Anthony glotzt mich voll falscher Unschuld an. »Noch ein Mädchen mehr für euer Team«, sagt er zu Bee.

Clara läuft los, dreht sich im Schritt um und gestikuliert zu Genni, als würde sie richtig Ärger bekommen. Genni lacht und zwinkert ihr zu und wirft mir einen Blick zu. Anthony grinst uns alle an, als würde er das als Kompliment für sich ansehen. Was, denke ich, ziemlich genau der Fall ist. Als Clara neben mir angekommen ist, hat sich Genni schon längst Richtung Jays Lippen verabschiedet; glücklich, Clara loszuwerden, nachdem sie ihren Zweck erfüllt hat: Ratschlag gegeben, Mut gemacht. Ich weiß, wie das läuft.

»Du bist also gekommen?«, sage ich.

»Bin ich nicht, oder?« Sie lächelt. Sehr witzig.

»Nur überrascht, dich bei einer Party zu sehen, das ist alles.«

Sie sagt: »Oh, tut mir leid. Hab ich mir noch nicht genug Gehirnzellen weggesoffen, um deiner Art von ›Spaß‹ gerecht zu werden?«

»Du weißt schon, wie Partys funktionieren oder? Du kannst hier keine Gedichte aufsagen oder im Wohnzimmer die Kunst bewerten. Niemand möchte einen Vortrag über Frauenrechte.«

Sie blinzelt mich mit großen Augen an. Das war vielleicht ein bisschen viel. »Na ja, selbst schuld, Spence. Du hast keine Ahnung von Spaß, wenn du bislang meine Party-Kunstkritik verpasst hast.«

Ein Grübchen gräbt ein Loch in die Wange. Ein Finger windet dunkles Haar um sich. Entsetzt stelle ich fest, dass ich zurücklächle. Ich erinnere mich daran, wie »spaßig« die Clara Hart von gestern war, und werde wieder ernst. Ich Idiot bringe sie noch auf dumme Ideen.

»Es gibt keine Kunstwerke« – sehe dabei nur auf mein Getränk – »nur Bilder von Anthonys scheußlichem Gesicht.«

Sie eilt ihm nicht zur Hilfe. Nickt, als würde sie es kaum

interessieren, sagt dann: »Ich glaube, du wärst tatsächlich erstaunt, wie viel Spaß man mit mir haben kann.« Meine Hand zuckt. »Fast so erstaunt wie ich zu erfahren, dass du noch graue Zellen übrighast.«

»Ich bin schlau genug, Hart. Natürlich wärst du von mir niemals so beeindruckt, wie von dir selbst.«

»Bist du nicht ein kluger Junge?« Ihre Augen glänzen und sie schüttelt den Kopf und plötzlich kann ich mich nicht mehr erinnern, ob ich dran bin mit Reden, ob ich etwas Kluges sagen soll. Clara hatte beim ersten Mal schon recht – ich bin verdammt hirntot.

Mir wird die Gruppe wieder bewusst. Anthony schaut mich und Clara an, die falsche Aufmerksamkeit. Der Tisch, der Ball, die Becher. Beer Pong, stimmt.

Ich halte einen Seufzer zurück, aber ich bin im Eimer, nicht wahr? Mein großartiger Plan schwimmt mit dem Bauch nach oben an mir vorbei. Das Mädchen, das ich nüchtern halten möchte, einbezogen in mein Trinkspiel.

»Also ich werfe den Ball in den Becher?« Clara wickelt Haare um ihren Daumen.

Das Problem, Beer Pong ist ein Glücksspiel. Keine Chance, den Alkohol an ihr vorbeizubekommen. Ich stecke den Ball in die Tasche meines Hoodies.

»Nee«, sage ich. »Nehmt die Becher. Wir spielen ›Ich habe noch nie‹.«

Gemischte Reaktionen aus Stöhnen und Freude dringen aus der Gruppe. Mia versucht davonzulaufen und Bee meckert: »Herrgott, sei nicht immer so ein Spielverderber!« Und am Ende bleiben alle da. Gut. Ich hab den Ball, ich mache die Regeln.

Clara greift nach einem Becher, aber ich greife zuerst danach und kippe ihn halb herunter. Ich bin erleichtert, nur Schnaps und Limonade zu schmecken – das Mädchenteam geht es ruhiger an. Zuckrige Luft prallt in meine Speiseröhre zurück. Ich gebe den Becher zurück und Clara wischt meine Spucke mit ihrem Kleid weg.

»Tut mir leid«, sag ich.

In der Gruppe sind Anthony, Bee, Mia, Lana, Shaun und wir beide. Mit dem Spiel dürfte ich Clara einfach nüchtern behalten können, ziemlich sicher. Kann mir nicht vorstellen, dass sie nur die Hälfte von den Dingen getan hat, die diese Spinner hier mitgemacht haben. Und die werden gleich sofort mit Sex, Mutproben und anderen Rohheiten loslegen. Allerdings fehlt es mir noch an Inspiration, bis mein Blick auf Bees glückliches Gesicht fällt. Mein Gehirn durchfährt eine gehässige Welle.

»Ich habe noch nie ... Anthony Mansbridge sitzen gelassen«, sage ich und hebe meinen Becher in Bees Richtung.

Bee starrt in erschreckter Fröhlichkeit, die perfekten Zähne glitzern. Sie bemerkt: »Ein brutal passiv-aggressiver Start, selbst für dieses Spiel.«

Anthony zeigt mir den Finger. Ohne jede Spur von Humor, »Jetzt geht's los, du Drecksack.«

Bee trinkt und der Rest von uns sieht zu. Claras Becher bleibt an ihrer Seite, während sie die Ausschweifungen der anderen bestaunt. Bis jetzt läuft's ganz gut.

Und ich bin ein Genie, denn drei Runden »Ich habe noch nie« halten Clara nüchtern und ich lerne, dass sie noch nie:

- nackt gebadet hat
- Lehrern ihren nackten Hintern gezeigt hat
- Analverkehr hatte

Keine Überraschungen. Um ehrlich zu sein, war ich bislang auch nur nackt in einem Swimmingpool. Aber bei der Lehrerfrage trinke ich trotzdem. Weil es lustig ist und weil ich einen Drink möchte. Außerdem lässt mich der Erfolg, dass Clara nüchtern bleibt, langsam selbstsicher werden. Vielleicht ist es das Brennen von Jägermeister in meinem Hals oder vielleicht habe ich diese Nacht wirklich gut im Griff.

Noch mehr; ich gewinne soviel Selbstsicherheit wegen ihrer Nüchternheit, dass ich der Meinung bin, dass ich es ruhig etwas lockerer angehen lassen kann, als ich an der Reihe bin. Da gibt's eine Frage, die mir nachhängt und auf die ich gerne eine Antwort hätte und es ist das Risiko wert. Ich sage: »Ich hatte noch nie ... Gefühle für jemanden an diesem Tisch.«

Ich nehme einen Schluck von meinem eigenen Drink – meine lang anhaltende, tragische Anziehung zu Bee ist allgemein bekannt. Anthony trinkt und gestikuliert mit der Hand durch den Kreis.

»Kommt schon Mädels, Becher hoch.«

Bee seufzt. »Bitte denkt alle an die Vergangenheitsform, ja? Dieses Spiel sollte eigentlich ›Ich hatte vielleicht mal eventuell‹ heißen.«

Das tut weh, wirklich. Momentan in niemanden verknallt, Bee? Kein anhaltendes Bedauern? Unsere Blicke treffen sich und sie rollt mit den Augen.

»Mia!« Anthony ruft und zeigt mit dem Finger. »Runter mit dem Drink, du kannst nichts verbergen.«

Vielleicht trinkt Mia; vollkommen egal. Mir gegenüber nimmt Clara einen zaghaften Schluck von ihrem Schnaps. Sie bemerkt meinen Blick und sieht weg, rosa gesprenkelte Wangen.

»Jawoll, Clara« ruft Anthony, »du stilles Wasser.«
Ich schaue weg, Frage beantwortet. Natürlich mag sie ihn. Sie mögen ihn immer. Und sie geht heute Abend mit ihm nach oben – was hatte ich denn gedacht?

Ich verliere die Lust. Wenn die Frage stimmt, trinke ich, leere den einen Becher, fülle den nächsten.

»Mach langsam oder der Becher macht dir noch Probleme«, sagt Bee und ich nehme extra noch einen großen Schluck. Sie schnieft.

Als Bee dran ist, sagt sie: »Ich habe noch nie einem Mädchen einen Orgasmus verpasst«, was Anthony seine Chance gibt, richtig aufzutrumpfen. Wir sehen alle zu, wie sein Adamsapfel zuckt, während er trinkt und Bee steht auf, die Hände in die Hüfte gestemmt, fragt: »Wer ist die unbekannte Frau, die Anthony befriedigt hat? Kennen wir sie?«

Er trinkt aus und stellt klar, »Frauen. Viele, viele Frauen.«

»Irgendjemand, der das tatsächlich bestätigen kann?«

»Sei doch nicht so enttäuscht, weil ich's dir nicht mehr mache«, sagt er.

Am anderen Ende des Kreises sieht Mia angeekelt aus. Ich lächle düster aus Solidarität.

»Kein Getränk für den kleinen Spence?« Bee pikst mich mit ihrem Finger.

»Nee, ich ... heute nicht ... nee«, murmle ich mit brennenden Wangen. »Aber ich hab Durst.«

Ich kippe mein Getränk runter und frage mich, warum mir nichts Besseres eingefallen ist, um Clara vom Trinken abzuhalten, und Anthony hält sich die Hand vor die Stirn, als könnte er kaum glauben, mit mir befreundet zu sein, und die Mädchen machen Augen, als wäre ich ein putziger, naiver Cartooncharakter. Ich bin Nemo. Ich bin Wall-E. Ich bin das scheiß Baby-Bambi. Scheiß auf diese Nacht.

Das Spiel hat sein Mindesthaltbarkeitsdatum überschritten, als es mit Fragen endet wie »Ich habe noch nie sexuelle Gedanken an eine Cartoonfigur gehabt.«

Mia ist schon weg. Abgehauen, als es zu eklig wurde, und Lana ging als Nächste. Bee legt einen mit Sommersprossen gesprenkelten Arm um Claras Schultern, zieht sie an sich. Rote Locken neben glattem, schwarzen Glanz. Anthony geht dazwischen, neben Bee, legt einen Arm um sie und zeigt ihr sein Handydisplay. Bee sieht auf den Bildschirm, ihr Lächeln verschwindet. Clara reißt sich los, ihr Gesichtsausdruck kaum lesbar.

»So was schaue ich mir lieber allein an, vielen Dank«, sagt Bee mit einem unglaubwürdigen Lachen und einem Kopfschütteln. »Und suche vielleicht etwas aus, was Frauen gefällt.«

»Dem Mädchen scheints doch ganz gut zu gefallen.« Anthony dreht den Bildschirm und grunzt vor Freude. Ich seh nur ein bisschen davon. Eine kleine Frau und ein großer Mann, ein saugender nasser Mund, eine breite Hand, die einen Pferdeschwanz hält, ein verzogenes Gesicht und das war's.

»Du weißt schon, dass Porno nicht echt ist, oder?« Clara steht mit verschränkten Armen.

»Ach wirklich? Woher weißt du das?«

»Lächerlich.« Aber als Clara wegläuft, zeigt sich eine neue Farbe auf ihren Wangen.

»Richtig nett«, sage ich zu Anthony in einem feuchten Wirbel aus Jägermeister und Spucke. »Du bist ein Arschloch, weißt du das?«

Anthony kichert. »Du bist besoffen, Spence. Trink einen Schluck Wasser und schau dich selbst mal an.«

Ich wische meinen Mund ab. Was auch immer. Vielleicht hat Anthony recht, vielleicht auch nicht. In meinem Kopf schwappt es, aber harmloser als sonst immer. Und was, wenn ich drüber bin? Bee ist angetrunken, Mia sieht schlimm aus und Lana und Shaun machen sich in eine dunkle Ecke auf. Aber als ich in die Küche schlurfe, sehe ich Bee, die Clara in ihren Fängen hält, roter und schwarzer Kopf zusammen. Bee stolpert und Clara hält sie aufrecht. Denn alle anderen sind ziemlich im Eimer, außer Clara? Sie scheint nüchtern genug.

Auftrag erfüllt. Oder?

4.5

Aus unerfindlichen Gründen durhwühlt Clara in der Küche die Schränke und aus unerfindlichen Gründen sehe ich zu. Meine Gedanken sind verworren. Ich weiß, dass ich sie vom Trinken abgehalten habe; ich weiß, dass ich das war. Zwischen diesen beiden Einfällen ist meine Logik etwas schwammig, aber bei ihr zu bleiben scheint mir eine gute Idee. Ich fülle meinen Becher mit Wasser und halte ihn gegen meine kochende Haut, genieße die Kühle, dann trinke ich. Darin liegt ein dünner, anhaltender Geschmack nach Bier und anderen Resten.

»Was machst du da?«, frage ich. Clara hat Mehl, Eier, Zucker und Öl auf der Arbeitsfläche bereitgestellt.

»Tassenkuchen.« Sie zeigt auf die Zutaten, als sei es das Offensichtlichste auf der Welt. »Hab ich dir gesagt.« Oh.

»Warum?«

»Na ja, ich habe Hunger, meine beste Freundin ist verschwunden und du bist betrunken. All diese Probleme ließen sich mit Kohlenhydraten lösen. Also wenn du es schaffst, dich fünf Minuten nicht über mich lustig zu machen, bekommst du etwas vom Kuchen ab.«

»Abgemacht.«

Sie greift in den unteren Schrank. Ihr Kleid schiebt sich die Schenkel hoch und mein Blick bleibt hängen. Während sie die Zutaten vermischt, hält sie mir einen Vortrag über Tassenkuchenrezepte; aber die Informationen zischen nur so durch mein Hirn, da ich zu beschäftigt bin, zu bereuen, wie albern ich vorhin war. Scheint so, als hätte es sie getroffen.

»Ich habs vorhin nicht ernst gemeint«, sage ich. »Du bist schon okay, Hart.«

Sie blinzelt mich an. »Wo ist die Erdnussbutter?«

Die fünfundvierzig Sekunden Backzeit fühlen sich wie fünfundvierzig Jahre an. Der kräftige, süße Geruch treibt mir das Wasser im Mund zusammen und ich erkenne, dass es eine gute Entscheidung war, bei Clara zu bleiben. Für sie, mich, meinen Magen. Sie holt zwei dampfende Tassen raus und reicht mir eine davon mit einem Teelöffel, mahnt: »Jetzt noch nicht essen.« Aber schon zu spät.

Mein Mund brennt und ich spucke geschmolzenen, von Sabber verklebten Schokoladenkuchen in meine Hand. Clara spart sich den Kommentar.

Die Mansbridges haben breite, faltbare Türen zum Garten. Wir lehnen uns gegen die Wand, halb in der Küche, halb auf der Veranda. Halb kühl, halb heiß, Hände gewärmt von den Tassen. Wir haben einen Blick auf die Veranda, den türkisen Pool, geschmackvoll beleuchtet, der Ausblick verdorben von

Erinnerungen an vergangene und kommende Freitagspartys. Dort ist die Bank, wo Mia jeden Tag ihre Würfel hustet und wo Genni und Jay sich belecken wie zwei Hundewelpen. Ich grabe Erinnerungen aus, älter als dieser Schlamassel, andere Partys mit glücklichem Ausgang. Der Whirlpool, in dem Worm seinen bekannten Einsatz hatte, die Veranda, auf der ich allen, nach verlorenem Jenga-Spiel, meinen nackten Arsch gezeigt habe.

Clara redet viel. Sie ist wohl angetrunkener, als ich dachte, wenn sie so quatscht, mir damit hilft. Ihr Gesicht ist belebt, die freie Hand wild gestikulierend. Ich komme kaum mit, kann aber ein paar neue Tatsachen zu ihrem Profil hinzufügen.

Vor allem kann sie keine Geschichten erzählen.

»Oh, oh«, sagt sie, »lass mich erzählen.« Und sie wirds dir erzählen. Und da geht's um Genni und irgendjemanden, der hier war, aber auch um diese winzige Anmerkung von mir vor einer Stunde. Die Geschichte zieht los in eine schräge Richtung und dreht sich um sich selbst. »Warte kurz, sorry, sorry«, sagt sie, aber wird es niemals auf die Reihe kriegen.

Ich erfahre, dass sie Vegetarierin ist, bis auf das eine Würstchen im Schlafrock zu Weihnachten, ihr Musikgeschmack in Richtung der allumfassenden, abwechslungsreichen Genres wie »melancholische Cover von bekannten Hits« und »amerikanischer Jammer-Folk« läuft. Auch wenn das alles absolut banal ist – sie hat einen kleinen Bruder und arbeitet am Wochenende in einem Schuhgeschäft – lässt es sich gut zuhören.

Als ich eine Gelegenheit dazu habe, sag ich: »Gibt's dazu später einen schriftlichen Test?«

Clara sieht lächelnd zu Boden, sagt: »Vielleicht. Aber mach dir keine Hoffnung.«

»Kenne jetzt deine ganze Lebensgeschichte.«

»Das glaube ich kaum, James Spencer.«
»Ooh, so mysteriös.«
»Na klar.« Sie lacht.

Der letzte Bissen meines Kuchens hat sich an der Tasse abgekühlt. Weich und zuckrig. Die Erdnussbutter verklebt meinen Mund.

»Glücklicherweise weiß ich absolut alles über dich, was es zu wissen gibt, weil du zur oberen Riege von St. Peter gehörst.« Claras Kinn reckt sich vor, ihre Nase in der Luft. Sie nimmt einen sanften, spöttischen Ton an, als ob die Information pikant wäre. Ist sie nicht. An mir gibt es gar nichts Pikantes. Ich bin ein Pappaufsteller.

»Na los«, fordere ich sie auf.

Sie stellt sich aufrechter hin, zählt Fakten an ihren Fingern auf. Stimme lebhaft. »Nun, erst mal bist du ein gescheiterter Rugbyjunge; immer auf dem Feld, aber mies im Ärscheklatschen und Mädchenklarmachen, was man braucht, um Teil des Teams zu sein. Du bist definitiv schlauer, als du den Anschein erwecken willst und wahrscheinlich netter.«

»Ja, hast mich und meine streng geheime Freundlichkeit absolut durchschaut«, sage ich, aber erfreut. Wenigstens halb erfreut. Oder, na ja, es ist kaum ein Kompliment, wenn Clara anmerkt, dass ich keine Freundin habe. Okay, doch nicht erfreut.

Sie macht ein paar Schritte zur Seite. »Du spielst Gitarre und alle Mädchen mögen das. Und irgendwas ist dir letztes Jahr passiert.«

Ich versuche nicht mehr zu sagen als, »Was?«

»Jep, du wirkst wie abgemeldet und nimmst an Geschichte überhaupt nicht mehr teil. Ich schätze, zu viel Leistung bringen ist einfach nicht cool?«

Mein Hals errötet und wird noch heißer. Eins muss ich Anthony und Worm lassen: Sie können ein Geheimnis gut bewahren, wenn nichts dabei für sie rausspringt, kein Lacher aus meinem Unglück herauszupressen ist.

Andererseits wäre Clara ein paar Ränge zu niedrig, damit sie die Gerüchte erreichen. Irgendwie bin ich gleichzeitig froh, dass es so ist, und wünschte mir trotzdem, sie wüsste Bescheid.

Ich räuspere mich. »Vielleicht bin ich ja einfach dumm.«

»Das glaube ich tatsächlich nicht.«

Weiteres betretenes Schweigen. Grund fünfhundert, warum es am besten ist, mich nicht in solche Situationen zu bringen. Ich sage: »Ich weiß, dass du heimlich in Anthony Mansbridge verknallt bist.« Ihr Mund steht offen zum Protest und ich ergänze selbstgefällig: »Eben. Und deine Auswahl an Freunden ist schockierend.«

»Wow, warte mal einen Moment.« Sie hält eine Hand hoch. »Das geht nicht. Genni ist eine tolle Freundin.«

»Ein Mund groß wie China. Könnte ihn nicht halten, wenn ihr Leben davon abhinge.«

»Oh, da wärst du aber überrascht.« Clara blickt dabei zu Boden, aber ich kann ihre hochgezogenen Mundwinkel erkennen und dann gibt's natürlich noch das Grübchen. Schwierig, sein Lachen zu verbergen, wenn das ganze Gesicht einbezogen ist. Ich weiß nicht, was ich noch sagen soll. Vielleicht: ich weiß, du wirst schlechte Entscheidungen treffen und am Ende sterben. Ich weiß, dass mein Kumpel dich vögeln wird und dich dann sitzen lässt. Ich weiß, wie du zusammengesunken auf der Straße aussiehst.

Der Löffel fällt mir aus der Hand in die Tasse, mein Mund ist plötzlich wie voll Staub.

»Jep, Genni ist eine echte Freundin; gut, dass sie dir Gesellschaft leistet.«

Drüben auf der Bank kann ich nicht mehr erkennen, wo Genni aufhört und Jay beginnt. Ich sage: »Komische Art, einen Mann zu ersticken.«

Clara lacht. Ich bin nah genug, um die Einzelheiten ihres Gesichtes zu sehen. Nah genug, um meine Silhouette zu sehen, die sich im Licht ihrer Augen spiegelt, und dass der Fleck zwischen dem Rand ihrer Lippen und dem Grübchen nicht braun oder schwarz ist, sondern dunkelblau. Ich könnte mich ausstrecken und es berühren. Mach ich nicht. Offensichtlich nicht. Seltsamer Gedanke. Mein Herz trommelt. Ich trete zurück und konzentriere mich darauf, dass letzte Eckchen Kuchen herauszukratzen.

»Ich kann es kaum erwarten, hier rauszukommen«, sagt sie mit einem Seufzen und dem Rest eines Lächelns.

Ich schlucke. »Danke. Ich genieße deine Gesellschaft auch.«

»Nicht *dieser* Ort.« Sie fuchtelt mit den Händen, alles einschließend. »Diese Schule, diese Stadt, diese Leute.«

»Äh –«

»Die *meisten* dieser Leute.«

Wie auf Kommando schallt Anthonys Lachen durch die Türen wie Donner. Er steht gebückt im Esszimmer, Bee steht ihm gegenüber mit den Händen in die Hüften gestemmt, ganz klar angepisst.

»Er ist *so* ein Schwein«, sagt Clara wehmütig. »Und Gott, diese Party, wirklich? Alle sagen: ›Komm, du verpasst was, die Party wird *großartig*.‹« Sie zieht das letzte Wort in die Länge und lässt ihre Finger in der Luft laut schnalzen, um ihren Punkt zu betonen.

»Ja, jeder, der meint, dass es *so* gut ist, sollte ausgeladen werden. Und erschossen.«

»Die meisten Leute mögen Anthony ja nicht einmal – das ist das Verrückte. Aber das ist egal. Die soziale Stellung von uns allen hängt im Prinzip daran, wie einfach man schlecht mit uns umgehen kann. Ich bin eben zufälligerweise leichte Beute und du nicht, weil du ein Meter achtzig voll Muskeln bist und mit dem reichen Typen befreundet.« Sie verschränkt die Arme. *Muskeln*, wiederholt mein Gehirn zur Betonung.

»Warum bist du dann hier? Wirkte nicht so, als hättest du Bock. Sondern eher wie: ›Nee, danke, keinen Tripper für mich.‹ Was war da los?«

Sie stöhnt. »Ich hatte es immer vor. Ich hatte es Genni versprochen, aber dann hatte ich einen schlechten Morgen und Anthony hat mich mit seinen dummen Sprüchen genervt. Ich wette, ich sehe jetzt ziemlich dumm aus.«

Ich zucke mit den Schultern. Sie tut es auch ein bisschen. »Die High School ist ein verrücktes soziales Experiment. Wir versuchen alle, einfach nur durchzukommen. Beliebtheit ist nicht real, nicht wirklich.«

»Du hast leicht reden. Es ist einfach zu ignorieren, wenn es einen nicht betrifft.«

Sie hat recht; es schien unwahrscheinlich, selbst als ich es sagte. Warum mögen Leute Clara nicht? Warum mögen Leute Anthony? Warum legt sich mit mir keiner an? Wann haben wir alle entschieden, wer cool ist und wer nicht?

»Magst du ihn deshalb?« Ich deute mit der Hand in Anthonys Richtung. »Weil er beliebt ist oder so?«

Clara schaut verwirrt, als hätte ich sie stattdessen nach Details aus dem Rugbyregelwerk gefragt.

»Nein, ich –«

Irgendjemand gibt ein lautes, ironisches Wolfsheulen von sich. Dem Geräusch folgt ein wild fuchtelnder, rennender, nackter Mann. Worm, um genau zu sein, der aus dem Wohnzimmer stürmt, unverständlich brüllt. Bedenkt man, wie bekifft er ist, ist sein Tempo beeindruckend. Seine Nacktheit eher weniger.

»Rote RAKETEEEEEEEEE!«

Er sprintet durch die Küche hinüber zum Rand der Terrasse. Der Sprint endet mit einem Sprung. Einem Platsch. Und Worm ist weg. Verloren in einer Welle Poolwasser.

»Unglaublich, dass er versucht, diesen Spitznamen zurückzubekommen«, sage ich.

Dünne Bläschen. Worm bleibt unter Wasser.

Zehn Sekunden. Mehr? So verwirrt mein Verstand auch ist, ich weiß, dass das ein schlechtes Zeichen ist.

»Tu etwas.« Clara verdreht eine Handvoll meines T-Shirts. Meine Arme beginnen meinen Körper zu umkreisen, ziehen meinen Hoody aus, Stiefel, öffnen die Jeans.

Verdammter Worm. Ich stolpere die Veranda entlang und springe rein. Sinke tief, bis mein Zeh an den Boden des Pools stößt, und stoße mich ab. Ich tauche auf, schnappe nach Luft, tanze auf Zehenspitzen, um mein Kinn über dem Wasser zu halten. Suche die Oberfläche nach meinem Kumpel ab. Wenn er ertrunken ist, dann …

Aber das Wasser spritzt beiseite und ich stehe ihm gegenüber.

»Was geht ab, Spence?«, fragt ein gesunder, grinsender Worm.

»Drecksack …«

Er hat einen Vorsprung. Ich beginne zu kraulen, aber da ist er schon auf der anderen Seite, hievt sich hoch, raus und weg, kreischend in die Nacht.

Ich plansche meine Frustration heraus. Das heiße Adrenalin verlässt mein Blut und wird durch die eisige Kälte des Pools ersetzt.

»Rote Rakete?«, sagt Clara vom Beckenrand. »Weil seine Anatomie hundeähnlich ist? Gutes Beispiel für die Existenz von sozialer Hierarchie – wenn das mein Spitzname wäre, würde ich nie zu Partys eingeladen.«

»Worm ist nicht besser.« Ich wate zum Rand.

»Nicht wirklich. Und das ist genau mein Punkt.«

Der Beckenrand rutscht unter meinen Armen weg, sodass ich stolpere und auf den Fliesen zusammenbreche. Meine Jeans sind sofort wie bleiern und eingeschrumpft und die Luft ist noch kälter als das Wasser.

Ich beiße die Zähne zusammen und schlinge die Arme um mich. Clara hebt meinen Hoodie von den grauen Fliesen auf und breitet ihn vorsichtig über mich aus, aber es nützt nichts.

Ich muss trocken werden. Ich muss mich umziehen. Ich sollte Clara nicht zurücklassen.

»Kommst du mit?« Ich nicke in Richtung des Hauses.

»Um dir beim Ausziehen zuzusehen?« Ihre Augenbrauen schießen in die Höhe. »Was für ein Angebot. Aber ich glaube, das schaffst du allein.«

Ich ziehe meine Arme fester an, schlage die Beine übereinander, erbärmlicher Versuch, Körperwärme zu sparen. Es gibt keinen guten Grund, warum sie mit mir kommen sollte. Zumindest keinen, den ich mit ihr teilen kann.

Aber mit Anthony ist sie nach oben gegangen.

Sie sagt: »Geh schon, bevor du erfrierst. Ich werde hier warten. Oder irgendwo. Du wirst mich finden.« Ihre Augen weiten sich. »Oder auch nicht, wenn du nicht willst.«

»Kann ich dich allein lassen?«

»Todesnüchtern, ungefähr fünf Meter von meiner besten Freundin, im Haus deines besten Freundes? Entführungen kommen unter solchen Umständen eher selten vor.«

Ich lache nicht. Clara schaut bereits ein bisschen verwirrt. »Geh schon!«

Ich nehme den Hoodie ab und ziehe ihn über ihren Kopf. »Zum Warmhalten«, erkläre ich. Er hüllt sie ein, fällt beinahe bis zum Ende ihres Kleides. Ist nicht perfekt, aber sie ist immerhin ein bisschen bedeckter als vorher. *Better safe than sorry.*

»Bleib hier, ja?«

»Du musst jetzt gehen.« Sie schubst mich spielerisch.

Nach einem letzten zögerlichen Blick gehe ich nach drinnen.

Aufgrund der Scheinwerfer war es draußen heller als drin. Meine Augen gewöhnen sich an das Halbdunkel der Küche. Die Türen verstopft mit Menschen, die ich nie gesehen habe.

Clara wird schon okay sein. Sind nur zwei Minuten. Ich zieh mein Handy aus meinen Jeans, aber es ist nass und schwarz von seinem Tauchgang. Ich schick Worm die Rechnung, falls wir die Nacht überleben.

Die Uhr auf dem Thermostat sagt 10:55. Ich starre drauf, von einer Erinnerung ergriffen, die ich nicht ganz einschätzen kann. Worm auf der Treppen, triefend nass. Worm auf der Couch, jammernd über Tiger in der Serengeti. Dieser Tag fühlt sich falsch an, irgendwie. Aus der Reihe gefallen, wortwörtlich.

Leute stehen mir im Weg, als ich zu den Treppen eile. Irgendein Mädchen spießt beinahe meinen Fuß mit ihrem Absatz auf, ergreift dann meine Hand und lässt nicht mehr los. Ich nehme ihre sprudelnde, sich wiederholende Entschuldigung an, als Bee mich entdeckt.

»Spence, kleiner Spence.« Sie ergreift die Rückseite meiner blöden Jeans und glotzt bestürzt darauf. »Du bist nass.«

Ich zucke mit den Achseln. »Lass los, okay? Ich tropfe auf den Boden.«

»Achtung, frisch gewischt«, singt sie. »Du bist ein Albtraum für Gesundheit *und* Sicherheit.«

Bee strahlt mich an, Augenlider blinzeln unregelmäßig. Wäre ich betrunkener oder müsste ich nicht woanders sein, wäre sie süß. Bee macht einen wackeligen Knicks und fällt um. Ich fange sie auf und sie hängt an meiner Schulter.

»Tanz mit mir«, haucht sie, ihre Hand auf meiner Brust, ihr Haar in meinem Gesicht. Ihr Geruch. Blumig. Ihre Wärme. Ablenkend. Alles sehr ablenkend.

»Willst du nicht tanzen?« Bee schmollt. »Ich wette darauf, dass Anthony will. Sag ihm, dass es nicht in Ordnung ist, mir hundert Nachrichten am Tag zu schicken. Okay?«

»Das tut er nicht ...?« Ich muss lachen. Scheiß Anthony lässt nichts an sich ran, aber bettelt, wenn er glaubt, dass es niemand mitbekommt.«

»Ich bin damit absolut fertig.« Bee schnieft, schaut mich dann an. »Und du. Du hast den ganzen Abend mit Clara Hart verbracht, erklär mir das mal.«

»Hä?« Verlegenheit und Verblüffung ringen um Kontrolle.

»Du solltest mal ihre Kunst sehen. Geisteskrank. Du willst sie doch?«

Bee ist gerade in einer anderen Dimension, aber nicht so

weit weg. Und offenbar kennt sie Clara. Ich sage: »Schau mal, Clara ist draußen. Geh und pass auf sie auf, ja? Pass auf, dass sie nicht ... weiß nicht ... schau weißt du, dass Mia auch besoffen ist? Sie kotzt draußen ihr Innerstes raus. Pass bitte auf die beiden auf. Die brauchen dich.«

Bee schnipst abwesend und versucht meine Hand in eine Tanzhaltung zu bekommen. Sie sagt: »Ach, tut sie das wirklich? Arme Mia.« Bee rümpft die Nase. »Die kleine Mia lebt nach ihrer liebsten Vorstellung, in der sich die Welt nur um sie dreht.«

»Hmm.« Ich reiße mich los. Ernsthaft, ich bin von meinen Prioritäten beeindruckt, denn ich würde gerne bleiben, bisschen tanzen und fragen, warum genau Bee wegen mir und Clara schmollt.

»Mädchen passen doch aufeinander auf, oder? Geh nachsehen. Raus mit dir.« Ich deute mit dem Finger und schubse sie Richtung Garten und kann entkommen.

4.6

Ich öffne Anthonys Tür zuerst, aber es ist zu sehr mit der Katastrophe verknüpft, als wären alle Klamotten dort drin unwiderruflich davon kontaminiert. Stattdessen verdrücke ich mich zu Erics Zimmer, sauber und unbewohnt.

Die Kommode enthält Sweatpants, ein T-Shirt und einen Pullover. Glück für mich, dass Anthonys Bruder auch eine Bohnenstange ist. Draußen werden die Partygeräusche schrill. Irgendwas ist passiert, aber das Gekreische ist harmlos – da ist keiner in ein Auto gelaufen. Ich schaue aus dem Fenster, aber ich sehe nur die Vorderseite. Bäume. Kies. Geparkte Autos. Ein paar schleichen herum und machen wer-weiß-was. Mir egal, ich bin angezogen und gleich die Treppe runter. Ich halte mich am glatten, breiten Ende des Treppengeländers fest, unter einer Wand von Mansbridges, unsterblich gemacht in glänzendem, geschmackvollem schwarz-weiß.

Vom Flur aus öffnen sich die Flügeltüren zum Wohnzimmer, wo die Menschenmassen zu poppigem Blödsinn herumzappeln.

Irgendwer fällt hart gegen meine Schulter und atmet giftige Dämpfe in mein Ohr.

»Oh scheiße«, stöhnt eine bekannte Stimme. »Mir geht's gar nicht gut.«

Gleichzeitig drehe ich mich und fange Mia, während sie umkippt. Ihre Haut ist matt und stumpf, Augen rundherum verschmiert, Mund steht offen. Sie sieht aus, als wäre sie bereit, sich zu übergeben; bereit für die Bank, wo sie jeden Abend endet.

»Willst du dich hinsetzen?« Ich sage das als kleinen Hinweis wissend um ihre Endstation. Muss schon später sein, als ich dachte.

»Lass mich in Ruhe!« Sie geht einen Schritt und beugt sich nach vorn. Ein würgendes Geräusch, ein Platschen, als alles aus Mia rauskommt und den Boden trifft. Ich springe beiseite, aber sie kniet sich nur hin, während sich die Pfütze ausbreitet.

»Verdammte Scheiße, Mia. Jesus.«

Sie schaut mit erbarmungswürdigem Gesicht. »Ich glaub, ich hatte einen zu viel.«

»Ach, wirklich?«

Ich schaue den Gang entlang, kurz gefangen von Unentschlossenheit. Jetzt abhauen oder dableiben und sich aufhalten lassen? Mia ist nicht mein Problem, aber schwierig zu ignorieren. Ich mache beides.

Absolut schlechte Partyetikette, Mädchen aus dem Weg zu schubsen und ins Klo zu stürmen, sobald es sich öffnet, aber es muss sein. Ein Mädchen klatscht mir auf den Hinterkopf, als ich mich vorbeidränge. Ich schnappe mir eine Handvoll Klopapier und ein flauschiges Handtuch. Ich tränke das Handtuch in Wasser und es tropft, mein Bauch wird nass.

Mia ist dort, wo ich sie gelassen habe.

Das Handtuch nimmt sich ihr Kinn und ihre Hände vor, die vergeblich versucht haben, den Mageninhalt aufzufangen. Ich werfe das Klopapier auf den Boden und wische auf. Der Geruch ist übel, aber das Weinen ist schlimmer. Zwischen leidigem Schluckauf verstehe ich ein paar Worte.

»Tut mir leid, Spence. Ich hätte nicht kommen sollen.« Damit hat sie recht, also bin ich ruhig und versuche so gut ich kann zu wischen. Rubbel an ihrem Kleid, aber das lohnt nicht.

»Geh mal an die frische Luft, okay?«, sage ich, als Mia sich mühsam aufrichtet.

Ich geh mit ihr in die Küche, fülle einen Becher mit Wasser und drück ihn ihr in die Hände.

»Da, sieh zu, dass du das trinkst. Setz dich – die Bank sieht gut aus, ja?« Ich deute durch die Tür und sehe nach Clara. Ich sehe sie draußen nicht, aber es ist mittlerweile auch kalt geworden. Mehr Leute sind jetzt reingekommen.

Mia sagt: »Warum, warum bin ich hergekommen? Es ist doch jedes Mal dasselbe und er ...« Sie fasst sich ins Gesicht und was auch immer sie murmelt, bleibt in ihren Händen hängen.

Typischer Party-Fallout. Schlussmachen, Pärchensorgen.

Wer auch immer das bei Mia ausgelöst hat, kann sich eine Menge anhören.

»Hör zu, Mia, tut mir leid, ich muss los.«

Ich lasse Mia in Richtung ihrer Bank torkeln und gehe zurück ins Wohnzimmer, dränge mich durch die Menge von einer Ecke zur anderen, in denen sich einzelne Partygänger verstecken. Clara ist weder in keiner davon. Mrs Mansbridges Dekorationsentscheidungen machen die Suche nicht leichter, es ist schwierig, nach einem schwarzhaarigen Mädchen in einem stilvoll dunklen Raum zu suchen, gedämpft beleuchtet und voller Schatten. In der Mitte der Menge bietet ein großes Viereck aus Sofas eine Möglichkeit, sich zu verstecken, oder Clara könnte hinter dem großen deckenhohen Bücherregal sein, das den Raum aufteilt.

Aber nachdem ich alle Ecke abgesucht habe, sehe ich nichts von Claras unverwechselbarem, dunklen Kopf. Sitzt nirgendwo, steht nirgendwo, tanzt nirgendwo, ist einfach nirgendwo. »Scheiße.« Ich springe aufs Sofa, ramme mein Knie in Gesichter, verbiege Knochen. »Scheiße.« Ich schaue auf mein Handy und werfe es zu Boden, als ich sehe, dass es immer noch dunkel ist.

Draußen hat sich die Party zu einer Geräuschkulisse aus Whirlpool-Planschen heruntergefahren. Die Leute haben sich zu einer stockbesoffenen Art von Feierlichkeit beruhigt, aber meine Sinne sind messerscharf. Die Bank ist leer – Mia ist weg; es werden immer weniger Mädchen. Man würde nicht davon ausgehen, dass man ein Mädchen bei einer Party verlieren kann, aber ich, James Spencer, habe gleich zwei verloren. Ich marschiere umher und suche zwischen gefühlt Hunderten einen Meter sechzig an Mensch.

Mia mag nicht an ihrem üblichen Platz sein, aber Jay und Genni sind zu Gange wie sonst auch. Der Stress lässt mich dreist werden, als ich zur abkehrten Seite des Pools laufe und Genni auf die Schulter tippe. Dann noch mal fester, nachdem sich nicht reagiert hat.

»Hey, Genni.«

»Ja?« Genni löst sich von Jay. Ihre Lippen sind rot und feucht, ihr Ausdruck wie betäubt.

»Wo ist Clara?«

Genni kichert. »Sie wurde untergetaucht.« Sie zeigt auf den Poolbereich. »Direkt nachdem du sie im Stich gelassen hast. Sie war wenig begeistert; arme, traurige, nasse Ratte.«

Meine Körpertemperatur sinkt schlagartig ab. Ich greife fest nach Gennis Schulter.

»Ähm, nee danke!« Genni glotzt verstört auf meine Hand.

»Wo ist sie hingegangen?«

»Was zum Teufel?«, grummelt Jay.

»Sie war pitschnass«, sagt Genni. »Sie ist nach drinnen gegangen. Herrgott noch mal, du Spinner. Nimm deine Hand weg.«

»Was?« Ich drehe mich umher, als könnte es vielleicht nicht wahr sein, als könnte Clara doch hier sein.

»Jesus«, sagt Genni. »Frag Bee.«

Gennis deutendem Finger folge ich dorthin, wo Bee gerade mit jemandem aus der unteren Klassenstufe kichert. »Clara Hart.«, verlange ich. »Wo ist sie?«

»Sie ist sich abtrocknen gegangen.« Bee zieht mit einem Plopp einen Lolypop zwischen ihren Lippen hervor. »Oder lässt sich abtrocknen.«

»Was?«

»Mein Gott, ich mache doch nur Witze. Du bist so ernst. Sie hatte einen kleinen Unfall mit Wasserbezug, das war's schon. Anthony hat sie im Whirlpool getauft. Alles gut. Er hat sie mit nach oben genommen. Unterkühlung abgewendet.«

Und obwohl ich Clara sicher und nüchtern zurückgelassen hatte, macht sich eine Schwere in mir breit. Bleiernes Unheil.

Ich renne los. Rutsche auf dem polierten Boden in der Küche, durch den Flur, knalle gegen Wände. Als ich bei den Treppen ankomme, sehe ich, dass ich nicht nach oben gehen muss.

Clara. Sie sitzt auf der untersten Treppenstufe, an die Wand gelehnt, zusammengesunken, starrt ins Nichts. Sie trägt ein gestricktes Oberteil und weiche schwarze Hosen. Teures Zeug. Zu groß. Mrs Mansbridges Zeug. Claras Haare sind nass an den Spitzen, aber trocken an den Wurzeln. Eine lange Strähne hängt nur einen Zentimeter von ihrer Nase. Ihre Lippen sind zusammengekniffen. Sie sieht unwohl aus, als wäre sie noch einmal gestürzt. Total – ich weiß auch nicht – betäubt.

»Clara?« Ich höre sie einatmen. Sie zieht die Arme fester und lehnt sich gegen ihre Knie. »Wo warst du?«

Sie schaut hoch, dann nach unten. Ihre Unterlippe verschwindet.

»Tut mir leid, ich meine ...« Ich reibe mit der Hand über das Treppengeländer und es ergibt ein unpassendes Geräusch. Ich nehme die Hand weg und hocke mich neben Clara. Sie zuckt weg. Ich frage: »Bist du okay? Hast du dir wehgetan? Bist du gestürzt?«

»Nein.« Sie schaut mich immer noch nicht an und ich widerstehe dem Drang, ihr Gesicht zu mir zu drehen.

Ich versuche es wieder. »Hör mal, bist du mit Anthony nach oben gegangen?«

Sie blinzelt langsam.

Ich sage: »Ich weiß, du magst ihn. Hat er vielleicht irgendwas gesagt?« Sie macht sich noch kleiner. Beunruhigenderweise rollt eine Träne über ihr Gesicht, verschwindet in den Fältchen ihrer zusammengepressten Wangen. Ich hebe die Hand und lege sie auf ihre Schulter.

»Nicht«, sagt sie, versucht auszuweichen und knallt ihren Körper gegen die Wand. Ich ziehe die Hand schnell zurück. Drücke sie stattdessen zwischen meine Knie.

Ich suche nach den richtigen Worten; etwas, das ich sagen kann, damit sie weiß, ich verstehe. Ablehnung ist schlimm. Dinge tun mehr weh, wenn du sie nicht erwartest. Dinge tun außerdem nüchtern mehr weh. »Habt ihr beiden rumgemacht?«, sage ich mit leiser Stimme. »Hat er sich wie ein Arschloch verhalten? Manchmal ist Anthony ein bisschen ... du weißt schon. Er denkt nicht drüber nach, dass –«

Sie steht auf und geht auf die Tür zu. Ich bin vor ihr da, die Hand schnellt nach oben und mein Rücken prallt gegen Tür und Rahmen. »Nein«, sage ich, mit voller Lautstärke, mein beruhigender Ton jetzt ernst. »Was auch immer dich so beunruhigt hat, du gehst da nicht raus, okay?«

»Mir doch egal ...?« Sie befreit eine Hand und wischt über ihr Gesicht. »Meine Autoschlüssel ... kannst du die bitte holen?«

Erleichterung durchfährt mich, mit einer guten Portion Stolz. Heiterkeit könnte man das fast nennen. Das Gefühl der letzten Meter auf dem Weg in die Endzone in einem Rugbymatch, die Gewissheit, dass der Typ hinter dir keine Chance hat, dich einzuholen. Clara ist nüchtern genug, selbst nach Hause zu fahren, und ich habe gewonnen. Nüchterne Mädchen laufen nicht auf die Straße.

Ich erkläre mich bereit, die Schlüssel zu holen, und sie verspricht, an derselben Stelle zu bleiben. Ich gehe nach oben zu Anthonys Zimmer, öffne die Tür und betätige den Lichtschalter.

»Woah, viel zu hell!« Anthony bedeckt sein Gesicht mit einem Arm und blinzelt mich an. Er sitzt auf seinem Bett in Jeans und T-Shirt, Socken an seinen Füßen. Irgendwie hatte ich nicht erwartet, ihn angezogen vorzufinden. Ich zweifle schon wieder an meinem Urteilsvermögen. Vielleicht ist da gar nichts gelaufen. Vielleicht hat sie sich verletzt, als sie in den Whirlpool geworfen wurde.

Es liegt ein säuerlicher Geruch in der Luft. Ich bleibe am Fuß des Bettes stehen und sage: »Hey, was ist mit Clara los?«

Seine Hand bedeckt immer noch seine Augen. »Was hat sie gesagt?«

»Nichts.«

»Was denkst du denn, ist passiert?«

»Sie ist nicht gerade glücklich. Sie sitzt dort unten und weint.«

»Oh.« Ein missbilligender Blick. »Sie ist wahrscheinlich ein bisschen betrunken und emotional, du weißt doch, wie Mädchen sind. Ich denke, sie hat Rosen und eine Packung Pralinen erwartet.«

»Also ist da etwas gelaufen?«

Anthony steht auf. Geht rüber zu mir. »Was machst du da?«

Meine Schultern zucken. »Sie will abhauen.«

In Anthonys privatem Badezimmer liegt Claras Tasche auf dem Boden neben ihrem Kleid, zu einem nassen Haufen abgeworfen. Ich wühle mich durch die verdammte Tasche und finde ihre Schlüssel; ein Schlüsselanhänger einer Dänischen Dogge ist daran befestigt.

Sie war nicht betrunken; das stimmt nicht. Also wie ging das von Kaum-miteinander-Reden zu Anthonys Schlafzimmer innerhalb von zwanzig Minuten? Sie musste sich umziehen, nachdem sie in den Whirlpool geschubst wurde, klar, aber ist Anthony wirklich so verdammt unwiderstehlich?

Bezauberndes Arschloch. Aalglatt, nichts dahinter und man würde erwarten, dass jemand wie Clara das total durchschaut. Ich werfe wieder einen Blick auf das Kleid und Ärger macht sich in mir breit. Ich frage: »Magst du sie überhaupt?«

Anthony schnalzt mit der Zunge und wackelt mit der Hand; von einer Seite zur anderen, um klarzumachen, dass es beides sein könnte. Ich gehe auf den Treppenaufgang, bevor ich etwas sage, was wir beide bereuen würden.

Drei Treppenstufen runter und ich klimpere mit den Schlüsseln in Richtung Clara. Sie sieht auf. Noch einen Schritt weiter und sie wendet sich ab.

»Warte – «

»Was?«, sagt Anthony direkt hinter mir.

Die Haustür knallt gegen die Wand. Clara schleudert sich in die Nacht hinaus. Ich lasse die Schlüssel fallen und laufe los. Sie läuft ebenfalls.

4.7

Letzte Worte. Ist das üblich?

Genau wie Grabinschriften, Nachrufe und die Größe der Trauergesellschaft, die man bewusst auswählt, sind doch die eigenen letzten Worte etwas, das einen interessiert. Aber diese letzten, wichtigen Worte sind nicht deine eigenen. Deine allerletzten Worte an diese Welt sind wahrscheinlich gar nicht so groß oder wichtig. Die wichtigsten Worte sind die, die man einer Person mitteilt, bevor sie stirbt. Das sind die, mit denen man leben muss. Das sorglose »Bis später«, als ich eines Nachmittags aus der Tür gerannt bin, meine zwecklosen Worte an Clara auf der Treppe: »Warte.« Und davor dieses Versprechen. Das waren die falschen Worte. Die bedeuteten etwas, aber haben sie nicht abgehalten.

Ja, Worte bedeuten so viel. Was man sagt. Wie man es sagt. Ich habe überhaupt keine Ahnung von diesem Kram und weiß auch genau, von wem ich das geerbt habe. Das läuft in der Familie, genau wie stille Feindschaft. Manchmal treffen diese Macken im Charakter auf die schlimmste Weise aufeinander.

Vor einem Jahr in Anthonys Wohnzimmer, meine Daumen auf Höchstgeschwindigkeit, um das Ergebnis bei Fifa auszugleichen, und mein Handy scheppert auf dem Beistelltisch. Es hätte irgendein beliebiger Tag sein können. Es war ein beliebiger Tag und ich war angefressen, als Dads Name auf dem Display aufleuchtete. Es ärgerte mich, dass er anrief, während ich bei einem Kumpel zu Hause war, obwohl es eine Nachricht doch auch getan hätte, aber ich ging trotzdem ran.

»James.« Dads Stimme klang belegt. Er räusperte sich hörbar und das Zögern schmerzte. Anthony wartete, den Controller noch immer der Hand. »James, du musst ins Krankenhaus kommen. Ich ... ich kann nicht hinfahren, aber Jess ... Tante Jess kommt.«

Das ergab keinen Sinn. »Dad?«

»James, ich muss dir was sagen ... muss es dir sagen ... deine Mutter hatte einen Unfall.«

Dann machte er eine Pause. Mein Verstand drehte sich im

Kreis. Machte sich unendliche Gedanken und Pläne in der Pause, die Dad ließ. Die Pause ließ so viel Gelegenheit, darüber nachzudenken, wie ich zu ihr gelangen sollte, wie es ihr ging, denn ich müsste jetzt los, ins Krankenhaus, zu ihr.

»Sie hat ...«, sagte er. Ich hielt den Atem an, als ich sein Krächzen hörte. »James, sie ist ... James, sie ist gestorben.«

Einfach so. Das waren die Worte, die er gewählt hat. Besser konnte er es nicht.

Ich legte das Handy hin, lehnte mich auf dem Sofa zurück, immer noch den Controller in der Hand. Und Anthony legte eine Hand auf meine Schulter. »Hey, du siehst nicht gut aus.« Er betrachtete mein Gesicht, ganz voll Sorge und mit gereckten Augenbrauen. Ich setzte an, um etwas zu sagen, aber konnte nicht. Ich fiel in mich zusammen, dort an dieser Stelle. Anthony blieb bei mir, bis Tante Jess kam. Blieb seit diesem Tag immer an meiner Seite, weil ich es nie wieder geschafft habe, der Alte zu sein.

Und Dad? Er hat mir das einfach so am Telefon erzählt. Hätte er warten sollen? Wäre es besser gewesen oder schlechter, hätte er mich noch eine weitere Stunde im Glauben gelassen, meine Mum wäre immer noch am Leben?

Vielleicht gibt es dafür einfach keine guten Worte. Keine gute Weise, sich darum zu kümmern und keine gute Weise, jemanden zu verlieren. Vielleicht gibt es genauso keinen Weg, Clara einfach aufzuhalten.

Heute Nacht, nach dem Kies, der Straße und Clara, nach der Fahrt im Streifenwagen und den Fragen und dem Wartezimmer, steige ich wieder zu Dad ins Auto. Seine Hand ruht auf dem Lenkrad. Vielleicht ist es die Erinnerung an seine letzten

Worte, genau vor einem Jahr, was ihm seine Augenringe erhält.

»Das arme Mädchen«, sagt Dad und schüttelt traurig den Kopf. »Ihre armen Eltern.«

Sein Gesicht verzieht sich voller Sorge, als würde er sich vorstellen, wie es sich anfühlte, mich zu verlieren. Ich denke manchmal – auch wenn er es vehement abstreiten würde – stellt er sich vor, wie es wäre, einen echten, guten Sohn zu haben und nicht diese leere Puppe, mit der er sich herumplagen muss.

Der Motor läuft an und trockene Hitze überfällt mich, trotzdem bin ich eiskalt bis ins Mark.

»Eltern wollen alle nur eins, dass es ihren Kindern gut geht.« Dad legt den Gang ein.

»Und der Ehefrau?«

»Bitte?« Das Ticken des Blinkers misst das Schweigen wie ein Metronom.

»Egal.« Ich lehne den Kopf ans Fenster und starre hinaus und Dads Blick ruht auf mir. Vielleicht zieht er es dieses Mal durch. Endlich werden wir über alles reden. Vielleicht kann er mir von Mums Anblick erzählen, als er sie nach dem Unfall sah. Ob ihr wie bei Clara Rollsplit in der Haut steckte. Musste sie lange leiden? Hat sie gehört, wie er sich verabschiedet hat?

Dad hat ihr Zeug weggeräumt. Die Bücher und Magazine, Fotos, Kleidung, alles. Aussortiert wie Müll. Auf den Dachboden gepackt, nach kaum sechs Monaten. Ich geh davon aus, dass er es alles weggegeben hätte, wenn ich kein Machtwort gesprochen hätte.

Der Gedanke an irgendeine andere Frau in Mums Kleidung machte mich krank und ich hab ihm gesagt, wenn er das verdammt noch einmal wagte, wäre ich weg – zöge zu Oma. Das war ganz am Anfang und seitdem hat er kein Wort mehr übers »Ausmisten« verloren.

Von Zeit zu Zeit gehe ich dort hoch. Ausschließlich, wenn Dad nicht da ist. Ich ziehe die Leiter runter und setze mich auf die Dielen. Muss ja nach Feuchte und Motten sehen; sichergehen, dass ihre Sachen in Ordnung sind. Dad kümmert sich ohnehin nicht darum.

Er wollte sie loswerden. Als wäre sie wirklich weg.

Inzwischen bin ich randvoll und krank von all den Dingen, die ich nicht auszusprechen wage, trage all das mit mir herum wie übervolle Altkleidersäcke, jederzeit bereit zu bersten.

»Bringen wir dich mal nach Hause«, sagt Dad nach einer Weile. »Wir reden dann morgen.«

»Vielleicht gibt es kein Morgen.«

Er nickt und erklärt, dass er das Gefühl kennt. Ich unterdrücke ein hysterisches Gluckern und presse meine Schläfe gegen das Fenster.

Ein verrückter Gedanke überfällt mich. Ich könnte den Sicherheitsgurt lösen. Die Tür öffnen, auf die Straße gleiten und sehen, was passiert. Ob ich derjenige bin, der am Ende des Abends verletzt wird, ob ich es bin, der ...

Aber Dad starrt durch die Windschutzscheibe mit ganz kaputten Augen und ich könnte ihm das nicht antun. Nicht einmal, wenn ich rasend wütend bin. Nicht einmal, wenn der Tag sich wiederholt.

Nee, ich beiße die Zähne zusammen. Da gibt's nur eines. Es morgen besser machen.

DAS FÜNFTE MAL
5.1

Heute folge ich ihr.

Das wird überhaupt nicht gruselig, ehrlich. Ich schleich ihr ja nicht in Baseballcap und Sonnenbrille hinterher, um ihre Hose zu klauen. Aber nachdem Clara in der Cafeteria Anthony angemotzt hat, folge ich ihr auf Schritt und Tritt. Richtige Detektivarbeit, ich bin schließlich einem großen Mysterium auf der Spur und ziemlich schlecht aufgestellt.

Letzte Nacht ist richtig beschissen gelaufen. Ich dachte, Clara nüchtern zu halten, würde sie vor Anthony und dem Sturz von der Treppe retten. Ich dachte, es würde sie wenigstens von der Straße fernhalten. Aber ich habe versagt. Da gibt es ein paar Unklarheiten, die ich dringend klären muss, irgendwas hab ich übersehen. Und wie Clara gestern-heute selbst erklärt hatte, passt alles, was ich über sie weiß, auf einen Bierdeckel. Selbst meine Verknalltheit in der zehnten Klasse hatte nichts mit tieferer Bindung zu ihrer Persönlichkeit zu tun, sondern eher ihrem glänzenden Haar und dem hübschen Gesicht. Wird Zeit, herauszufinden, mit wem ich es zu tun habe.

Ich hole sie am Haupteingang ein. Vor der Tür wirft sie die übrige Hälfte ihres ekelhaften Schokoriegels in den Mülleimer und stürmt den Asphalt entlang. Selbst aus einigen Metern Entfernung ist ihre Laune nicht zu übersehen; sichtbar im Zucken ihrer Beine und dem Schlagen ihrer Hände. Sie wirft sie umher, als führte sie die Auseinandersetzung mit Anthony in ihren Gedanken fort; schlagfertiger und endlich auftrumpfend.

Ins Gebäude der Oberstufe und die Treppen hoch auf die farbbekleckstsen Bodenbretter des ersten Stockes; nur ein offen stehender Wandschrank verrät Claras Anwesenheit. Ich gehe durch einen engen Spalt in einen anderen Kunstraum, der genauso aussieht wie der erste: Staffeleien aufgereiht neben den Fenstern, ein großes, verklebtes Waschbecken voller Tuben und Gläser.

Aber keine Clara.

Ich gehe zurück, um in den Wandschrank zu sehen und abra-fucking-cadabra ist das einfach überhaupt kein Wandschrank; da ist ein weiteres Treppenhaus, als befänden wir uns in einer Zauberschule für Arme.

Ich gebe der Tür oben auf der Treppe einen Stoß und sie gibt den Weg frei zu einem kleinen Zimmer, randvoll mit fabbeschmierten Tischen und Hockern. Der Raum ist vollgestopft mit Kunst und Gerümpel; aber niemand darin, außer ihr. Kaum zwei Meter entfernt steht Clara mit Schürze und Kopfhörern. Sie hockt auf einem Schemel, hängt über einem Schreibtisch. Vertieft im Ausrichten ihrer Materialien, holt ein Brett hervor, an dem ein Blatt Papier befestigt ist.

Es dauert ein bisschen, dann habe ich begriffen, was ich sehe. Wie sie über ihr Gesicht wischt, das schwache Schniefen. Ich bin noch in stiller Betrachtung gefangen, als sie aufsteht, nach einem Marmeladenglas greift und von ihrem Schemel hüpft.

»Herrje! Was machst du hier?« Sie reißt die Kopfhörer raus.

»Tut mir leid.« Halte die Hände hoch, komme sofort ins Schwitzen. »Wollte dich nicht erschrecken.«

»Dann wäre es vielleicht besser, wenn du mich nicht verfolgen würdest, verdammt.« Clara bedeckt ihre Augen mit der Hand und atmet laut aus.

Ich gehe einen Schritt auf sie zu. »Weinst ... weinst du?«

»Bist du blind?«

»Alles ...? Kann ich ...?«

»Nein. Alles gut. Mir geht's gut, lass mich einfach in Ruhe.«

Ich will mich schon umdrehen. Ich schwanke noch, was ich tun soll. Aber meine Alternative sind zwei Spinner, die kein ordentliches Gespräch mehr seit dem Stimmbruch hatten, und urplötzlich wäre es nicht verkehrt, über etwas Richtiges zu reden. Nebenbei, es ist nicht so, dass es mir an Zeit fehlte. Zeit ist alles, was ich habe.

»Ist es wegen Anthony?«

»Bitte?«

»Als er dir nachgerufen hat in der Cafeteria. Hat dich das verärgert?«

»Wow.« Clara dreht sich um, Handgelenk abgeknickt und gegen ihren Augenwinkel gepresst. »Glaubst du wirklich, dass ich so schwach bin?«

Fangfrage. Ich betrachte die Wände auf beiden Seiten zu ihr. Einfach zu erkennen, welche Kunstwerke von Clara stammen. Ihr Gesicht starrt mich aus jedem Winkel an. Clara in Kohle, Clara in Bleistift, Clara in Öl. Alle ausgerichtet auf mich, mit vorwurfsvollem Blick, der sagen könnte: »Vier Versuche bereits, Spence, dein Ernst?« Ich tänzle vor und zurück. Ausdruckslose Augen folgen mir durch den Raum und eigentlich sollte das etwas Gutes sein, aber es wird unheimlich, wenn es so viele Augenpaare sind.

Auf den Bildern ist sie Clara, aber auch nicht. Gemalt hat sie eine Schweinsnase, gequetscht, die Augen kleiner, ein Hexenkinn. Ihre Haut ist rot und violett gesprenkelt und auf jedem einzelnen bedecken dunkle Säume ihr Gesicht wie Prellungen.

»Die sind wirklich gut«, sage ich. »Aber du weißt schon, dass du nicht so aussiehst?«

Sie lässt ihr Haar vom Scheitel fallen und schüttelt es, bis es ihr Gesicht umkränzt. Von dort hervor sagt sie: »Mit dieser Meinung bist du aber ziemlich alleine.«

»Inwiefern?«

Sie schüttelt hart den Kopf. »Ich glaube einfach, es sieht mir sehr ähnlich, mehr nicht. Keine Sorge.«

Sie klopft die Hände zusammen und wendet sich zurück zum Papier, malt einen Strich. Hält inne. Noch einen. In den farbigen Ausgaben ihrer Arbeit sind die Blutergüsse buntes grün, violett und grau, gescheckt wie Schimmel.

Der Eindruck wandelt sich und alle Bildnisse sind Leichen, Eindrücke von ihr morgen oder übermorgen. Plötzlich sind sie scheußlich. Brutal. Ich blinzle und richte meine Aufmerksamkeit auf das lebende Exemplar.

»Trotzdem gutes Zeug, deine Kunst. Ich denke halt, dass du dich lieber hübscher malen solltest«, sage ich, strebe einen versöhnlicheren Ton an. Aber, Herrgott, hoffentlich denkt sie nicht, dass ich sie gerade hübsch genannt habe. Sie hebt eine Augenbraue, aber geht nicht darauf ein.

»Das ist nun mal mein Projekt«, sagt sie.

»Vorgeben, du wärst hässlich? Komisches Projekt. Lehrer sind manchmal unergründliche Spinner, oder?« Sie sollte eigentlich lachen, aber ich bemerke, dass »hässlich« der falsche Ausdruck war. Bemerke, dass ich mich lächerlich mache. Schweiß läuft plötzlich zwischen meinen Schulterblättern entlang. »Die sehen mitgenommen aus.«

»Gut erkannt.«

»Ja? Was ist mit ihnen passiert?«

»Das Leben, Spence.«

»Ah. Darum geht's da also? Bei den Bildern?«

Sie schaut mir in die Augen, als würde sie versuchen, mich beim Lügen zu ertappen, obwohl ich einfach nur eine Frage gestellt habe. Tatsächlich sind all ihre Merkmale klein und schön anzusehen, beinahe symmetrisch, außer der einen, vereinzelten Sommersprosse. Ihre Augen stehen ein bisschen weit auseinander, aber das ist ein Merkmal, kein Makel. Niemand mag perfekte Gesichter.

»Du solltest nicht hier sein«, sagt sie und wendet sich ab. »Und dein Freund ist nicht lustig, weißt du. Er ist eigentlich manchmal ein ziemliches Schwein.«

Ich beginne meine Schultern zu bewegen, aber überlege es mir anders.

»Ja, ich weiß«, sage ich. »Tut mir leid, wegen ihm. Und, na ja, wegen mir auch.« Meine Anspannung erstickt die Worte. Ehrlichkeit ist ein neuer, sehr interessanter Kampf.

»Warum bist du überhaupt mit ihm befreundet?«

»Er ist echt nicht verkehrt, weißt du. Er war für mich da, ist ein guter Kumpel«, sage ich aus Reflex. Und dann denk ich drüber nach. »Wenn man kein Mädchen ist, jedenfalls.«

»Ach ja?«

Ich nicke. Der Gedanke braucht ein bisschen. Aber Anthony hatte auch mal eine Freundin – das heißt doch was, oder?

Clara pikt auf ihr Papier und Neues entsteht darauf. Sie blickt mit zusammengekniffenen Augen hin. »Inwiefern war er für dich da?«

»Einfach da. Hat mir Gesellschaft geleistet, mich ertragen, als ich ... egal.« Clara schiebt ihre Haare hinters Ohr, ihr Ausdruck etwas ratlos. »Was?«

Ich denke, sie wird mir sagen, dass nichts los sei; dass ich mir verkneifen sollte, ihre Gedanken via Gesichtsausdruck zu lesen und da ist was dran. Würde ich genauso machen. Aber sie stützt den Ellbogen auf die Arbeitsfläche und seufzt. »Ich bin mir nicht ganz sicher, ob dich zu ertragen genau dasselbe ist, wie für dich da zu sein. Das klingt nicht ... keine Ahnung.«

»Stimmt, du hast keine Ahnung.«

»Schön. Du weißt es besser als ich. Er ist ein großartiger Freund, du sagst es.« Sie schüttelt den Kopf.

Was ich fragen sollte, wäre, warum sie, wenn sie Anthony für ein solches Arschloch hält, immer und immer wieder etwas mit ihm anfängt. Aber ich denke, die Antwort darauf ist gutes Aussehen, Geld, Anziehung. Alles, um eine rumzukriegen. Also sage ich stattdessen: »Hör mal, wenn Anthony so ein schlechter Kerl ist, geh nicht zur Party, okay?«

»Ich dachte, ich bräuchte keine Einladung?«

»Ja, aber –«

»Oh entschuldige, ist es nur für Leute, die du und deine Freunde für spaßig genug befinden? Oder gibt es da eine Mindestanforderung für gutes Aussehen?«

»Nee, natürlich nicht.«

Clara gibt ein unangenehmes Geräusch von sich, wie Atem, der viel zu schnell und heftig rausgepfiffen wird. Ich habe sie wieder beleidigt. Die Bilder starren urteilsvoll auf mich herunter. Ein verurteilendes »Komm schon, Spence, sei nicht so ein nutzloser Vollidiot«.

Ich räuspere mich. Ich möchte etwas Nettes sagen. Loben. Irgendwas, um sie aufzuheitern. Ich will aber nicht schon wieder von »hübsch« reden. Das weiß sie bereits. Nicht vergessen, wer hier wen nach einem Date gefragt und wer wem den Korb gegeben hat.

Ich sage: »Du musst dich nicht kleinreden, weißt du? Du bist klug, lustig, du bist nett.«

Clara hebt ihren Kopf und alle Gesichtszüge werden ganz eng. »Na großartig.« Sie blinzelt und zu meinem Schrecken füllen sich ihre Augen wieder. »Weißt du, was es nützt, hier klug und nett zu sein? Der Wechselkurs zu klug und nett ist ziemlich schlecht im Moment. Nichts im Vergleich zu hübschen Brüsten und Schminkfähigkeiten wie RuPaul.«

Ich weiß nicht, was ich sagen soll. Alles Lob, was mir in den Sinn kommt, wirkt wie zu viel gesagt, zu viel offenbart. Also zögere ich. Zögere viel zu lange, Fäuste verkrampfen und entspannen sich, bis sich meine Handflächen unnatürlich weich anfühlen.

»Du musst hier nicht bleiben«, sagt sie. »Du kannst gehen.«

Ich kann. Ich gehe.

Das Gefühl des Scheiterns ist nicht neu. Es hängt an mir, seitdem *dieser Tag* so ewig gleich ist wie Paprikachips. Vielleicht länger. Aber das ist eine neue Richtung Fehlschlag – denn anstelle des Moments, in dem Clara vor das Auto läuft, spule ich den Moment, in dem ich aus dem Kunstraum abhaue, immer wieder ab. Und das ist eine verstörende Ablenkung. Diese Sachen sind nicht gleichwertig. Ich muss mich darauf konzentrieren, sie zu beschützen, muss die Muster dieses Tages verstehen.

Es bringt nichts, sich darüber Sorgen zu machen, ob Clara einen schönen Tag hat oder nicht. Ihr Tag wird weitaus besser, wenn sie ihn lebend beendet.

»Mädchen sind verrückt, Mann. Ich mein, Bee zum Beispiel, die weiß überhaupt nicht, was sie will.« Anthonys Thunfischatem dringt über den Tisch in meine Nasenflügel.

Ich übertöne Worm mit: »Warum mögen die Leute Clara Hart nicht? Also nicht im Sinne von will-ich-gerne-mal-nacktsehen, sondern warum gehen Leute nicht vernünftig mit ihr um? Gehen nicht vernünftig miteinander um?«

Anthony und Worm glotzen mich an, als hätte ich ein magisches Kaninchen aus meiner Hose gezogen.

»Hast du einen Schlaganfall?«, fragt Anthony.

Man hört das Geräusch eines zu Boden fallenden Tabletts, ein Trommelwirbel aus aufprallendem Mittagessen. Es ist Jay, der schusselige Idiot. Aber irgendwas ist da falsch, der ironische Applaus ist ersetzt durch mitleidiges *Ooh*.

Jay rappelt sich vom Boden auf wie erwartet. Aber da ist etwas anderes, ein heller roter Fleck unter der Hand, die nach seiner Nase fasst.

Das ist anders. Das ist neu. Und es sollte nichts Anderes und Neues geben. Es ist identisch. Es gibt ein Muster. Es ist genau dasselbe. Oder nicht?

Ich stehe auf und deute mit dem Finger.

»Warum blutet Jay? Er blutet doch nicht.«

Anthony starrt mich wie einen Verrückten an.

5.2

Der Lärm in meinem Kopf unterdrückt den der Party. Meine Gedanken kriechen durch die letzte Nacht. Clara nüchtern halten hat nichts gebracht. Genauso wenig wie den Hoody über ihr Nichts von einem Kleid zu ziehen. Alles ist genau so wieder geschehen: sie ist mit ihm gegangen, sie haben rumgemacht und dann kam schnell die Reue. Sie lief auf die Straße.

Auch wenn ich gescheitert bin, war meine Hypothese gut. Es gibt ein Muster. Die Dinge verändern sich nicht, außer ich sorge dafür, dass sie sich verändern. Jay ist eine verdammte Abweichung. Und weil ich ein Typ bin, der aus Fehlern lernt, bewege ich mich heute in der Verkettung einen Schritt nach oben. Ich verhindere, dass Clara mit Anthony geht. Kein Anthony, keine Aufregung, kein Tod.

Kleines Problem: nur eine Stunde der ständigen Begleitung während der Party und seine Geduld ist bereits erschöpft.

»Wo ist Worm? Kannst du dich nicht an den dranhängen?« Anthony tänzelt umher, entweder leicht davor oder viel zu weit hinterm Beat.

»Raucht, nackt, schläft unter einem Busch?«

»Worm liebt Büsche.« Anthony lässt eine Pause, damit ich lachen kann, aber ich tu es nicht. »Weißt du, dass er sich einen Fünfziger von mir für Gras geliehen und es immer noch nicht zurückgezahlt hat? Verpennter Idiot. Andauernd bekifft und pleite, der Junge.«

»Der bekommt das schon hin. Hat Zusatzschichten im Restaurant bekommen.« Ich könnte darauf hinweisen, dass das Geld nicht wichtig sein sollte, aber vielleicht ist es das. Anthony ist spendabel mit seiner Kohle. Er hat genug davon, aber das bedeutet nicht, dass er es einfach an die Wand pissen kann. Ich werd mit Worm reden, morgen, wann auch immer morgen kommt. Hat keinen Sinn, Leuten ins Gewissen zu reden, an einem Tag, der Loopings dreht.

Anthony geht an mir vorbei, grapscht nach dem nächsten Mädchen in der Nähe. Ich dränge mich dazwischen. Anthony hebt die Hände. »Spence, was machst du da?«

»Vielleicht solltest du heute Abend mit deinen Kumpels rumhängen.«

»Ich hänge den ganzen Tag mit euch rum, jeden Tag. Womit habe ich dieses plötzliche Bedürfnis nach meiner Anwesenheit verdient?«

Ich tänzle ein wenig umher, stelle dann meine Bewegungen ein. Keine Ahnung, wie Leute mit einem funktionierenden Gehirn tanzen können. Mein Verstand sabotiert meine Körperteile.

»Im Leben geht's nicht nur darum, dass dir mal jemand an den Schwanz fasst, schon mal darüber nachgedacht?«

»Es ist mir bereits in den Sinn gekommen.« Anthony ist wie versteinert.

»Was ist mit Bee?«

»Sie hat mich abgeschossen. Danke.«

»Nee, warum versucht ihr es nicht noch mal? Ihr wart ein gutes Paar.«

Seine Augen verengen sich. »Geht es hier um Bee? Weil sie mit mir ausgegangen ist?«

Der Atem stockt mir in der Kehle. »Nee.«

»Ich kann nichts daran ändern, dass sie *mich* mochte.

»Das ist nicht ...« Ich zucke mit den Schultern. Stimmt, daran konnte er nichts ändern. Aber er hätte nachfragen können, ob es in Ordnung wäre, sich an sie heranzumachen. Er hätte sie einfach nicht fragen können, bevor ich nicht meinen Mut zusammengenommen hatte. Hätte warten können, bis meine Trauer vorbei wäre. Egal, das ist nicht einmal Schnee von gestern – der Schnee ist von vorgestern und er ist gelb.

»Was denn dann?«, fragt Anthony. Ich erhebe unterlegen die Hände. Anthony bläst die Backen auf und stößt ein langes Atmen aus, unsicher, ob er diese Unterwürfigkeitsgeste seines bekloppten Freundes honorieren sollte.

»Ich kann nicht glauben, dass Bee hier ist«, sagt er, als sein Atem aufgebraucht ist. »Wirkt hart nach Verzweiflung. Denkst du, sie will mich zurück?«

Ich mache ein bestätigendes Geräusch.

»Ja, genau, sie spielt gern Spielchen. Hey, schau dir das mal an.« Er deutet mit dem Kopf zur Seite auf die Ecke in der Clara und Genni herumtänzeln. Ich weiß, wo sie ist, natürlich. Sie war ab dem Moment, in dem sie hereinkam, auf meinem Radar, aber mir war nicht aufgefallen, dass sie auch auf Anthonys war.

»Die würde ich nicht mal gegen Geld«, sagt er, Augen immer noch auf die Mädchen. Flüssigkeit bildet sich auf meiner Stirn, meine Nase und Augen werden feucht. Ich versuche eine Antwort zu stammeln, so was wie »Dann mach's nicht, tu ihr nicht weh«. Aber dann setzt er hinterher, »Unfassbar, was Jay macht, oder? Von all den Mädchen möchte er unbedingt an Rebel Wilson hier ran.«

Genni. Anthony redet über Genni. Ich drücke meine Nasenflügel zusammen. Gott sei Dank.

Genni ist klein und kurvig. Sie ist niedlich, aber ihre Gesichtszüge sind aufgemalt. »Drei Sterne«, sage ich und halte inne. Ich schnalze meine Zunge über meine Unterlippe, um den Geschmack dieser Zahl zu verwischen.

»Zweieinhalb: benötigt zu viel Verpackungsmaterial. Kann denn nicht mal jemand an die Umwelt denken?« Anthony gibt mir einen Stoß. »Vielleicht sollte ich meinen Verbrauch an Einwegmädchen verringern.« Er hebt eine Flasche an, um ihren Rest auszuleeren und verschluckt sich daran. Er spuckt aus und mein Mund verzieht sich.

»Getränk!«, verlangt er, als er sich wieder artikulieren kann.

Ich mache mich auf den Weg zur Küche; denke, ich hole mir ein Getränk und auch eins für Anthony, damit er versteht, wie praktisch es ist, mich an seiner Seite zu haben. Aber bevor ich den Gedanken zu Ende bringen kann, biege ich ab zur Ecke, in der Clara und Genni energisch flüstern. Als ich näher komme, verstummt ihr Gelächter und Gequatsche.

»Spence«, sagt Genni. »Schau an, so schick.«

Sie legt eine Hand auf meine Schulter und schiebt mich wie beiläufig zur Seite, nur um einen besseren Ausblick hinter mich zu bekommen, wo Jay gerade zur Freude seines Publikums Ryans Hintern versohlt. Lana sieht dabei zu und hält in gespielter Abscheu die Hand vor den Mund, während Shaun versucht, ihre Aufmerksamkeit zu gewinnen. Es ist früh und niemand besitzt den betrunkenen Mut, den gewünschten nächsten Schritt zu machen. Das gilt auch für Genni – sobald sie eine Möglichkeit findet, lässt sie Clara zurück für Jay.

»Geht's euch Mädels ... gut?«, frage ich. Ganz toller Auftakt, Spence.

Genni sagt: »Wir sprachen gerade darüber, dass sich niemand wirklich unterhält, also was soll das hier heute Abend?

Aber voilà, hier kommst du und beweist, dass Clara unrecht hatte.«

»Genni!«, sagt Clara.

»Ja? Wieso? Mit wem wollt ihr denn reden?« Ich versuche Blickkontakt mit Clara aufzunehmen, aber ihre Augen wandern von Genni zu ihrem Handy.

»Niemand«, sagt Genni, gespielt fröhlich, ihre Aufmerksamkeit wieder hinter meinem Rücken. »Hey, Spence, bist du nicht im Rugbyteam?«

Und jetzt geht's los, jetzt kommen wir auf den Punkt.

Okay, ehrlich gesagt: Wenn ich etwas vom vierten Versuch gelernt habe, dann, dass ich eine furchtbare Aufsichtsperson bin. Clara landete wieder in Anthonys Bett und wieder unter einem Auto. Wirklich schade, dass Genni nicht mehr Interesse daran hat, auf Clara aufzupassen. Das ist immerhin so etwas wie ihre Aufgabe, aber stattdessen verschwindet sie jede Nacht mit Jay.

Vielleicht war es dieses Mal zu viel M*ultasking* für mich.

»Jay ist ein Wichser«, sage ich. »Mit dem Typen willst du nicht ausgehen.«

Genni sagt finster: »Danke. Aber nein danke für unangebrachte Ratschläge.«

»Bist du nicht hinter Jay her?«

»Oh nein, versteh mich nicht falsch, irgendwann werde ich zehn Kinder von diesem Mann haben.«

»Das sind eine Menge Welpen«, sagt Clara, noch immer, ohne Notiz von mir zu nehmen.

»Nicht alle auf einmal, offensichtlich.« Genni legt eine gespreizte Hand über Claras Gesicht.

Ganz klar handelt es sich um einen Insider, aber bevor ich es richtig mitkomme, legt Clara ihre Hände auf den Unterbauch, misst Platz für die Hundebabys. »Die passen da nicht rein.«

»Mon Dieu, nicht alle auf einmal!«

»Ich geh nicht davon aus, dass er das vorhat«, sage ich, versuche zum Kernpunkt der Unterhaltung zu kommen, bevor das Schräge überwiegt. Genni trägt einen übergroßen Pullover und der schielende Leopard darauf macht mich wahnsinnig.

»Ehrlich gesagt«, sagt Clara, »hat Jay Genni gebeten, heute zu kommen.«

»Aha?« Verdammter Jay. Ich kratze mich verlegen hinter meinem Ohr und lasse dann raus: »Hey, hör mal, wegen vorhin. Ich wollte dir nicht blöd kommen.«

Clara legt ihre Arme um sich. »Bist du nicht, ehrlich.«

Ich reibe über meinen Nasenflügel und frage mich, wie ich überhaupt irgendwas von Bestand sagen soll, wenn Genni zusieht. Nicht, dass sie wirklich zusieht. Ihre Aufmerksamkeit schweift über die Partygäste, folgt Jay und ich wünschte, sie würde sich beeilen und mit ihm abziehen, damit ich mich mit Clara allein unterhalten kann. Aber nein, dass Genni Clara allein lässt, ist genau das, was diesen Abend kaputt macht. Und Genni ist nicht aufzuhalten. Sie ist komplett verrückt nach Jays fragwürdiger Anziehungskraft.

Ich schau auf mein Handy. Ein Bild von der bereits komplett erledigten Mia im Rugby-Gruppenchat.

Anthony: Wer will noch mal, wer hat noch nicht. Die hier ist richtig willig

Ryan: Willig oder wollig?

Worm: Rein mit dem Willy.

Anthony: ha

Jay: ihr Jungs seid abartig. Wie kommt ihr nur an die

Mädels ran und die Künstler und Dichter landen in der friendzone?

Anthony: Komm mal runter, William Shakespasti Jesus. Aber dann geht mir ein Licht auf. Und mich beschleicht die Erkenntnis, dass ich nicht an Anthony kleben oder Genni davon abhalten muss, Clara im Stich zu lassen. Für dieses Rätsel gibt es eine einfachere Lösung. Ich verabschiede mich, bitte um Verzeihung und eile zur Küche; habe nun einen Auftrag. Ich weiß ganz genau, was ich tun muss.

Ich stecke mein Handy weg, schnappe mir Tequila und gehe direkt auf mein Ziel zu; ignoriere die Morddrohungen, die von der anderen Seite aus Gennis Gesicht zu mir sprechen und stehe plötzlich neben:

»Jay!« Er steht gedrängt in einer Ecke des Zimmers zwischen einem Lautsprecher und der Wand. Mit meinem Auftauchen versperre ich ihm jeden Ausweg und er verzieht sein Gesicht, als sei ich ein übler Geruch.

»Wie geht's deinem Gesicht?«

Seine Hand fasst sich an die Nase. »Alles noch ganz. Was los?«

»Äh, nicht viel. Geht's gut?«

»Ging schon schlimmer.«

Und da hat er recht. Jay sieht mir aufmerksam dabei zu, wie ich krampfhaft nach einem Thema suche. Wir sind ganz nah, viel zu nah, an den Lautsprechern und die Musik verwirrt meine Gedanken. Ich sollte Stromkabel rausreißen, die Schlagadern der Party kappen, alle nach Hause schicken. Aber nee, die würden mich einfach rausschmeißen, Stecker einfach wieder rein.

»Na, lief ganz gut bei uns dieses Jahr«, sagt Jay mit abweisenden Augen. Ich frage mich, wie lang ich die Lautsprecher angestarrt habe.

»Stimmt.«

Rugby: das Einzige, was Jay und ich gemeinsam haben. Jay ist ein harter Typ auf dem Feld und genießt dafür ordentlich Respekt, aber mich mochte er nie. Er und Felix und so, die hängen miteinander rum, ruhige Jungs. Felix ist ganz in Ordnung, weil sein Freund der super-muskulöse Bartender im *Green Dragon* ist, der uns Rabatt auf Pommes gibt. Jay denkt, er sei besser als alle anderen, aber damit ist er immer noch eine angenehmere Art von Arschloch als Ryan, der nur zu Zeiten nützlich war, in denen wir ordentlich gefälschte Ausweise brauchten.

Ich sage: »Wäre besser gewesen, wenn uns diese abgehobenen Hedgerow-Typen nicht alles kaputt gemacht hätten. Hurensöhne.«

»Nächstes Mal«, sagt Jay mit einer Aura der Bestimmtheit und versucht, sich zu lösen.

Ich dränge mich vor ihn. Meine Gedanken verdrücken sich zu Jays Beschwerden im Gruppenchat. Man konnte Verletzlichkeit erkennen. Eine Möglichkeit. Der Typ ist wie ich, kein Selbstbewusstsein. Ein Schlag haut den um. »Hör mal, mach dich heute Abend nicht verrückt wegen Genni.«

Jays Arm spannt sich an; seine Augen sinken auf das Handy in seiner Hand.

»Lass es gut sein und trink etwas? Das Saisonende feiern. Du, ich, Ryan, Felix. Ja? Du bist auf derselben Seite wie meine Freunde und so; weiter nach vorne kommst du auch nicht, aber dann weißt du wenigstens, was Sache ist.«

Für einen Moment ist Jay komplett unentschlossen. Möglicherweise habe ich ihn bereits ein Arschloch genannt bei einem meiner schlimmeren Abstürze. Ich meine das ernst: möglicherweise. Die Erinnerung ist absolut vernebelt.

»Das ehrt mich, auf der guten Seite zu sein.«

»Nimm's mir nicht übel. Mir ging es beschissen, weißt du?«

Er verzieht sein Gesicht zu einem unbeholfenen Grinsen.

»Ja, tut mir leid. Hab das mit deiner Mutter mitbekommen.«

»Nee, keine Sorge.«

»Bei uns ist der Onkel gestorben – im Januar. Sicherlich nicht dasselbe, nicht vergleichbar, aber meinem Vater geht's deswegen auch sehr schlecht und, du weißt schon ...«

»Nicht der richtige Ort.« Ich kratze mir an der Stirn.

»Stimmt«, sagt er und macht eine Pause und ich flehe Gott an, dass es damit getan ist, aber dann reizt er es noch mal aus mit: »Aber wenn du mal reden willst ... das war doch genau diese Zeit letztes Jahr oder –«

»Hör mal«, unterbreche ich, denn noch ein weiteres Wort von Jay und ich verliere die Fassung. Wie zum Teufel erinnert er sich daran, welche Zeit im Jahr das war? »Sehr anständig von dir. Aber bringt nichts, ne? Jetzt ... Getränk?«

Er nickt und ich bugsiere ihn durch die Menge, verdränge mit aller Kraft alles, was Jay angesprochen hat. Jetzt ist nicht die Zeit für Geister der Vergangenheit. Verharren, Selbstmitleid, Mitleid; das bringt mich nicht weiter. Rückwärts schauen, bringt jetzt gar nichts. Nur vorwärts.

Jay ist einfach unter Kontrolle zu halten, wenn man ihn einmal mit der Hand richtig zu fassen gekriegt hat, selbst noch mit Tequila in der anderen. Jay trägt eine Packung Salz unter einem Arm und wir konnten zwar keine Zitronen finden, nutzen aber dafür die sauren Blicke von Genni, die immer noch wachsam neben Clara steht.

Beste Freundin. Anstandsdame. Cockblockerin.

Als wir und ein paar von den Rugbyjungs eine Flasche geleert haben, erscheint mir Jay gar nicht mehr so als Arschloch – er ist mein neuer bester Kumpel. Jetzt weiß ich alles über ihn – alles Wichtige. Er ist hier, jetzt, lenkt mich ab und sich.

Und Genni und Clara sind zusammen sicher in ihrer Ecke.

»Du hättest mehr Erfolgschancen bei Mr Barnes, Spence.« Jay lacht, sieht mich Richtung Clara starren. Ich zeige ihm den Finger.

Jay torkelt hinter mir her in die Küche. Er hält den Kopf ins Waschbecken und trinkt das Wasser direkt aus dem Hahn. Ein paar Tropfen kleben an seinem Kinn.

»Warum sollte das so sein?«

»Warum was?«

»Hart.«

»Ha! Ich wusste es.« Jay lacht und ich schaue finster.

»Nee.« Ich fummle am Etikett der Flasche herum, bis es sich abschält. »Kein Interesse.«

»Also, an wem? Habe ich dich mit Mia gesehen vorhin?« Er deutet auf die Verandatür. »Sei bei der bloß vorsichtig. Anthony meinte, sie hätte ihn nicht mehr in Ruhe gelassen, nachdem die beiden was hatten.«

»Nee, nicht Mia. Ich mag sie nicht auf diese Weise«, sage ich, um meine Verwirrung zu überdecken, als ich mit den Augen Jays Finger folge auf die Stelle, wo Mia draußen liegt, erkennbar an einem Meer aus lockigen Haaren. Mia und Anthony? Nie was davon mitbekommen. Und ich bekomme alles mit.

»Mia ist in Ordnung. Wir sind befreundet«, ergänze ich, auch wenn ich nicht sicher bin, ob sie dasselbe sagen würde.

Aber auf den zweiten Blick, ist Mia in Ordnung? Sie ist auf der Bank, die sie sich üblicherweise mit Genni und Jay teilt, aber anstatt heute in der Ecke zu sitzen, liegt sie flach auf dem Rücken, Gesicht zum Himmel. Mein Magen rumpelt sehr vertraut.

Jay redet unaufhörlich davon, dass er das mit Genni und der Friendzone nicht ernst gemeint hat, weil er schließlich kein Vollidiot ist; leider habe ich keine Zeit, ihm zu sagen, dass er höchstwahrscheinlich einer ist. Ich lasse ihn zurück. Gehe rüber zu Mia. Sie liegt auf dem Rücken, Augen geschlossen. Aus der Entfernung könnte man meinen, dass sie friedlich schläft, aber aus nächster Nähe betrachtet, passen die Details nicht mehr zu diesem Eindruck. Ihr Mund ist verkrustet.

»Mia?« Ich klopfe gegen ihr Gesicht. »Mia?« Meine Finger krallen sich in ihren Kiefer. Selbst in diesem miesen Licht hat sie eine schlechte Farbe. »Mia?« Meine Stimme hebt sich zu einem Ton, den ich nicht erkenne.

Ich lasse von ihr ab und lege meine Hände um meinen Hinterkopf. Lege die Stirn gegen die eisernen Lamellen und lasse meine Augen in die Schwärze sinken; doch alles, was ich sehe, ist das Gemetzel bei Claras Unfällen, brutal wie einer von Worms heiß geliebten Low-Budget-Horrorfilmen. Echte Erinnerungen vermischen sich mit falschen. Meine Ohren dröhnen. Mein Herz beschleunigt sich, meine Atmung ebenso. Alles – viel – zu – schnell. Langsam, Spence, langsam.

Haare zwischen den Fingern, Druck auf meinem Kopf. Zähl. Atme. Eins.
Aus. Zwei.

Ein. Drei.

So geht's.

Ich berühre Mias Gesicht noch einmal und ziehe sie ins Gras. Ich hebe ihr Kinn an und öffne ihren Mund, dankbar, dass die Panik all meine Sinne betäubt, außer der Sicht. Wische die Reste von ihrem Mund, atme tief ein.

Ich stecke tief im Zögern fest, als Worms Stimme erschallt: »Rote RAKEEEEEETE!«

Ich kann aus einem neuen Blickwinkel sehen, als er vom Hausdach stürmt und die fünf Schritte bis zum Pool nimmt. Nackt. Mit den Armen rudernd. Dünnes Fleisch hüpfend. Aber Worm springt nicht, er rutscht. Er trifft die Ecke des Pools mit einem widerlichen Knallen und verschwindet.

»Worm?«

Da zeigen sich Blasen, ein sinkender Schatten. Eine Ader aus etwas windet sich durch das Chlor, während alle anderen sich abwenden.

Abwenden kann ich mich nicht. Bekomme keine Luft. Denn das kann einfach nicht wirklich passieren. Meine Luftröhre verengt sich. Meine Augen stechen hervor, mein Gehirn schwillt an.

So werde ich sterben; werde explodieren wegen all dem, was ich gesehen habe, von den vielen Arten, wie diese Nacht vom Schlechten zum Schlimmeren führt. Ich presse meine Hände gegen meine Schläfen und der Druck nimmt zu.

Da ist Blut im Wasser.

Später stehe ich draußen auf der Straße. Vor mir liegt wieder eine Leiche.

DAS SECHSTE MAL

6.1

Mein Auto ruckelt.

Ich bin wach. Schnappe nach Luft. Ertrinke. Die Lungen voll mit dem letzten Mal. Mia würgt sich zurück ins Leben, Worms Arm bricht aus seiner Haut und ich lasse den Ball aus den Augen.. Clara wieder auf der Straße. Zerbrechliche Körper brechen überall. Die Party gestern Nacht unter Regie von David Fincher. Ich drücke meine Knöchel gegen mein Auge.

Das war keine gute Idee.

»Hallo Freitag. Fick dich doch«, murmle ich in mein Lenkrad, warte darauf, dass die Angst sich legt. »Sechs verdammte Freitage.«

Von all den Tagen von all den Jahren, musste es genau *dieser* sein, nicht wahr? Ich richte mich beschwerlich auf, mein Hals schmerzt in einer ganz neuen Weise, als würde mir *dieser Tag* Lebensjahre aufrechnen. Mein Blechschaden-Wecker fühlt sich jedes verdammte Mal noch heftiger an. Der Himmel ist ausgeschaltet, umgestellt auf tief, dunkel und hässlich.

Ich schwinge die Beine raus, gehe um den Wagen herum. Ich breite die Arme gegen die hintere Windschutzscheibe aus und senke den Kopf, um auf sie zu warten.

»Heilige Scheiße, das tut mir so leid.«

»Ach ja?« Das ist neu.

»Ich komme dafür auf.«

Ich trete einen Schritt zurück, um es mir richtig anzusehen.

»Scheiße.« Keine Wunder tut es ihr leid. »Jesus.«

Meine hintere Stoßstange ist nicht länger glatt. Sie ist ein zerkratzter Flickenteppich aus silbernen, weißen und roten Streifen, wo Claras und mein Auto verschmolzen sind. Übel zugerichtet. Und diese eine perfekte Erinnerung, die ich mit Mum teile, ist komplett verbogen.

All die Stunden, die ich in der Werkstatt geschwitzt habe. Jede Wäsche und jedes aufwendige Wachsauftragen seitdem ist in einem Moment komplett sinnlos geworden. Meine ganze Arbeit. Ihre ganze Arbeit. Zerstört. Verdammt noch mal zerstört. Ich sinke auf die Fersen und berühre es.

»Das Auto ist ein Klassiker«, sage ich. »Es ist …«

»Das sehe ich«, sagt sie mit einer ruhigen Stimme. »Es tut mir so leid.«

Ich drehe mich um. Mein Verstand angeknackst. »Wie ist das passiert?«

»Ich kann's dir nicht einmal sagen. Ich glaube, ich bin auf dem Gaspedal ausgerutscht.«

»Nein.« Ich greife nach ihr, aber sie schlüpft mir durch die Finger. »Warum bist du mir reingefahren? Du fährst mir doch nicht rein. Es gibt niemals einen Blechschaden.«

»Ich hab gesagt, ich bezahle es, ich –«

»Du musst es nicht bezahlen.«

»Nein?«

»Wie zum Teufel konnte das passieren?« Meine Finger graben sich in die Kopfhaut. Die Frage stelle ich nicht an Clara, sondern ans Universum. Warum hat sich alles verändert? Wie hat es sich verändert? Muss ich mein Auto opfern, um sie am Leben zu halten? Alles sollte doch besser werden, aber erst passiert letzte Nacht und nun das hier?

»Das ist doch absoluter Wahnsinn«, sage ich und schlage gegen den Kofferraum.

»Wow. Okay. Ich hab doch gesagt, dass es mir leidtut.« Clara tritt einen Schritt zurück. »Ähm, weißt du, dass wir beide zu spät zur ersten Stunde kommen? Komm später zu mir, wenn du deine Meinung über die Versicherung änderst. Du weißt, wo du mich findest.«

Ich verstehe nicht, wie dieser Morgen so schnell den Bach runtergehen konnte. »Scheiße Clara, ich bin nicht –«

»Das ist alles, was ich anbieten kann – und eine Entschuldigung.« Sie winkt defensiv ab. »Ich kann die Zeit nicht zurückdrehen.«

Ein Lachen sprudelt in meiner Kehle auf und verzieht meinen Mund zu einer Grimasse. Sogar als sie weg ist, kann ich mich nicht bewegen. Ich lasse meine Finger über die frischen Spuren auf meinem Wagen gleiten.

Das ist ...

Neu.

6.2

»Was wäre, wenn an irgendeinem Tag oder einer Nacht ein Dämon euch erzählte, dass ihr dieses Leben, das ihr lebt, immer und immer wieder erleben müsst? Es wird nichts Neues geben, nur ewige Wiederholung, alles genau gleich. Sogar dieser Moment gerade.«

Mr Barnes reibt sich die Hände. »Was würdet ihr sagen? Würde euch diese Idee mit Freude oder Schrecken erfüllen? Das ist die Frage von Nietzsches ewiger Wiederkunft.«

Ich sitze wieder in Philosophie. Im farblosen Klassenzimmer, dieselben alten Gesichter, langweiliges Licht strömt herein. Sitze hier mit der Erkenntnis, dass dieser Tag nicht gleich ist; er bröckelt auseinander. Die Gedanken dringen auf mich ein, klar, hell und verdorben.

Da ist noch etwas, was unaufhörlich an meinem Verstand nagt. Das Bewusstsein, dass ich mich nicht an den Ablauf der letzten Nacht erinnern kann. Die etablierte Reihenfolge total durcheinander und ich kann nicht mehr sagen, was wann passiert oder was davor. Erinnere ich mich falsch oder tanzen die Ereignisse umeinander her? Als ich mit dem Taxi heimgefahren bin, war das beim ersten Mal? Nein, beim ersten Mal waren die Tiger in der Serengeti. Aber sicher kann ich mir sicher nicht sein. Ich hebe die Hand.

Ich sage: »Was, wenn die Wiederholungen nicht immer gleich wären?«

»Wie genau?«, fragt Barnes.

Ich seufze. Die Leute sind dieser Tage nicht gerade auf meiner Wellenlänge. »Okay, Sir. Was, wenn das Leben immer und immer wieder passierte? Und es wiederholt sich nicht einfach, es wird schlimmer. Beim ersten Mal wird deine Katze krank, beim nächsten Mal stirbt sie. Wie lässt sich das beheben?«

Barnes jongliert einen Stift in seiner Hand. »Bei Nietzsche sind alle Wiederholungen genau gleich. Das ist die Krux an diesem Gedankenexperiment.«

»Ja, okay.« Ich sinke zusammen.

»Aber nichtsdestotrotz ist die Antwort vielleicht dieselbe.

Wenn man wirklich in dieser Situation steckte, würde man versuchen, so gut wie möglich zu leben. Das ist, was Nietzsche versuchte darzustellen, das Bestreben im Leben so wenig wie möglich zu bereuen. Ohne einen richtenden Gott – schließlich behauptete Nietzsche, Gott sei tot – ohne die Richtlinien einer Religion sollten wir ein gutes Leben anhand unserer eigenen Vorstellungen führen. Wäre man zufrieden mit den eigenen Entscheidungen? Würde man sie wiederholen?«

»Kein Bereuen?«

»Das wäre sicherlich das Ziel.« Er verzieht den Mund zu einemfesten Strich.

»Was ist mit der toten Katze? Wie hält man das auf?«

Mr Barnes reagiert mit Mitgefühl, so als gäbe es irgendwo wirklich eine tote Katze. »Eine wortwörtliche Wiederholung von Geschehnissen wäre eine kosmologische Interpretation. Es wäre nicht länger ein Gedankenexperiment, sondern eine Theorie über das Wirken des Universums und der Zeit. Anhand dieser Lesart, würde alles auf identische Art geschehen, die Katze leider eingeschlossen.«

»Was, wenn es keine natürliche Ursache war? Das kann doch nicht Schicksal sein.«

Barnes blickt in eine Ecke des Zimmers. »Manche Dinge können einfach nicht verhindert werden. Und diese Dinge wie Natur, Tod, Katastrophen, wären auch weiterhin außerhalb unserer Kontrolle. Wenn schreckliche Dinge geschehen, ist es ganz normal, sich –«

»Aber wenn man die Katze rettet, würde es das Problem lösen?«

Meine schlimmste Angst. Die Vorstellung, dass alles perfekt nach Plan läuft: Clara ist sicher, Anthony hat Spaß auf seiner

Party, niemand wird verletzt. Was, wenn alles so eintritt und der Tag kehrt wieder? Was, wenn all diese Tage miteinander verschmelzen, bis das alles ist, woran ich mich erinnere. Hier. Für die Ewigkeit.

»Problem lösen?«, wiederholt Barnes. Ich halte meine Verrücktheit zurück. Er räuspert sich, löst sich von meinen verzweifelten Augen. »Wir sind recht weit abgeschweift von Nietzsche für einen Moment. Und auch wenn es in der Philosophie natürlich um die Erforschung von Fragen geht, würde ich uns gerne zurück zum Punkt bringen ...«

Ich schmettere meine zitternden Fäuste auf den Tisch. Anthony schubst mich. »Was zum Teufel ist mit dir los?«

Barnes hält mich nach der Stunde auf. Bittet um ein Gespräch. Wir warten zusammen, er stellt unangenehme, steife Fragen nach meinen Wochenendplänen, bis der Raum sich leert. Er schnalzt mit den Lippen, lässt seinen Stift kreisen und ich erkenne: oh-oh.

Er sagt: »Es tut mir wirklich leid, dass die Wiederholung der ewigen Wiederkunft so anstrengend war. Wenn es beunruhigende Ereignisse in unserer jüngeren Vergangenheit gibt, kann es schwierig sein, sich auch nur vorzustellen, wie so etwas sich unbegrenzt wiederholt.«

»Sie liegen komplett falsch.« Ich schüttle den Kopf. »Ernsthaft«, füge ich hinzu, während seine Augenbrauen tänzeln.

Mr Barnes nickt und spielt mit seiner limetten-grünen Krawatte. »Aber wenn du mal jemanden zum Reden brauchst ...«

Jetzt bin ich an der Reihe zu nicken, während Barnes das übliche Drehbuch abspult. Tut mir leid, dass deine Mum tot ist, lass uns doch bei Keksen und Tee darüber reden; er zieht echt alle Register. Ich will davon nichts wissen. Will nicht in Gedanken darüber abdriften, warum *dieser Tag*, dieser Tod und nicht Mum. Will nicht an meine Entscheidungen letztes Jahr denken – ob nachtragend oder nicht, ein guter Sohn sein und tun, worum sie mich bat und wenn, ob ich freundlich war, ob ich anhielt und sie umarmte oder aus der Tür stürmte ohne ein Wort. Nee, ich bin nicht zufrieden mit den Entscheidungen, die ich getroffen habe. Nicht dieses Jahr, nicht letztes. Und ich habe es satt, es jeden Tag wiederzuerleben, in der Wirklichkeit und in der Erinnerung, wo sich diese Gedanken wieder und wieder und wieder im Kreis drehen.

Ich muss Barnes aufhalten, also sage ich schnell: »Stellen Sie sich vor, Sie *wären* tatsächlich in einer Zeitschleife. Keine ewige, nicht Nietzsches Ding und nicht das ganze Leben. Nur ein Tag. Wieder und wieder.«

Mr Barnes bekommt einen abwesenden Gesichtsausdruck, als er all das auf sich wirken lässt. Ein kleines Lächeln, als würde er heute Abend nach Hause gehen und sich an diesen Moment erinnern. Er macht sich ein Bier auf, legt die Beine hoch und erzählt seiner Frau oder seinem Mann, Mitbewohner oder Hund, wem auch immer – dass er heute ein Kind richtig erreicht hat. Es hat *geklickt*.

Ich frage: »Wie schafft man es in so einer Situation, dass die Zeit weiterläuft? Dass die Schleife eines Tages aufhört.«

»Tut mir leid, aber diese Frage gehört leider nicht in den Bereich der Philosophie, sondern in den der Science-Fiction.« Ich blicke traurig, aber Barnes führt weiter aus. »Glücklicherweise bin ich ein Fan. Ich glaube, wonach du suchst, ist ein sogenannter Schlüssel.«

»Schlüssel?«

»Typischerweise kein wirklicher Schlüssel, eher ein moralisches Dilemma.«

Mein Herz sinkt. »Wir sind also zurück bei moralischen Dilemmata?«

Barnes nickt: »Oder einem Ziel, eine Art persönlichem Wandel.«

»Und sogar wenn alles schlimmer wird, müsste man es weiter versuchen. Rausfinden, was der Schlüssel ist?«

»Davon gehe ich aus.«

Typisch. Ich bedanke mich und gehe zur Tür. Könnte weiterfragen, aber Barnes philosophische Argumente führen mich nur im Kreis. Und, so wie Kreise das eben tun, führt es mich immer zum selben Punkt zurück. Man muss es weiter versuchen. Selbst wenn nichts behoben, alles schlimmer wird, wenn es unverständlich und ungerecht scheint, muss man noch mehr reinstecken. Tiefer wühlen.

Wenn das nicht eine neonblinkende Lektion der Lebensführung ist, weiß ich auch nicht mehr. Weitermachen. Da führt kein Weg herum.

Also was ist der Schlüssel – Clara am Leben halten? Das ist kein moralisches Dilemma; da gibt es keine große Frage, ob das richtig oder falsch ist. Der Tod ist das ultimativ Falsche; ihn aufzuhalten, ist selbstverständlich. Vielleicht gibt es noch anderes Gutes, was ich heute Abend tun könnte. Mia davon abzuhalten, ihre Eingeweide rauszukotzen, Worm vom Pool fernhalten.

Vielleicht hat Barnes auch unrecht und es gibt keine Möglichkeit, die Ereignisse zu beeinflussen, gar keinen Schlüssel, aber mehr habe ich nicht. Nach sechs unterschiedlichen Versionen gibt es keine Hoffnung darauf, dass diese Nacht von alleine vorbeigeht. Ich muss dieses eine Rätsel lösen.

Den Schlüssel.

Anthony wartet auf mich nach meinem Gespräch mit Barnes. Nett von ihm, auch wenn mein Verstand so voll ist mit *diesem Tag*, dass ich kaum mitbekomme, was Anthony mir erzählt. Nichts davon kann durch die Wiederholung der letzten Nacht zu mir durchdringen. Worms Unfall. Mias Unfall. Claras Unfälle. Ich habe genug Blut und Körperteile gesehen, dass es mir bis zum Lebensende reicht.

Unter meinen Füßen wird der Asphalt des Innenhofs zu den Fliesen der Vorhalle auf unserem Weg zur Cafeteria. Mein Magen rumpelt, erinnert mich daran, dass man nicht nur von geistiger Nahrung leben kann. Als ich mich wieder in die Unterhaltung einschalte, sagt Anthony: »Ich hab dieses Mädchen so gut behandelt. Geld ausgegeben, ihr Geschenke gekauft, sogar dieses neue Handy.«

»Wen? Bee? Hast du das?« Ich zucke mit dem Kopf, keine Lust, Anthonys Ego zu streicheln.

»Was hab ich?«

»Sie tatsächlich gut behandelt? Zählt es, dass du derjenige warst, der ihr Handy kaputt gemacht hat?«

»Was zum Teufel ist heute dein Problem?«, fragt Anthony, aber ich bin schon wieder abgelenkt, als wir durch die Türen der Cafeteria schwingen, genau rechtzeitig, um Jay beim Verlassen der Schlange zu sehen. Er trägt ein volles Tablett. Sandwich, Apfel rollt herum, zwei Dosen Cola und ein schwankender Plastikbecher.

Über ihm flackert ein Lichtpaneel voller toter Fliegen in metallischen Tönen. In wenigen Sekunden liegt Jay mit blutiger Nase auf dem Boden.

Das ist mein moralisches Dilemma: Lasse ich Jay stürzen,

obwohl ich weiß, was passieren wird? Heute nicht. Ich beschleunige, ein kleiner Lauf, der mein wirres Hirn durchschüttelt.

Ich rufe Jays Namen und klopfe ihm auf die Schulter, um ihn zu stabilisieren. Aber es genügt nicht. Er erschrickt. Schnellt herum und das Tablett entgleitet ihm. Als er sich ausstreckt, um es zu fangen, verliert er das Gleichgewicht. Alles läuft in Zeitlupe ab. Das Tablett fliegt hoch, er stürzt nach vorn und sein Fuß rutscht weg. Jays Gesicht knallt auf die metallene Ecke eines Esstischs, gerade als ich wieder nach ihm greife. Ich beiße die Zähne zusammen. Jay schlägt auf dem Boden auf.

Ich hocke mich neben ihn und reiche ihm die Hand.

»Ngght«, sagt Jay und hält sein geschundenes Gesicht. Blut tropft auf seine Lippen und sein Kinn.

»Drück sie zusammen.«

Er winselt. »Ims weims. Ems gebwoms.«

Stimmt, Jays Nase hat eine fröhliche Kurve bekommen. Eine Servierdame drängt sich ins Bild, stellt ihn auf die Beine und presst eine Ladung Servietten auf seine sprudelnde Nase, während sie ihn wegführt.

Ich durchquere benommen die Cafeteria. Auf dem Knöchel in der Mitte meines Zeigefingers ist ein roter Blutstropfen. Ich wische ihn an meiner Hose ab, aber es beginnt bereits zu trocknen und hinterlässt eine dünne braune Umrandung.

Als ich gegen unseren Esstisch stoße, nimmt Anthony Platz und sagt: »Was hat Jay dir eigentlich angetan?« Das ergibt keinen Sinn, aber nichts von dem Ganzen tut es.

Der Rest des Tages vergeht in Über-Kleinigkeiten. Ich verzeichne die Unterschiede, tatsächliche oder empfundene. Hat Ryan schon immer diese Frage in Politik falsch beantwortet? Hat Bee mir schon immer dieses Gerücht über Lana und Shaun erzählt? Oder sind das weitere Hinweise darauf, dass *heute* falsch läuft?

Leute gehen aufeinander los, Leute werden dümmer. Was gibt's sonst Neues?

Was ist der Schlüssel?

6.3

Ich habe schlussendlich gegoogelt wie man den Tod von jemandem verhindern kann. Ich bin nicht wirklich stolz darauf.

Jedenfalls wurde ich enttäuscht. Nicht einmal das allwissende Internet, Quelle für bekloppte Hilfe zu jedem Thema unter der Sonne, hatte eine Antwort. Es spuckte Seiten mit Hilfe zu Trauer und Schmerz aus, welche überhaupt keine Lösung sind. Ich werde nicht um Clara trauern, bis ich den Samstag erlebe.

Dafür habe ich andere Faktoren, zum Beispiel welche Geschwindigkeit ein Auto erreichen muss, sodass man bei einer Kollision keine Chance mehr hat, und die 60er-Zone vor Anthonys Haus lässt Clara absolut keine Chance.

Und hier das Beste und gleichzeitig Schlimmste, was ich erfahren habe: 1500 Menschen sterben täglich auf diesem kleinen, hektischen Felsen, den ich Heimat nenne. Eine Statistik, so erschreckend, dass es mir den Atem raubte. Stell dir das nur vor. Die ganzen Tragödien entfalten sich und schicken Wellen von Schmerz durch Zehntausende von Menschen bei jedem einzelnen Mal. Wie ertragen wir das? Wie schaffen wir es, weiterhin zu funktionieren? Und dann passiert es am nächsten Tag und am nächsten, manchmal ohne Vorwarnung, immer viel zu früh.

Kein Wunder, dass Clara die Nacht nicht überleben kann, die richtige Überraschung liegt darin, dass es überhaupt jemand tut.

Das sind die düsteren kleinen Fakten, die ich zu mir genommen habe, während Anthony und Worm ihre Frustration an Fifa rausgelassen haben. Informationen verdauen und versuchen, eine Lösung zu finden. Den Schlüssel, wie Barnes das nannte. Irgendwo gibt es hier eine Antwort für jemanden deutlich Klügeres als mich.

Ich habe die Hinweise. Ich muss nur durchblicken. Ich brauche einen scharfen Verstand.

Ich muss aufwachen.

Muss mich konzentrieren.

Ich muss Mia finden, denke ich, während die Party voller wird und zu brodeln beginnt. Ich muss meine Theorie prüfen und sie vor der Bank bewahren. Durch die Lautsprecher singt jemand vom Wunsch danach, gefühllos zu sein. Kann ich nicht verübeln. Ich trete nach draußen, werde von Luft getroffen, die kühler ist als noch zuvor.

Die Leute hier draußen stehen enger zusammen, wer nüchterner ist, behält seine Jacke an. Die eng stehenden Gruppen lassen die Gesichter schwieriger von den Schatten unterscheiden, schwieriger zu erkennen. Es verwandelt Freunde und Klassenkameraden in Fremde.

Mia und Bee stehen aneinandergelehnt an einer Hausecke, beide Augenpaare wandern über die Menge, als wollten sie einander nicht ansehen. Vielleicht haben sie sich gestritten – Mia sieht traurig aus, ein bisschen müde und kaputt – aber als ich näher komme, streckt Bee ihre Arme nach meinen aus und zieht mich näher.

»Oh mein Gott, kleiner Spence, komm und wärm mich auf. Ich habe gerade erzählt, was für ein Abraum Ms Hardgrove in Geschichte war. Hat sie mich nicht total fertiggemacht? Ich schwöre, sie hasst jeden, der sie daran erinnert, dass sie nichts als eine schrumpelige alte Jungfer ist.«

»Stimmt.«

Mia schneidet eine Grimasse. Bees Geschichte stimmt nicht. Der Unterricht verlief tatsächlich, gnädigerweise, ohne Drama. Alle haben überlebt. Weiß nicht, was Bee noch möchte, bei solch psychopathischen Tendenzen der Zeit.

Mit katzenhaftem Strecken sagt Bee, »Natürlich, Merkur nimmt ab und es macht mich total fertig. Oh Gott, hab ich euch erzählt, dass ich nach dem Sportunterricht meinen Tanga auf Ms Dunning geworfen habe?«

Das ist Kopfkino zum Ablenken. Ich überspiele meine Erregung mit: »Stimmt, ich glaube Merkur schert sich einen Dreck um deine Hose.«

»Ich kann dir versichern, eine Menge kluger Leute glauben an –«

»Mia, wo ist deine Schwester?«, sage ich, ermüdet von Bees abergläubischem Mist. Merkur hat nichts mit meinem ewigen Freitag zu tun. Und trotz Anthonys morgendlicher Einladung, taucht Mias Schwester niemals auf. Vielleicht würde Mias Nacht nicht in solchem Chaos enden, wenn sie es täte.

»Ich würde sie keinesfalls mitbringen.« Mia nimmt einen großen Schluck von ihrem Getränk.

»Woher kennst du Mias Schwester?«, fragt Bee.

»Tu ich nicht. Ist ein Insider.« Aber Mia schüttelt den Kopf.

»Spence, mein Lieber, hast du deine Gitarre dabei?« Bee schiebt ihre Hand in ihre blonden Locken und ihre Armreifen klirren, aber ich bin abgelenkt vom Verhalten Mias, die noch einen Schluck nimmt, dann noch einen. Wenn überhaupt, habe ich ihr Schicksal gerade vorgespult.

Als Mia Richtung Küche losläuft, befreie ich mich von Bee, um sie zu überwachen. Und kann mein Glück kaum fassen: zwei weitere Ziele an der improvisierten Bar.

Clara schenkt neben Genni ein, welche mit einem Gesichtsausdruck die Hände hochwirft, als wäre sie bereit, jemanden zu ermorden. Ominöserweise wird es düsterer, je näher wir kommen. Ihre Hände stemmen sich in die Hüften und der Leopard aus Pailletten auf ihrem Pullover verzieht sich ähnlich finster.

»Gut?« Hinter Genni zieht Clara eine warnende Grimasse.

»Fang gar nicht erst an, du Gedankenleser«, sagt Genni, die sich mit erhobenen Händen vorbeidrängt.

»Wa–«

»Sie ist absolut die letzte Person, mit der du heute sprechen solltet«, erklärt mir Clara.

»Warum?«

Aber Clara folgt Genni bereits ins Wohnzimmer, verschüttet ihr Getränk auf dem Weg.

Mia tritt an ihren Platz, füllt ein Wasserglas mit billigem Wein. Ich nehme es Mia weg, aber sie greift nach einem Ersatz.

»Was ist ihr Problem?«, grummle ich.

Mia greift rüber, um mein Glas mit Limonade aufzufüllen. »Was ist denn deines? Hör vielleicht einfach auf, Leute zu schubsen und vielleicht sind die Leute dann freundlicher und lockerer dir gegenüber.«

Mia ist ganz sachlich; kein Anzeichen von Panik. Das zeigt

einen verstörenden Mangel an Urteilsvermögen, denn, wenn Mia glaubt, dass ich Jay geschubst und seine Nase gebrochen habe, sollte sie nicht mit mir herumhängen. Als ich das anspreche, sagt Mia nur: »Versuch es ruhig.« Und starrt.

»Nee, deine Nase passt schon so, wie sie ist. Warte. Wer sagt, dass ich ihn geschubst habe?«

»Alle.« Sie deutet auf die nächste Gruppe, das Schwingen ihres Armes bringt sie bedenklich ins Wanken, und ich starre all diese Fremden von der Jahrgangsstufe unter uns an, als würden sie hier alle persönlich Fake News verbreiten, hier und jetzt.

»Hab ich verdammt noch mal nicht. Was ist mit diesem Bastard Jay?«

Mia trinkt ihren Wein. Klärt mich auf. Jay sagt auch, dass ich ihn geschubst hätte. Und er ist nicht auf der Party, weil seine Nase gebrochen ist. Kein Wunder, dass Genni sauer ist. Ich lehne mich an den Küchentresen, Marmor kühlt durch den leichten Stoff des Shirts von Anthonys Bruder. Das heutige Outfit ist ein neuer Tiefpunkt – aufgetragene Sachen von den Mansfields von Anfang an – der Preis dafür, dass ich Dad ausgewichen bin. Ich spüle die Information von Mia ein paar Mal im Kopf umher, dann erzähle ich ihr meine Version der Ereignisse, ohne die ganze Zeitreise.

»Es ist Genni, die sich Sorgen macht, nicht ich«, sagt sie, als ich fertig bin, und kippt noch mehr Wein nach.

Ich reiße Mias das Glas aus der Hand und sage, »Hör auf damit. Ich mag dich nüchtern lieber, okay?«

»Bullshit.« Sie bellt ein einzelnes, scharfes Lachen heraus. Ich kippe Mias Getränk in den Abfluss, was mir ein eindringliches und absolut berechtigtes »Fick dich, Spence« einbringt. Mia ist ziemlich dreist für ein Mädchen, welches jeden Morgen mit gesenktem Kopf durch die Cafeteria läuft. Aber vielleicht ist der billige Wein der richtige Treibstoff für den Kampfgeist.

Aufgabe Nummer zwei der Nacht ist Worm, den ich im Garten aufspüre, higher als ein Heißluftballon und Rauchringe blasend.

Ich gebe ihm eine kurze Vorlesung zu den negativen Seiten öffentlicher Nacktheit. »Kein Mädchen datet einen Exhibitionisten« und »Ich glaube, Schwänze sind nicht ganz so anziehend.« Gefühlvolles Gespräch.

Worm hört zu, aber als ich fertig bin, sagt er einfach nur, »All die Sterne da könnten vielleicht schon tot sein.«

Ich habe es halb über den Rasen geschafft, als er vorbeistürmt, sich das T-Shirt über den Kopf ziehend, die nackten Füße blitzend mit jedem Schritt.

Großartige Arbeit.

Immerhin, das war's für Mia, Worm hat's versucht. Zwei geschafft und noch eine auf der Liste. Die Nächste ist Clara Hart.

Ich erwische einen Blick auf mein Gesicht im Wohnzimmerspiegel. Ungleiche Augen mit tiefen Ringen darunter, verlebte Haut. Es ist das Gesicht meines Vaters, als würden diese Tage in Hundejahren vorübergehen, lassen mich vor meiner Zeit altern.

Jemand prallt von mir ab und stolpert zurück ins Zimmer. Es ist noch nicht ganz elf. Die Leute sind viel zu sehr drüber für diese Uhrzeit. Alles beschleunigt sich.

Mein Blick fokussiert sich auf Anthony. Wie üblich hat er ein Mädchen an jedem Arm. Sie umschwirren seinen massiven Körper, kreiselnd in seinem Kraftfeld. Genni, Clara. Zwei sind sicherer als eine, und als ich näher komme, bemerke ich, dass Clara heute die Ausnahme bildet – die Einzige, mit der es nicht bergab geht. Mit ihrer Freundin an der Seite ist sie klar und beständig.

Trotzdem wehrt sie sich nicht gegen die Hände, die über ihre Hüfte kriechen oder gegen Anthony, der sich mit einem Ausdruck an ihren Rücken klebt, den ich nicht ertrage.

Ich gehe rüber, packe Anthonys Arm. »Ey, komm her.«

»Was? Nein, ich bin beschäftigt.«

»Mia kotzt.« An anderen Nächten wäre das die Wahrheit. Ich unterstütze den Ruf mit einer Gestik, damit er den Tatsachenbestand trotz der lauten Musik versteht.

»Wo?«

»Garten?«

»Also warum soll mich das jucken?«

»Oh, wie schön, es ist der Nasenbrecher von St Peter«, sagt Genni mit verschränkten Armen und stellt sich mir in den Weg. »Weißt du, dass Jay ins Krankenhaus gehen musste? Was fällt dir ein?«

»Hab ihn nicht angefasst«, sage ich. Aber Anthony zieht Genni weg und sie starrt mich böse an und Clara schaut mir nicht einmal in die Augen.

Ich nehme einen schnellen Schluck von dem Getränk in meiner Hand. Anthonys breiter, schwankender Rücken versperrt mir die Sicht. »Du weißt nicht, wo Worm ist, oder? He, Anthony.« Ich zerre an seiner Schulter. Er dreht sich um, legt eine Hand auf mich. Er schubst. Nicht fest, aber ich bewege mich dadurch.

»Komm schon. Lass es, Spence. Die Mädchen haben keine Lust auf dich.«

»Clara?«

»Kumpel. Hau ab.«

Clara sagt: »Tut mir leid.« Ich sehe nur die Formen der Wörter.

»Weißt du, dass er dich nur ficken und sitzen lassen will?«, sage ich.

Clara zuckt zusammen, aber Anthony zieht sie fester an sich. Genni schäumt. »Arschloch.«

Anthony streckt sich, um Clara auf die Haare zu küssen. Sie zeigt ihr Grübchen und das ist das Letzte, was ich ertragen kann.

»Gut!«, schreie ich. »Gut.« Ich wedle mit den Händen. »Komm nicht heulend zu mir, wenn du tot bist.« Genau dann endet der Song und die letzten Worte verhallen in der Stille.

6.4

Anthony hat das Feiern von seinen Eltern gelernt. Klar, Dom und Olivia Mansbridges Schandtaten involvierten normalerweise weniger betrunkene Teenager, die in Büsche kotzen, als vielmehr Wohltätigkeitsauktionen, aber das Verhalten ist bei beidem dasselbe.

Mum und Dad sind nur einmal hingegangen. Ich denke, sie fühlten sich dazu verpflichtet, wegen meiner Freundschaft zu Anthony. Ein Freundschaftsding, auch wenn die Vorstellung meiner Eltern für einen guten Abend eher einem Pub Quiz entsprach und nicht einem Sektempfang. Anthony und ich versteckten uns im Obergeschoss, während die Eltern in Stimmung kamen, schlichen nur herunter für die guten Snacks und das ein oder andere Gläschen Sekt.

Ich erinnere mich daran, wie ich so tat, als schliefe ich auf dem Rücksitz, während Mum und Dad stritten. Mum war angepisst, weil Mr Mansbridge anzüglich wurde und Dad überhaupt nichts getan hat. Dad war wütend, weil, gut, ich weiß nicht warum. Wenn ich raten müsste, würde ich sagen, er war verärgert, gerade weil er einen Scheißdreck getan hatte. Aber er konnte sich nicht selbst anschreien, also schnauzte er sie an, und zwar die ganze Heimfahrt über, und sie hat ihn zurechtgewiesen.

»Ich bin nicht die erste Frau, die das sagt«, hatte Mum gemotzt.

»Wir gehen da nicht noch einmal hin«, sagte Dad.

»Und das ist die Lösung, nicht wahr?«

Dad wurde für seinen ritterlichen Auftritt auf die Couch verbannt. Ich fand ihn dort am Morgen mit verlegenem Ausdruck.

Später erzählte ich Anthony alles in einem Café in der Stadt. Klaubte die Marshmallows aus der Sahne und erzählte beiläufig, dass sein Dad meine Mum angegraben und damit einen Familienstreit ausgelöst hatte.

»War bestimmt ein Missverständnis oder so«, bot ich als Lösung an und leckte meinen Löffel ab.

Bee stand mit Mia in der Schlange am Tresen, beide kicherten. Ich würde einen Zehner wetten, dass sie sich über das obszön geformte Croissant kaputtlachten, das ich auf dem Weg nach drinnen gesehen hatte. Bee hatte damals noch längere Haare und deren Wellen lenkten ab.

Meine Zeitleiste ist jetzt getrennt zwischen vor und nach Mum. Aber damals waren die Perioden nach Verliebtheiten definiert. Nach Clara kam Grace und in der elften Klasse war es Bee. Immer Bee.

»Klingt für mich nach Wunschdenken.« Anthony lehnte sich zurück und rieb an einem Fleck auf dem Tisch.

»Hä? Nee, kann ich mir nicht vorstellen.«

»Das ist ein charismatischer Typ. Flirtet immer ein bisschen, aber sie sollte sich nichts einreden. Vielleicht will sie auch einfach deinen Dad eifersüchtig machen.«

Das klang nicht richtig. Nicht nach dem, was sie im Auto darüber losgelassen hatte. Wie auch immer, Dad hatte es gesehen. Ich fischte noch ein Marshmallow heraus und ließ meine Augen wieder zu Bee gleiten, die mit Mia in einer Sitzecke uns gegenüber Platz nahm.

»Sie ist ja nicht gerade scharf«, sagte Anthony. »Nicht böse gemeint. Sie sieht gut aus, aber sie ist eben eine Mum, nicht wahr?«

»*Meine* Mum, du verdammter Perverser.«

Anthony verzog sein Gesicht. Trank seinen Latte.

»Egal.« Ich zuckte die Schultern. Bee und Mia explodierten in Gelächter und ich könnte schwören, Bee schaute in meine Richtung. »Ich glaub, die schaut her«, sagte ich zu Anthony.

Er blickte über seine Schulter. »Du weißt schon, was man über Rothaarige sagt?«

»Temperamentvoll?«

»Rezessive Gene.« Anthony lachte über mein verwundertes Gesicht. »Scheiße, ich mach nur Spaß. Keine Ahnung, warum die das interessiert. Bee ist ...« Er schüttelte den Kopf. Keine Worte mehr.

»Sie bekommt fünf Sterne«, sagte ich. Und ich meinte es nicht so, als wäre sie eine Nummer oder ein Ding. Ich meinte wirklich fünf von fünf. Perfekt.

»Auf keinen Fall. Vier Sterne«, sagt Anthony bestimmt und

war direkt dabei. »Wie der Pullover, den mir Mum aus London mitgebracht hat. Wäre besser gewesen in Grau. Ohne das Rot bekäme sie noch einen halben mehr.«

Bee war einfach nur irgendein Mädchen für Anthony. Über die letzten zehn Monate versuchte ich nicht darüber nachzudenken, wie Anthony mit meiner Fünf-von-Fünf ausging. Es wirkte nicht wie etwas, worüber Freunde sich Gedanken machen sollten. Eine kleinliche Sache nach Jahren der Freundschaft.

Jetzt frage ich mich, ob ich länger und intensiver hätte nachdenken sollen. Jetzt denke ich, er sollte sich verdammt noch mal von Clara fernhalten.

Ich setze mich auf eine Sofalehne und lege die Füße auf den Sitz, um einen guten Blick zu haben. Ich habe den Drink in einer Hand und die andere hält sich an weichem Leder fest. Bewege mich nicht, außer um mir von Zeit zu Zeit nachzuschenken. Augen auf die beiden. Sie und ihn.

Ich will verdammt sein, wenn ich Clara noch ein gottverdammtes Mal aus den Augen lasse, egal wie wenig sie und Genni mich in ihrer Nähe haben wollen. Sogar wenn ich Anthonys Hände auf ihrem unteren Rücken sehen muss; es zieht mein Innerstes zusammen, aber es ist kein Verbrechen. Seine Hände greifen über sie wie meine Hände Akkorde auf der Gitarre spielen; Finger immer in Bewegung, nah an sich gezogen. Clara greift nach Genni und zieht sie zu sich, lachend, ihre ganze Aufmerksamkeit auf ihrer Freundin. Sie weicht meinem Blick aus, aber ich kann meinen nicht davon abwenden.

Ihr Lachen sticht zwischen zwanzig anderen hervor. Es ist unverwechselbar. Es lässt einen wünschen, dabei zu sein, aber es gilt nur Genni. Und ihm.

Genni deutet auf ihr Getränk, gestikuliert zu ihrem Mund und Clara nickt. Anthony nickt auch, aber als Genni weggeht, gibt er Clara seinen Becher und flüstert in ihr Ohr. Sie lacht und ich bin versucht, einzugreifen. Aber es ist noch nichts Falsches. Noch nicht.

Anthony drückt seine Lippen auf ihre. Sie lässt es zu. Aber sie schielt aus ihren Augenwinkeln. Unsere Augen begegnen sich. Sie weicht zurück und blickt kopfschüttelnd zu Boden. Er zieht sie wieder nah zu sich. Sie wendet ihr Gesicht ab.

Ich warte darauf, dass sie weggehen. Ich werde sie aufhalten, mir egal was ich dafür tun muss. Theater machen. Die Polizei rufen. Das Haus anzünden.

Ich sehe zu. Warte. Schaue. Trinke. Schaue.

Sie tanzen weiterhin.

Ich sehe weiterhin zu.

Jemand schreit. Dann noch jemand.

Ich bin sofort runter von der Couch, laufe um mein Leben durch die Wohnzimmertür in den Flur, noch mal durch die Küche in Richtung Ursprung des Lärms. Es könnte Worm sein, kaputt und blutend und nackt und ertrinkend; könnte Mia sein, die an zu viel Wein erstickt. Meine Beine bewegen sich nicht schnell genug und mein Innerstes warnt mich mit einem unheilvollen, tiefen Rumpeln, dass ich auf leerem Tank laufe.

Als ich in der Küche ankomme, erwartet mich totales Chaos. Menschen drängen durch die Türen, schreien sich die Hälse wund wie ein Schwarm aufgeregter Vögel, keine Rücksicht auf andere, während sie sich hineinzwängen. Die Außenlichter schimmern, die Fluchtlichter sind wie goldener Glitzer in der Nacht. Fußtritte donnern mehr und mehr und mehr und ich kann mir keinen Reim darauf machen, was ich sehe, was ich höre oder auf die frische, absonderliche Luft, die das bisherige Wabern von Rauch und Vape-Dampf ersetzt. Ich konzentriere mich neu und bemerke die tobende, sprudelnde Fläche des Pools.

Das ist nicht Worm. Nicht Mia. Nicht Tod und Verletzung und Schmerz.

Es regnet. Das Trommeln kommt nicht von Schritten, es ist Wasser.

Ich dränge mich durch die Massen. Schreie werden zu Kichern. Mia gibt mir einen Schubs und ein Lächeln, welches ich nicht erwidern kann. Ich stehe in der Tür und fange Wasser auf in meiner Handfläche. Regen.

Es regnet nicht. Es regnet niemals.

Ich drehe mich um und blicke in die zornigen Augen von Genni Grey. Sie führt mich zurück zu mir selbst. Clara. Erstaunen bricht Bahn zu atemloser Panik, aber als ich zu meinem Platz zurückkehre, ist sie noch genau dort, wo ich sie zurückgelassen habe. Und das ist gut so. Alles klar. Das ist genau das, was ich will. Außer einer kleinen Sorge.

Ihre Hände steigen und fallen, Augen verengt, Haare peitschen umher. Sie wiegt den Kopf und taumelt gegen Anthony und kichert, während er seine Hände überall hat, wo er möchte.

Clara Hart ist komplett hinüber. Und so habe ich sie nicht zurückgelassen.

Und während ich zusehe, beginnt Anthony sie zu bearbeiten. Er nimmt ihre winzigen Hände in seine riesigen und bugsiert sie durch das Zimmer.

»Warum immer sie?« Ich versperre den Treppenaufgang, klemme meinen Körper zwischen Wand und Geländer. Clara kichert mit halb geschlossenen Augen und Anthony sieht mich an, als hätte ich ihm gerade ins Gesicht gespuckt.

»Spence, du bist im Weg, Kumpel.«

»Jep, hör mal, ich kann euch nicht nach oben lassen.«

»Das ist mein Haus.« Anthony verlagert Claras Gewicht auf einen Arm. »Schau dir mal den Zustand von der hier an. Ich bring sie nach oben, damit sie ihren Rausch ausschlafen kann.«

Meine Arme verlieren etwas ihrer Spannung. Das klingt absolut nach Anthony. Wie viele Male hat er mich genau so ins Bett gebracht? Ich verenge die Augen, spanne die Muskeln an. »Dann leg sie auf ein Sofa.«

»Spence.« Er streckt seinen freien Arm aus und packt mein Handgelenk. Zerrt fest genug, um meinen Arm loszubekommen und sorgt dafür, dass ich ohne Halt gegen seine Schulter stürze.

»So. Jetzt sei ein guter Junge und verpiss dich. Es geht dich nichts an, was ich mit ihr mache, oder wo.«

Ich halte sie am Ellbogen fest, berühre ihr Gesicht. Ihre Haut ist so kalt, so blass.

»Clara«, sage ich. »Geht's dir gut? Willst du nach Hause gehen?«

Anthony stellt sie auf die Treppe und sie bleibt steif wie eine Puppe. Er kommt auf mich zu und die Zentimeter, die er mir voraushat, sind wie Kilometer. Ich neige den Kopf, um ihn anzusehen.

»Was zum Teufel ist dein Problem? Du hast den ganzen Tag nur rumgejammert. Hast du irgendein Problem mit mir?« Er pikt mich hart in die Brust und ich trete einen Schritt zurück.

Ich bemerke seinen Gesichtsausdruck und versuche zu beschwichtigen. »Ich werd dich nicht mit ihr nach oben lassen. Das wird schiefgehen, vertrau mir. Und schau mal, sie ist komplett im Eimer, Anthony. Zu betrunken.« Ich wedle mit der Hand in ihre Richtung und er sieht nicht hin. Ich wünschte, sie würde reagieren, sich daran erinnern, dass er ein Schwein ist, dass sie nicht mit ihm nach oben gehen möchte, aber Clara scheint nicht mitzubekommen, dass ich etwas gesagt habe. »Es ist nicht deine Schuld«, sage ich verzweifelt. »Es ist dieser Tag. Vor einem Moment war sie noch nüchtern und jetzt schau sie dir an, komplett am Ende. Das passt nicht.«

»Sie muss sich einfach nur hinlegen.« Er wendet sich ab und ich lange nach seiner Schulter und zerre. Fest. Zu fest. Fest genug. Er stolpert, greift nach dem Geländer.

Er lacht und es ist ganz genau mein Lachen, nicht ein Quäntchen Freude oder Humor darin. Tritt auf mich zu und sagt: »Spence, damit das klar ist. Sie kommt mit mir nach oben. Sie hat mich den ganzen Abend angemacht – *mich* – und sie hat ihre Meinung nicht geändert, nur weil sie vielleicht ein bisschen angetrunken ist, oder?«

»Sie wird sterben.« Ich bin mir bewusst, wie erbärmlich ich klinge, der bettelnde Ton, der sich in meine Stimme eingeschlichen hat. Ich schiebe die Hände in die Taschen. Anthony lacht noch einmal auf dieselbe Weise.

»Wovon redest du? Sterben? Sie wird sich wahrscheinlich kaum daran erinnern. Ich werd dich umhauen, wenn ich muss.«

Ich zucke mit den Schultern. Er blufft. Mein Herz springt hin und her zwischen dem und der Alternative.

»Keine Chance«, sage ich.

Seine Hand hebt sich, eine schnelle Ohrfeige über meine

Wange. Meine Hand erreicht mein Gesicht eine Sekunde zu spät, zu langsam, um sie abzufangen. Ich bin vor Schock eingefroren. Immer noch vereist, als er seine rechte Faust in meinen Bauch rammt. Meine Knie werden schwach. Ich breche zusammen.

Es schmerzt.

Gewaltige Arme zerren mich vom Boden, halte meine Arme an den Seiten fest und zerren mich den Flur entlang. Ich kann nicht atmen. Wir sind bereits in der Küche, bevor ich mich wehren kann, und als ich beginne, mich zu rühren, werde ich nicht länger gezogen, stehe aufrecht, eine Faust ins Gesicht und meine Nacht zerfällt in Sterne. Werde geschubst. Fliege. Falle.

6.5

Ich treffe auf das Wasser und falle immer noch. Ein harter Schlag gegen mein Steißbein. Eine Welle von Schmerz durch mein Rückgrat.

Mein Atem füllt meine Luftröhre mit Wasser und ich tauche hustend auf, keuchend. Sobald ich wieder Luft kriege und die Todesgefahr vorüber ist, wird mir kalt. Ich bin triefend rot. Dünne Fäden meines Inneren fließen durch das Wasser. Stechendes Chlor trifft mich; immerhin ist das Wasser sauber.

Ich wende mich zum Haus. Atme durch den Mund, weil meine Nase sich komisch anfühlt. Meine Augen brennen. Ein Gewicht knallt gegen meinen Rücken und ich bin wieder unter Wasser, tief reingezogen. Meine Zehen stoßen gegen die Fliesen und ein Schmerz fließt durch mein Bein. Als ich wieder auf die Füße komme, trifft mich eine Welle, blendet mich. Noh mal. Platsch, platsch, wieder und wieder. Ich taumle zurück und klammere mich an die Kante. Versuche klar zu sehen. Leute kommen zu mir. Springen komplett bekleidet rein. Kaputte Spinner.

»Es ist saukalt«, rufe ich Ryan zu, sein Gesicht sieht stumpf aus seine üblichen paar Zentimeter gegelten Haares vom Wasser bezwungen. Er grinst.

»Ant schätzt, letztes Mal waren fünfzig im Pool. Amateurniveau. Wooh!« Er reckt die Faust.

»Wo ist Anthony?«, frage ich. Ryan zuckt die Schultern.

Ich weiche springenden Körpern aus. Der Regen prasselt auf meine Haut, fühlt sich hart genug an, mich zu durchdringen. Ich ziehe mich heraus, zu langsam, alles schmerzt. Mein Gehirn säuft ab. Ich rutsche auf den Fliesen weg. Zurück auf den Beinen, bedecke ich meinen pulsierenden Ellbogen, mache langsamer. Ich schlängle mich durch die Menge.

Meine Klassenkameraden taumeln von der einen rutschigen, nassen Fläche in eine Menge tiefen Wassers. Was zum Teufel stimmt mit denen nicht?

Sicherlich können die hier keinen Spaß haben, während sie johlen und brüllen und schreien, als wäre all das ein Spaß, wenn es bald in einer Tragödie endet.

Bee nimmt mich in ihre Arme und drückt fest zu, Hände legen sich auf meine Wangen. »Was ist mit deinem Gesicht passiert?«, keucht sie. Ich erzähle es ihr und die Dringlichkeit kommt nicht durch. »Oh Gott, tut mir leid, Süßer.« Sie zuckt zusammen. »Alkohol ist manchmal ein Arschloch, mein Lieber. Das Mädchen ist nicht ganz dicht.«

»Was?«

»Süßer, ehrlich, sie ist niemand, sie ist so von sich selbst überzeugt und du bist hundert Mal –«

»Nee.« Ich schüttele sie ab.

Ich mühe mich zurück, die Treppen hoch, zerre Bee halb hinter mir her, welche jammert, dass es sie nichts mehr angeht, was Anthony treibt. Sie will ihn nicht ermutigen. Ich wende mich schlagartig zu ihr um. Die Welt dreht sich plötzlich schneller und ich greife nach dem Geländer, knalle mit dem Kopf gegen die Wand.

»Wenn sie mit ihm geht, sind wir alle im Arsch. Verstanden?«

»Nein!« Bee breitet die Arme weit aus. Ohne Ausdruck. Ein neuer Bass setzt ein, wummert in meiner Brust. Die Treppen neigen sich und werden größer und verschieben sich unter meinen Füßen und ich kralle mich an die Wand.

»Mach ich's eben selbst.«

Am Aufgang holt Bee mich ein.

»Er wird dich jeden Moment umbringen«, sagt sie und dieses Mal klingt sie verängstigt.

Ich reiße Anthonys Tür auf und wir stolpern hinein und da ist nichts. Nur Unordnung und Dunkelheit und unsere Schatten eingefasst vom Türrahmen.

»Jetzt zufrieden?«, fragt Bee.

Ich gehe rein, knipse das Licht an und drehe mich in alle Richtungen, als würden sie sich vielleicht verstecken. Ich schaue im Bad nach.

»Oh mein Gott, du musst ernsthaft sofort damit aufhören oder –«

Aber ich habe keine Zeit für Bees Warnungen. Sie folgen mir aus dem Zimmer und die Treppe hinunter. Das große

Badezimmer ist leer; Gästezimmer, leer; Erics Zimmer, abgeschlossen.

Es ist abgeschlossen. Ich hämmere dagegen.

Wieder.

Wieder.

Bee holt mich ein. Mehr Warnungen. Wieder hämmere ich.

Die Zimmertür geht auf und er stürmt heraus.

»Fuck, danke, Spence.«

Die Panik in Anthony Gesicht lähmt mich. Sie verändert jede Theorie, die ich jemals über diesen Tag hatte in einem einzigen Moment, und ich weiß irgendwie, dass ich einen schrecklichen Fehler begangen habe. Auf irgendeine Weise, die ich mir noch nicht vorstellen kann, ist Clara die, die etwas Schlimmes getan hat. Ich lag die ganze Zeit über falsch. Anthony ist derjenige, der gerettet werden muss. Er ist weiß wie ein Blatt Papier.

»Sie atmet nicht«, sagt er und ich verstehe es immer noch nicht. Ich trete durch den Türrahmen ins Zimmer, dort wo Clara liegt. Ihre Beine sind in komischen Winkeln verdreht auf dem Bett, Knie auseinander, Arme schlaff und wirr. Claras Augen sind geschlossen. Ihr Kleid ist an der Taille zusammengeknüllt. Darunter und darüber ist sie nackt.

Ich schieße durch den Raum. Meine Schienbeine stoßen gegen die Bettkante, das Zimmer dreht sich.

»Clara?« Ich tippe ihr Gesicht an. Nichts. Ich drücke ihre Knie zusammen und ziehe ihr Kleid über die Knie, ziehe die Träger hoch, versuche nirgendwo hinzusehen, wo sie es nicht wollte. Ich fahre ihn an: »Was hast du gemacht?«

»Nichts.« Anthonys Hände gehen hoch und strecken sich aus, als würde ich ihn mit einer Pistole bedrohen.

»Oh mein Gott, Clara?« Bees Hand dämpft ihre Stimme.

»Clara, kannst du mich hören?« Mein Daumen findet ihre blaue Sommersprosse. Komme ihr ganz nah.

»Bee! Telefon!« Sie holt es ungeschickt aus ihrer Tasche und lässt es vor meine Füße fallen, murmelt dabei Entschuldigungen.

»Was machst du da?«, fragt Anthony, als ich es aufhebe.

»Notruf, Vollidiot.«

»Nein, das geht nicht.«

Ich drücke die Anruftaste.

Im Hintergrund redet Anthony mit Bee, die Worte hüpfen aus ihm wie in einem komischen Schluckauf. Seine Geräusche, gemischt mit dem fernen Wummern von Musik, erzeugen einen Hintergrund, über den ich versuche, Claras Atmung zu hören. Ein und aus. Passiert das wirklich? Ich bin zu taub für alles. Meine Augen fokussieren sich auf das Glitzern ihres Nasensteckers.

»Ich gl-glaub, sie atmet«, sage ich der Stimme.

»Gute Arbeit, James. Bleib unbedingt bei ihr, der Krankenwagen wird bald bei euch sein, okay?«

Ich lege das Handy neben mich, wo ich immer noch die bestärkende Stimme hören kann. Neben mir auf dem Teppich liegt ein dünner Streifen schwarzer Spitze. Ich trete ihn unters Bett und glätte Claras Kleid noch einmal.

»Oh, Clara, Clara«, flüstert Bee zu sich selbst. »Es tut mir so, so leid, es tut mir leid.« Unsinnige Geräusche. Ich würde sie gerne bitten, die Klappe zu halten.

Die Zeit zieht sich lang. Ich warte. Schaue noch einmal auf Bees Handy, aber nicht einmal eine Minute ist vergangen. Es ist merkwürdig, Clara so im Licht zu sehen. Normalerweise sind es Scheinwerfer in harten Winkeln. Sie sieht friedlich aus.

Anthony hält Bee im Arm. Sie weint. »Was werden nur meine Eltern sagen?«, fragt er in den leeren Raum.

»Oh mein Gott, was?«, schnieft Bee von seiner Brust. Anthony wirkt überrascht, sie dort zu sehen. »Darum machst du dir Sorgen? Deine Eltern?«

Er reibt mit dem Fuß über den Teppich, das schabende Geräusch wie eine Spinne in meinem Ohr. Er hat ein Loch in einer Socke und sein nackter Zeh starrt mich an. Ich bedecke meinen Mund, um nicht zu lachen und Bee schnieft voll Abscheu. Kann ich ihr nicht verübeln.

»Du warst das«, sage ich zu Anthony, als ich mich wieder im Griff habe. »Wenn sie stirbt –«

»Sie wird nicht sterben«, sagt Anthony viel zu laut, reibt mit seinen Händen über die Stirn, zieht seine Haut für einen Moment lang. Seine Stimme wird ruhiger: »Niemand wird sterben. Man muss ihr den Magen auspumpen oder so.« Seine Hände bleiben auf seinem Kopf. »Sie wird nicht sterben.«

»Hört auf. Könnt ihr beide einfach aufhören?«, hustet Bee.

Und Clara schläft immer noch. Ich frage mich, ob sie schon weg ist.

»Was hat sie genommen?«, fragt der führende Rettungssanitäter, sobald er sie sieht. Dunkelgrüne Uniform, drahtigstark und ein Gesicht, welches niemals lacht.

»Nichts.« Ich schüttele den Kopf. »Hat nur getrunken.«

»Wir müssen es wissen.«

Ich schüttele den Kopf.

»Das gibt den Ausschlag, ob deine Freundin lebt oder stirbt.«

Stirbt. Die Erschütterung des Fehlschlages schießt durch

meine Knochen und ich verschließe den Mund mit meiner Hand, die Finger so kalt, als wären sie kein Teil von mir.

»Irgendjemand?«, fragt der Sanitäter.

»Scheiße!« Anthony macht einen Schritt nach vorn. »Okay.«

Die Augen des Sanitäters schnellen zu ihm. Anthony hebt die Hände über den Kopf, sein tiefer Atem rasselt und gibt alles preis. Zögerliche Einzelheiten, als würde er nach unbekannten Worten suchen. Wenn man Anthony nicht kannte, würde man es vielleicht glauben. Die Art, wie er vor jedem Wort schlucken muss, das Händeringen. Natürlich, Kumpel, natürlich.

»Wie viel?«, fragt der Sanitäter. »Mit Alkohol?« Sie haben ihr eine Maske aufgesetzt. Anthony steht neben ihnen, sein Mund zuckt.

Wir folgen den Sanitätern nach unten und gehen raus zum wartenden Krankenwagen, gehen hinter der Trage her. Die versammelte Menge teilt sich, um uns durchzulassen, Handypaparazzi machen Souvenirbilder und ich habe nicht die Energie, ihnen das auszureden. In ein paar Stunden ist das alles egal.

Ich versuche hinter Clara mit einzusteigen, aber eine Hand hält mich zurück. Ich sage: »Ich will mit ihr fahren.«

»Tut mir leid.« Das Gesicht des Typens ist versteinert.

»Wird sie es schaffen?«

»Sie wird es überleben.« Die Türen schließen sich.

Sie wird es überleben.

Der Motor startet.

Sie wird es überleben.

»Du hast ihr das Zeug gegeben«, sage ich.

»Natürlich hab ich das verdammt noch mal nicht.« Anthony scheint komplett nass und unter Schock. Das Gesicht bekommt er gut hin, aber seine Stimme ist komplett falsch, wie ein mieser Schauspieler mit einem schlechten Drehbuch. »Sie hat aus meinem Glas getrunken, sie muss gewusst haben, dass da ein bisschen GHB drin war. Ich hab sie nicht gezwungen. Ich dachte, sie könnte auf sich aufpassen, oder nicht? Wusste nicht, dass sie auch noch getrunken hat.«

Zu viel Gerede. Daran erkennt man die Lüge. Das GHB, gut. Anthony nimmt es selbst, um Spaß zu haben, ohne zu sehr die Kontrolle zu verlieren. Deswegen trinkt er nicht. Hat gerne einen klaren Kopf, bisschen weniger Chaos. Macht es das nicht ein bisschen einfach, es jemand anderem zu verpassen? Nicht jedes Mal, natürlich. Aber dieses Mal. Erst ging es ihr gut und dann war sie total weg.

Da ist noch mehr. Anthonys Witze über Sex auf Drogen. Und, wenn ich mich richtig erinnere, auch ein paar Witze über etwas ins Getränk kippen. Jetzt nicht mehr ganz so lustig. Mein Magen krampft sich zusammen.

Die Sirene heult. Die Leute machen sich auf den Weg nach drinnen, die Handys am Ohr, um der Szenerie zu entfliehen.

Der Regen trifft mich ins Gesicht und ich zucke zusammen. Ich frage: »Warum musste es gerade sie sein?«

»Sie stand total auf mich.«

»Warum hast du sie mit nach oben genommen? Warum immer sie?«

»Hey, komm schon, die wird schon wieder.« Anthony ist bereits wieder ganz der Alte, selbstbewusst, und klopft mir auf die Schulter, als er sagt: »Sie war high und hatte Bock drauf. Wird sie sauer sein, wenn sie aufwacht und bemerkt, dass wir nicht für immer zusammen sind und nicht gemeinsam in den Sonnenuntergang laufen? Wer weiß das schon? Nicht der beste Fick meines Lebens, ernsthaft; hatte nur zehn Sekunden, bevor ich mich gefragt habe, ob ich sie ins Koma gevögelt habe. Aber wenn du das gerne gemacht hättest, dann entschuldige ich mich«

Er legt eine Hand auf seine Brust, als wäre tatsächlich etwas darunter. Zum ersten Mal wird mir bewusst, was für einen miesen Ersatz »ich entschuldige mich« für »es tut mir leid« darstellt.

»Wie konnte sie ›total auf dich stehen‹, wenn sie überhaupt nicht mehr stehen konnte?«, frage ich. »War sie überhaupt bei Bewusstsein?«

»Spence, was? Ich bin doch ein guter Mensch.« Anthony macht einen Schritt zurück. Der Regen rinnt von seiner Stirn. »Ich hoffe, du weißt, was du da gerade unterstellst.«

Aber ich bin mir nicht sicher. Vielleicht erfinde ich Dinge. Ursache und Auswirkung, die es nicht gibt. Anthony sieht so selbstsicher aus. So stolz. Anthony hat nichts falsch gemacht und das ist alles nur meine verrückte Fantasie. Warum da aufhören? Vielleicht ist diese ganze Schreckensnacht nur eine Halluzination. Vielleicht hatte ich ja Donnerstag einen Autounfall und ich bin derjenige im Koma, mit diesem lebhaften, körperlichen Albtraum. Vielleicht bin ich achtzig Jahre alt und werde mit dem Schlauch gefüttert, während ich davon träume, wieder achtzehn zu sein. Oder vielleicht bin ich genau da, wo ich glaube zu sein, ewig wiederkehrend, nicht auf identische Weise, jedoch mit identischem Ergebnis.

Vielleicht ist die Frage nicht, was echt ist, sondern was sich echt anfühlt. Wir wissen niemals, was auf uns zukommt, wir kennen niemals das ganze Bild und ich werde niemals wissen, ob ich träume, solange der Kies in meiner Hand schmerzt, wenn ich zu fest drücke. Philosophie ist irrelevant. Spekulieren, Theorien aufstellen und Hinterfragen, klar, aber wenn alles, was wir jemals erleben, in unserer eigenen Realität stattfindet, was macht es dann für einen Unterschied?

Also bin ich hier, in diesem Chaos. Mir allem unsicher, außer dass ich der falsche Mann für diese Aufgabe bin. Danke, Universum. Ich kann sie nicht retten.

Und dann wird mir klar. Es überkommt mich mit einem Mal, als hätte ich es bereits gewusst, eine elektrische Euphorie prickelt in mir. Ich umfasse Anthonys Handgelenk und halte es fest. Er versucht sich zu befreien, aber ich bleibe dran. Ich starre durch ihn durch, Augäpfel trocknen in der Nacht. Ich hab sie gerettet. Sie ist am Leben.

Ich hab gewonnen.

Es ist ganz egal, wie es passiert ist. Alles, was zählt, ist, dass sie lebt. Sie ist der Schlüssel.

Ich komme Anthonys Gesicht näher, bis er ausweicht. Sehe genau, wo seine Augen von Braun in Grün übergehen. Mit einem säuerlichen Lächeln auf meinen Lippen sage ich ihm: »Wenn sie morgen aufwacht, bist du am Ende.«

DAS SIEBTE MAL

7.1

Das Auto.

»Heilige Scheiße. Spence. Es tut mir so leid.«

Ich schließe die Augen. Öffne sie.

Nein.

Es klopft am Fenster und das Mädchen, welches ich habe stürzen, überdosieren und sterben sehen, späht herein. Sie tut es nicht. Sie kann es nicht. Weil sie am Leben war. Sie war der Schlüssel.

Aber sie ist trotzdem hier, natürlich.

Ich bin zurück in meinem Auto. Claras Gesicht verzerrt in falschem Schrecken. Falsch, da sie noch nichts vom wahren Schrecken weiß, der uns heute Nacht erwartet. Und jede Nacht, denn alle Nächte sind heute Nacht, die wirkliche *Night of the Living Dead* und Clara ist einfach nur ein weiterer Zombie.

Der Himmel ist dunkler hinter dem Fenster. Sogar die Sonne gibt auf.

Verdammtes totes Mädchen. Verdammter Geist. Ich lege meine Hände auf das Lenkrad, aber ich kann nirgendwo hinfahren. Also was nun? Meine Vorstellung geht rüber in die erste Stunde und ich stelle mir vor, wie meine Faust in Anthonys selbstgerechtes Gesicht schlägt. Befriedigend, sicherlich, bis der Tag neu beginnt und er wieder glaubt, es gäbe kein Problem zwischen uns.

Ich ziehe meinen Blazer über den Kopf.

»Spence?«

Clara klopft. Einmal, zweimal, ein Trommelwirbel aus hohlem Klopfen.

Die Beifahrertür öffnet sich. Hätte ich mal besser abgeschlossen. Ich öffne die Augen, als Clara durch die Tür schaut.

»Es tut mir leid, ehrlich, so sehr leid, aber ich bin dir –«

»Sag bloß.«

Sie zieht sich etwas zurück, lässt Regen auf den Sitz fallen. Der Regen ist neu.

»Ich kann dir meine Versicherung –«

»Lass gut sein.«

»Ich –«

»Ich hab gesagt, mir egal.«

»Okay.« Sie nickt. »Okay, gut, wie du willst, ist dein Auto.« Ihre Verteidigung fährt hoch und sie verschwindet aus der Tür. Und sie ist schon wieder weg, wieder sauer auf mich, bereit, den Kreis von vorne zu beginnen. Es wird niemals aufhören, das alles. Es wird für immer dieser beschissene Freitag sein, mit diesem Mädchen und mir und dem Geist von Mum für die nächsten hundert Jahre.

»Fuck!«, brülle ich. Ich schlage hart gegen das Lenkrad und der ganze Wagen wackelt. Das fühlt sich gut an. Ich mache es noch mal. Ich schlage gegen das Armaturenbrett und meine Faust prallt zurück, trifft mich zwischen die Beine. »Scheiße, Scheiße, Scheiße.« Das letzte Wort ist verzerrt. Beinahe ein Schluchzen. Meine Lippe zittert und ich klemme sie unter meine Vorderzähne.

»Spence.« Clara taucht wieder im Türrahmen auf. Ärger verschwunden, sorgenvoll. »Bist du ...? Du siehst aus, als hättest du vielleicht nicht den besten Start in den Tag.«

Ich schnaube und schließe die Augen.

Clara rutscht in mein Auto und landet neben mir. Sie schiebt nasse Strähnen von dunklem Haar aus ihrer Stirn und glättet ihren Blazer. »Es tut mir leid, es war wirklich meine Schuld. Ich hatte einen schlechten Morgen und war abgelenkt. Ich kann dir meine Versicherungsdaten geben für das Auto oder kann es auch bezahlen. Kommt drauf an, wie viel es am Ende ist ... ich ...« Sie schweift ab und ich weiß, sie sieht mich in meinen tagealten Klamotten, mit meinem krummen Rücken und geschlossenen Augen. Höre sie innehalten, als sie das Innere meines Wagens betrachtet, die groben Notizzettel in allen Ecken und der Verhau an Dosen. Ich bin am Ende.

Der Regen plätschert auf das Stoffdach des Wagens, statisches Rauschen wie ein Radio ohne Sender. Ich rieche Claras Haar, den leichten, süßlichen Geruch ihrer Sauberkeit und ich wette, sie riecht mich ebenso. Ich sollte sie fortschicken. Was betrifft sie daran, dass ich einen schlechten Tag habe? Aber natürlich, alles davon betrifft sie – sie ist die treibende Kraft hinter diesem Tag.

»Könntest du bitte die Zündung starten?«, fragt sie, haucht in ihre Hände.

Ich komme dem nach und sie fummelt an den Drehschaltern herum, bis abgestandene, kalte Luft aus den Schlitzen bläst.

Clara sieht sich um. Ich möchte sie aufhalten. Ich möchte sie aus der Tür schubsen. Ich möchte diesen Tag verschlafen und den nächsten und jeden Tag bis daraus Samstag wird.

»Es gibt später eine große Party. Ich weiß nicht, ob du davon gehört hast?«, fragt sie und verzieht dabei den Mund, um ihren Sarkasmus zu unterstreichen. Als wäre der Hinweis überhaupt nötig.

»Das ist verdammt noch mal alles, wovon ich höre.«

»Das könnte dich aufheitern.«

»Bezweifle ich«, knurre ich. »Warum gehst du überhaupt hin? Gehst normalerweise nicht zu Partys, oder?«

Der scherzende Ausdruck schwindet aus ihrem Gesicht. Claras Kopf schnellt hoch, mit einem Aufblitzen von, keine Ahnung, Schmerz? Rache? Doch es lässt nach, als sie mein Elend bemerkt. »Ich kann mich ja nicht für immer zurückziehen. Ist ja nicht so, dass ich nie an Sachen teilnehmen wollte ...«

Sie wringt ihre Hände im Schoß und blickt aus dem Fenster in den Regen, als würde sie darin das Ende ihres Satzes ausplätschern sehen. Mein Mund öffnet sich und ich bin kurz davor zu fragen, warum.

»Spence, ich weiß, wir kennen uns kaum –«

Ich kichere, atme dann geräuschvoll ein, weil es für sie nicht lustig ist. »Tut mir leid.«

»Ähm, ja, willst du darüber reden?«

»Kann ich einfach hier sitzen?«

»Okay.«

Sie hat ihre Hände im Schoß verschränkt, den Mund in ein vergnügtes Lächeln gepresst, welches mich sie ein bisschen hassen lässt. Das ist allerdings ungerecht. Sie war richtig nett zu mir vor ein paar Tagen, hat Kuchen für mich gemacht und mit mir geredet. Jetzt versucht sie dasselbe wieder, macht es sich auf meinem Autositz gemütlich, leistet mir in meinem Elend Gesellschaft.

Keine Ahnung, warum ich nicht reden kann. Als Kind bin ich weinend wegen der kleinsten Sachen zu Mum gerannt – toter Frosch auf der Straße, die Nachbarn mit der lieben Katze ziehen weg. Keine Ahnung, wie irgendwer so überleben kann. Man darf sich nicht zu sehr öffnen. Wer sich zu sehr öffnet, ist nicht ganz dicht.

Manchmal fühle ich mich selbst viel zu exponiert. Alles schmerzt. Nicht nur *dieser Tag*, jeder. Das erschreckt mich. Diese Misere kehrt zurück, beinahe so stark wie nach Mums Tod. Eine ganze Weile lang habe ich das selbst nicht verstanden, konnte keinen Weg aus dem weiten, schwarzen Loch finden. Ein paar Wochen lang war alles, was ich sehen konnte, nur, dass ich jeden verlieren werde und wie unerträglich das jedes neue Mal sein würde. Wieder und wieder, bis ich an der Reihe wäre. Was für eine kaputte Welt, die so abläuft.

Ich rede nicht darüber. Es zieht jeden runter, der zuhört, und ist ein Einfallstor für Schlimmeres. Aber heute – was soll schon passieren? Es ist inzwischen alles egal. Clara sitzt hier ohne Erinnerung an die sechs Male zuvor. Wenn ich es ihr also erzähle – wenn sie es wüsste – hätte es keine Bedeutung, weil nichts so bleiben wird. Ich könnte ihr einen Mord gestehen und Clara würde es in vierundzwanzig Stunden wieder vergessen.

Und ich würde mich so verdammt gut fühlen, es einfach laut auszusprechen.

Also. »Meine Mum ist gestorben.«

»Oh.« Sofortiger Schrecken.

»Jep.« Etwas Gewicht wird von mir genommen, genug, um zu atmen.

Claras Lippe verfängt sich zwischen ihren Zähnen und ich

bin boshaft übertrumpfend für einen Moment. Was auch immer Claras Probleme sein mögen, eine tote Mutter schlägt sie alle. Dann weicht der schale Triumph und ich füge hinzu: »Bisschen her.«
»Willst du darüber reden?« Ihre Stimme ist sanft.
»Nein.« Ich lüge, ohne darüber nachzudenken.
»Okay. Du musst auch nicht.«
»Hat man mir gesagt, ja.«
Clara wischt eine Haarsträhne von ihrer feuchten Stirn, aber sie klebt an ihren Fingern und fällt zurück auf ihr Gesicht. »Tut mir leid.«
»Ja, es tut allen leid.«
Als ich sie ansehen kann und ihren Gesichtsausdruck, weiß ich bereits alles, was sie sagen wird. Es tut ihr leid. Wieder. Immer noch. Tut ihr immer leid. Sie kann es sich nicht vorstellen. Nein, sie kann es sich *nur* vorstellen. Zeit heilt alle Wunden. Sie hat auch Menschen verloren. Mach dich nicht kaputt. Sie weiß nicht, was sie sagen soll. Es gibt nichts, was sie sagen kann. Es gibt nur eine Auswahl aus hundert Klischees, aus denen man auswählen kann.

Schlimmer noch, wenn sie belanglose Fragen stellte. Davon gibt es so viele. Wie ist Mum gestorben? Wann? Wie alt war sie? Mums Leben war immer in Daten und Fakten gemessen, wenn Leute zum ersten Mal davon gehört hatten, als sei die Art des Todes alles, was sie hören müssten. Fragt mich nach ihrem Lieblingssong oder meiner liebsten Erinnerung an sie, ich bitte euch verdammt noch mal darum.

Clara wickelt Haare um ihren Finger, ihre Augen springen hin und her.

Jetzt kommt es.

Sie sagt: »Hattet ihr ein gutes Verhältnis zueinander, als sie gestorben ist? Also war alles gut zwischen euch?«

Ich zwinkere. Überrascht.

»Tut mir leid«, sagt Clara noch mal. »Das ist unangebracht, richtig? Oder ... ich weiß nicht, übergriffig.«

»Jep.«

»Mist.« Sie sieht ernsthaft mitgenommen aus. Mund unruhig vor Verlegenheit und traurig. Und alles wegen mir.

»Mach dir keinen Kopf darüber«, sage ich. »Immerhin war es nicht einfach ein ›Tut mir leid‹«

»Oh?«

»Die meisten Leute haben keine Ahnung, was sie sagen sollen.«

»Wahrscheinlich haben sie Angst davor, dich noch mehr zu beunruhigen.«

»Ja, gut.« Ich halte ein und ergänze: »Ich und Mum, das war in Ordnung.«

»In Ordnung?«

Sie wartet noch mal. Ihre Hände sind zwischen ihre Knie geklemmt und ihre Daumen sind sehr weiß, aber sie ist ganz ohne diesen traurigen, mitleidigen Blick, den ich erwarte, ohne das Gesicht der anderen manchmal, das sagt *Es tut mit leid, aber es tut mir auch leid, dass ich gefragt habe.* Das Gesicht, welches darum bittet, still zu sein, bevor ich überhaupt etwas gesagt habe. Ich verstehe, warum Menschen einen so ansehen – ich hätte das früher auch – aber das macht es nicht einfacher. Clara dagegen sieht mich direkt an und ich spüre jedes Quäntchen ihrer Aufmerksamkeit. Die stille Eindringlichkeit, durchschaut mich bis auf die Knochen.

Ihre Frage ist gut. Wenn man alles runterbricht, ist das vielleicht die einzige wichtige Frage. Aber es ist keine Frage, für die ich bereit bin.

»Warum hast du denn einen schlechten Morgen?«, frage ich leise.

Clara rollt mit den Augen und ihr Grübchen erscheint. »Das ist eine viel, viel zu lange Geschichte, während wir längst zu spät dran sind und eine viel, viel zu bedeutungslose Geschichte, nachdem du mich gerade über deine eigene, große reale Trauer aufgeklärt hast.«

»Es ist ein Jahr her«, sage ich. »Es ist ...weißt schon ...« Ich zucke die Schultern, um zu zeigen, wie sehr ich alles hinter mir gelassen habe.

»Nur ein Jahr?« Claras Gesicht knautscht sich zusammen und ich bemerke die plötzliche, furchtbare Angst, dass ich weinen könnte. Ich fasse nach dem Türgriff. »Spence?«

Meine Hände ballen sich auf den Knien.

Clara sagt: »Weißt du, ich glaube, es ist in Ordnung, wenn man Gefühle zulässt. Hast du das jemals für dich zugelassen?«

Ich schüttle den Kopf. Kann meinen eigenen Worten nicht mehr vertrauen.

»Bist du jemals einfach zum Anfang des Ganzen zurückgekehrt? Gespürt, wie es sich anfühlt, sie zu verlieren.« Endlich sehe ich auf und Claras Ausdruck ist ganz ernst, aber ihre Wangen sind gerötet, als könnte sie kaum glauben, dass wir diese Unterhaltung führen.

Wer könnte das auch? Sie sagt: »Manchmal kommt es mir vor, als würde ich in die Vergangenheit zurückversetzt. Der ganze Fortschritt, den ich ... als hätte ich Jahre verloren. Aber so etwas Gewaltiges zu bewältigen, das ist kein Wettbewerb und es führt auch nicht nur in eine Richtung. Du solltest dich deswegen nicht fertigmachen. Es ist völlig in Ordnung, sich beschissen zu fühlen.«

Ich schnaube: »Toll.« Und es klingt undankbar, also füge ich hinzu: »Woher hast du diese Empathie?«

Sie lächelt halb, Augen voll von etwas, was man nicht wirklich erkennt. »Ein Jahr ist keine lange Zeit, Spence. Warum glaubst du das?«

Ich gebe keine Antwort.

Eine Weile lang sitzen wir zusammen in einer angenehmen Stille. Die Schulglocke ist in der Ferne zu hören und Clara rührt sich nicht. Sie macht keine Anstalten abzuhauen und sich bei Barnes zu entschuldigen. Ihre Bereitschaft, zu spät zu sein, nur um mit mir in Stille herumzusitzen, überwältigt mich. Kloß im Hals.

»Willst du was anderes Schlimmes wissen?«, frage ich. Ich denke an Anthony, Worm, Dad, Barnes, Bee, all die Nebendarsteller meines Lebens und wie keiner von denen jetzt für mich da ist. Wie ich einfach keinen von denen brauche. »Du wirst das morgen einfach vergessen.«

»Ich werd's nicht vergessen.« Sie schüttelt den Kopf. »Und du kannst jederzeit mit mir reden, okay? Wenn du möchtest.« Sie lächelt höflich, das Vertrauenslehrerlächeln von jemandem, der dir einen Gefallen tut, einfach nur, weil es geboten ist. Der Zauber ist weg. Clara kennt mich nicht.

Sie öffnet die Tür und, nach fruchtlosen Versuchen, mich aus dem Auto zu locken und sagt dann: »Gut, bis bald dann. Ich hoffe, dir geht's bald besser, Spence. Wir seh'n uns.«

Sobald sie die Tür schließt, schaltet mein Gehirn ein und ich stürze hinterher.

»Hart!«

Sie dreht sich und der Knöchel rutscht, Körper zuckt und richtet sich auf, Gesicht tief rötlich.

Ich sage: »Du magst doch Anthony oder? Ich mache dir bei der Party was klar, okay? Kleine Entschädigung.« Ich deute auf das Heck des Wagens.

»Was? Oh. Nein.« Ihr Gesicht verzieht sich. »Nein.«

Ihr Erschrecken sagt mir alles. In meiner Interpretation steckt ein Fehler. Etwas, das ich weitaus früher erkannt haben sollte.

Da stimmte etwas nicht in ihren Augen, als sie ihn auf der Treppe bemerkte. Passte nicht ins Bild. Vielleicht würde sie enthemmt vom Alkohol mit ihm tanzen, mit ihm lachen, Spaß haben. Vielleicht würde sie sich nach oben bringen lassen, um sich hinzulegen, wenn es ihr schlecht ging. Aber das war's, glaube ich. Clara mag Anthony nicht; das habe ich von Anfang an falsch gedeutet. Sie hat ihn nicht wegen einer »ich bin nicht so eine«-Masche heraus als Schwein bezeichnet; sie nimmt einfach an, dass er ein Schwein *ist*. Ausrufe-fucking-zeichen.

Sie bereut es nicht *hinterher*; sie will ihn einfach überhaupt nicht. Und tanzen, trinken, Anthony vertrauen, sie nach oben zu bringen – nichts davon sollte dazu führen, wie ihre Nacht wieder und wieder endet.

Anthony Mansbridge ist ein verdammtes Schwein.

Normalerweise mache ich keine großen Fahrten mit meinem Wagen, aber heute machen wir eine Spritztour. Der *Midget* ist kein gemütliches Auto, insbesondere nachdem ich die Nacht zerknautscht darin verbracht habe. Er verbrennt mehr Benzin, als ich mir leisten kann und ist eine laute kleine Nervensäge, scheppert lustig vor sich hin, während er giftige Abgase in die Atmosphäre bläst. Aber ich liebe die Freiheit der Straße. Und manchmal fühlt es sich an, als wäre ich wieder mit Mum vereint, als wäre, wie die restaurierten Möbel und der Garten, auch der Wagen ein Teil von ihr.

Ich weiß nicht, wo wir nach dem Tod hingehen. Keiner weiß das. Okay, außer Clara, die stirbt und direkt zurückkommt. Aber alle anderen, die Leute, die wegbleiben, keiner weiß, wo deren kleiner Seelenfunke landet.

Ob er ausgelöscht wird, in den Himmel auffährt oder wiederverwertet wird, im nächsten Meerschweinchenjungen. Vielleicht verrottet alles mit unseren Körpern – vielleicht sind Ebenen von komatösem Bewusstsein in Gräbern unter meinen Füßen.

Wo die Knochen hinkommen, ist schon einfacher. Die ewige Ruhe unserer Haut und Muskeln, den Haaren, die aussahen wie die von Tante Jess, und Augen, die andere Leute »fröhlich« nannten.

Mum wurde verbrannt. Wir haben die Asche an der Küste verteilt, wo wir mal im Urlaub waren und sie gesagt hatte, sie wolle durch dieses gewaltige Steintor schwimmen und sehen, wo es hinführt, auch wenn es Oktober war und die Luft stechend kalt.

Ich hatte geglaubt, Asche sei Staub. Stellte mir vor, wie sie fliegt, ganz wie im Film, kleinste Partikel vom Wind getragen, in symbolischen, erhebenden Schleifen. Ich ging davon aus, mich dann besser zu fühlen, als sei es ihre Seele, die da fliegt.

Nix da. Teile von ihr flogen, der Rest fiel. Da waren Stückchen drin. Versteinerte Teilchen von dem, was Mum einst ausgemacht hat, fielen zu Boden, verloren sich im struppigen Gras der Klippe. Verteilt, aber auch begraben oder zumindest eingetrampelt für Füße zum Drauftreten und für Hunde zum Draufscheißen und für Vögel zum Umkreisen. Das hatte ich nicht erwartet. Hatte nicht erwartet, wie der Wind uns Stücke von ihr entgegenblies.

Dad und ich schrieben Briefe und verbrannten sie oben auf der Klippe. Laut vorgelesen haben wir sie nicht wirklich, natürlich nicht. All die Worte, längst vergangen. Hektisch verfasst in einem schmerzvollen Ausbruch und vergessen.

Die Fahrt dorthin dauert zwei Stunden, der Fußweg zu unserem Platz fünfzehn Minuten. Möwen drehen Schleifen in der Brise und schimpfen miteinander. Das Meer tost um die Kanten der Klippen. Das Salz brennt auf meiner Haut.

Ich sinke im feuchten Moos der Klippen auf die Knie und zerdrücke es zwischen meinen Fingern. Ich stelle mir die Käfer in der Erde vor und die Fliegen über mir und die Garnelen im Meer, all die lebendigen Dinge.

Ich beschwöre Mum. Sommersprossige Nase, müder Glanz in den Augen, Wärme ausgehend von ihr, ein Kinn abgestützt auf meiner Schulter. Jedes Mal werden meine Erinnerungen blasser, breiter gefächert, hauchdünn gezogen von der Zeit.

»Du könntest dir diesen Tag nicht vorstellen, Mum«, sage ich und lache und fahre mit den Händen über meinen Kopf. Ein Narr, der lauthals zu sich spricht.

Ich bleibe, um ins Meer zu starren, den Möwen zuzuhören und den Wellen, für, ich weiß nicht, wie lang. Das Meer ist ein guter Ort, um nachzudenken. Natürlich ist sie nicht wirklich hier. Sie ist weg, aus dem Leben gerissen von dem Typen, der sie überfahren hat. Einfach über die Straße, dann weg. Aber dieser Ort hier bringt mich näher dorthin, wo wir zusammen waren, wie eine Zeitreise. Die Traurigkeit verschwindet für einen Moment mit Lungen voller Salz und peitschendem Wind auf meinen Wangen. Mum hätte mir gesagt, ich hätte einen Mantel anziehen sollen.

Ich habe so viel Zeit damit verbracht, mich zu fragen, warum dieser Tag mehr wehtut als gestern. Aber Clara hat recht. Ein Jahr ist eben nur ein Jahr. Vielleicht tut es ganz genau so weh, wie es soll.

Erst bleibe ich auf den Klippen, dann gehe ich runter in die Stadt für eine günstige Mahlzeit am Strand. Ich versuche nicht zu viel über diese Version von heute nachzudenken und was darin geschehen könnte.

Ich brauche mehr Zeit für das, was ich tun möchte.

Viel später fahre ich im Dunkeln zurück und halte auf einen Kaffee bei einer trostlosen modernen Tankstelle mit gleißenden Fenstern und abscheulichen Toiletten. Mein Handy blinkt in einem langsamen, wiederkehrenden Takt.

Anthony: Es ist was passiert. Ruf mich an

Ich sitze in meinem Auto und mache einen Schlachtplan. Und ich bin bereit, von vorne anzufangen.

DAS ACHTE MAL
8.1

»Bist du sicher?« Clara blickt ungläubig von mir zu der neuen absonderlichen Form meiner Stoßstange. »Ich hab schon ganz gut getroffen.«

»Gut ... stimmt schon.«

Der Regen zieht auf. Der Himmel ist blau-grau verschmiert, ganz wie die Ringe unter meinen Augen, selbst die Wolken hängen aus Anteilnahme. Regenperlen schlängeln sich über das verbogene Metall meines MG. Es tut weh, ihn so verbeult zu sehen, aber dieser Tag muss zuerst gerichtet werden.

»Vollkommen egal«, sage ich. »Keine Sorge, ernsthaft. Kommst du mit in die Cafeteria? Ich glaube, wir brauchen beide ein bisschen Zucker und Koffein, um uns zu beruhigen.«

»Äh.« Clara zieht ihre Lippen zwischen ihre Zähne. »Wir sind beide ziemlich spät dran für die erste Stunde.«

Es regnet stärker. Weit entfernt eilt noch ein Nachzügler zum Schulgebäude. Clara schirmt ihr Gesicht mit der Hand ab.

Ich muss sagen, Widerstand hätte ich nicht erwartet, aber immerhin bedenkt sie das Angebot. Wenn ich nicht feindselig und wütend bin, ist Clara auch nicht wütend. Sie hat ein aufflammendes Temperament und glaubt, ich wäre ein Schwein, klar, aber sie ist natürlich anständig. Gestern hat sie Bereitschaft gezeigt, daran zu glauben, dass ich etwas bedeute, sie sich vielleicht in mir getäuscht haben könnte, wenn ich sie ließe.

Clara hat unser intimes Gespräch wahrscheinlich schon vergessen, aber ich nicht. Ich richte mich nach ihrem Ratschlag. Ich fange ganz von vorne an.

Ich versuche es ein letztes Mal: »Bedenk doch die Umstände, Hart. Und hör mal, Bounty und einen Kakao vom Automaten – auf mich.«

»Ach?« Das bringt ihre Augenbrauen in Aufruhr. »Snacks im Wert von ganzenzwei Pfundfünfzig sind ein verlockendes Angebot.«

»Absolut richtig.«

Wir laufen nebeneinander her Richtung Schule. Als sie ihren Knöchel verdreht, greift Clara nach meiner Schulter, um sich wiederaufzurichten, entschuldigt sich fortlaufend. Als Regen zum Schauer wird, rennen wir gemeinsam los.

Zwischen Schokoladenautomat und antiker Kaffeemaschine, die geräuschvoll bittern Latte produziert, entschuldigt sich Clara für das Auto, bis mein Schuldgefühl letztlich überkocht und ich sage: »Hör mal, ist egal, hab ich schon genug ramponiert.«

Sie wischt über die feuchten Haarsträhnen in ihrem Gesicht. »Ist das so?«

»Heute, schon ein bisschen früher.« Mein kleiner Insider. »Mach dir keine Sorgen.«

Sie umfasst ihren Kaffeebecher. »Hast du ... warum bist du so nett?«

»Warum nicht?«

Die Wahrheit ist unmöglich. Ich könnte Clara dasselbe fragen. Warum möchte sie heute mit mir reden? Warum ist sie letztes Mal in mein Auto gestiegen und war so nett? Als ich sie nach einem Date gefragt habe, hat sie mich nicht einmal angeschaut und in der ersten Fassung des Tages nicht zugehört.

Lieber der Frage ausweichen. Ich spreche die Party an. Die ewige Frage. Warum diese Party, Clara? Warum ausgerechnet heute Nacht?

»Jeder darf kommen, nicht wahr?« Clara reißt den Kaffeedeckel ab und pustet gegen den Dampf.

»Stimmt, klar.« Ich beuge mich vor und kämpfe mit dem Reißverschluss an meinem Rucksack. Neben meinem Schuh auf dem Cafeteriaboden ist ein alter, schwarz gewordener Kaugummifleck. Faszinierend, verdammt faszinierend. Ich räuspere mich und stelle die Frage: »Nur ... willst du vielleicht was anderes machen? Ähm. Gemeinsam?«

Plan A: Halte sie fern von der Party und von Anthony.

Ich richte mich auf und fummle noch ein weiteres bisschen Geld aus der Börse für die Maschine. Ich bin nervös, Hoffnung am Ende, als ich mich daran erinnere, wie ich dieses Mädchen das letzte Mal nach einem Date gefragt habe. Ihre Abweisung an der Burg, das kalte *kann ich mir nicht vorstellen*.

»Ich würde gerne«, sagt Clara. »Aber ich habe es Genni versprochen und ich glaube, da komme ich nicht mehr raus.«

»Oh, klar.« Ich kratze an meinem Hals. Gennis Vernarrtheit in Jay ist eine fürchterliche Ausrede, mich abzulehnen. »Weißt du, dass Jay mal eine ganze Knolle Knoblauch gegessen hat, weil Anthony ihm einen Zehner angeboten hat?«

»Und?«

»Ich sag's nur. Der riecht nach Knoblauch.«

»Immer noch?« Grübchen.

Egal. Clara muss ihm ja nicht über das Gesicht lecken. Gennis schlechter Geschmack ist nicht ihr Problem – tatsächlich ist es meines.

»Gehst du nicht zur Party? Wir könnten uns dort treffen.« Sie begleitet diesen miesen Ausgleich mit einem Lächeln. »Ist das nicht dasselbe?«

»Nicht wirklich.«

»Oh ... dann, danke für das ausgewogene Frühstück.« Sie hält Schokolade und Kaffee hoch. »Und dafür, wie du wegen des Autos reagiert hast.« Ich nicke und sie nimmt zwei Schritte zurück.

Zeit für Plan B.

»Hör mal, ich hol dich nachher ab. Dein Auto ist im Eimer.«

»Deines doch auch.« Sie glättet ihr Haar. »Was ist hier los, Spence? Willst du mich reinlegen?«

»Nee, einfach nur ein Angebot.«

Sie betrachtet mein Gesicht und einen Moment lang bin ich mir nicht einmal darüber sicher, doch dann sagt sie: »Okay, klar. Danke.«

Und innerlich wird mir ganz warm, was so gar nichts zu tun hat mit dem Kaffee.

Nachdem Clara mir ihre Nummer gibt und geht, warte ich auf die Jungs. Sitze und sinne über die Antwort meines Rätsels nach. Sie stirbt und stirbt immer wieder, aber dann überlebt sie und der Tag wiederholt sich dennoch. Warum? Weil sie trotzdem verletzt wurde?

Was mich ebenso beschäftigt, ist: Ich habe sie niemals im Krankenhaus gesehen nach der Überdosis. Ich war mir so sicher, hatte dem Sanitäter vertraut, der mir sagte, es würde ihr gut gehen. »Sie wird es überleben«, sagte er, aber was, wenn er falsch lag? Vielleicht hatte Clara es doch nicht geschafft. Vielleicht folgte auf die Überdosis das Game Over und deswegen ist es immer noch Freitag.

Ich stelle mir vor, dass es genauso ablief, wie Anthony es sagte: Clara nahm, was er ihr anbot, gemischt mit dem bisschen Alkohol, den sie bereits in ihrem Körper hatte. Ich versuche es mit meinem Wissen über sie zu verknüpfen. Versuche mir vorzustellen, wie sie so leichtsinnig sein konnte. Würde sie das nehmen? Freiwillig? Macht es einen Unterschied? Total am Ende oder nicht, sie wollte nicht mit ihm nach oben und vielleicht ist das der Schlüssel – sie voneinander fernzuhalten. Sie nicht nur vor dem Tod zu bewahren, sondern auch vor Anthony.

Es ist nicht nur Clara, von der ich Unheil abwenden könnte. Jetzt, da ich jeden Augenblick dieses Tages kenne, könnte ich wirklich etwas verbessern. Könnte Jays Gesicht retten, Worms Würde und Mias Promillewert. Ich kann Anthony vor ihm selbst und seinen furchtbaren Entscheidungen bewahren, oder nicht? Er ist schließlich kein Monster, sondern nur ein Junge, der beschissene, eigennützige Entscheidungen trifft, mit denen er Menschen verletzt. Er muss sich aber nicht so entscheiden. Er steht nicht außerhalb der Vernunft.

Anthony und Worm rücken ein und fallen in ihre jeweiligen Sitze. Worm knallt seinen Rucksack auf den Tisch, denselben mit Kugelschreiber bekritzelten, den er seit der neunten Klasse trägt. Ich habe den gleichen, bekritzelt mit Songtexten über und über, doch meiner ist längst irgendwo im Kleiderschrank verschwunden. Worm hat sich nicht verändert.

»Wo warst du?«, fragt Anthony. »Du siehst aus, als hättest du dich mit Pennern geprügelt.«

»Klar, und du siehst aus, als ...« Ich zucke mit den Schultern. Er sieht verdammt hervorragend aus.

»In der ersten Stunde im Stich gelassen worden?«, ergänzt Anthony. »Jetzt, wo du mich erinnerst, ein gewisser fauler Bastard ist da niemals aufgetaucht.«

»Hatte 'nen scheiß Morgen. Lass mich in Ruhe.«

»Geht's gut?«, fragt Worm. »Was ist los?«

»Auto ist kaputt.«

»Wie?«

»Unfall.«

»Großartige Geschichte, Spence. Als wäre man dabei gewesen«, ächzt Anthony. »Schade um das Auto, aber du solltest dir eh was aus diesem Jahrhundert besorgen. Alt zu sein macht noch lange keinen Klassiker aus, Kumpel.«

Meine Hände ballen sich ruckartig. Der flüchtige Drang, ihm eine runterzuhauen, geht vorüber; ergibt keinen Sinn, mir Anthony zum Feind zu machen, keinen Sinn, ihn zu verprügeln.

»Du bist ja noch gesprächiger als üblich«, sagt Anthony. »Bist du noch kaputt von letzter Nacht?«

»Ich hab gestern Nacht nichts getrunken.«

»Wirklich? Geht man von deinen Nachrichten aus, bin ich erstaunt, dass du überhaupt lebst«, sagt Anthony. Worm lacht.

Ich schaue in meinem Handy nach. Schaue in den Gruppenchat – den nur für uns drei. Schwierig, sich an Donnerstagnacht zu erinnern. Kälte, allein in meinem Auto, ein paar Aufsatznotizen und düstere Selbstmitleidssongs auf meinem Handy. Ich lese den Scheiß, den ich Anthony und Worm geschrieben habe, Texte à la »Morgen wird krass, Jungs« und

»Jemand Lust auf einen Drink?« Nach Mitternacht vor einem Schultag. Was für ein Zustand. Und die beiden hier sehen das als typische Nacht für Spence? Scheiß auf die und ihre Discountfreundschaft.

Allerdings gehen sie wirklich davon aus, dass es ein normaler Tag ist, weil sie sich nicht erinnern. Nicht daran, dass der Tag sich wiederholt und nicht an die Bedeutung des Datums. Und das ist etwas, was sich zu versuchen lohnt.

Die Party verhindern. Keine Ausreden mehr. Mein Herz beschleunigt.

Ich sage: »Es geht nicht nur um mein Auto, okay? Es ist dieser Tag.«

Zwei ausdruckslose Gesichter, eines schmal, verwirrt und sorgenvoll und eines mehr an seinem Handy interessiert.

»Ach ja?«, sagt Worm. Er kratzt sich an der Nase, entschuldigender Gesichtsausdruck.

Anthony sieht auf. Ich blicke zwischen ihnen durch. Warum habe ich den beiden das nicht von Anfang an erzählt? Was für Freunde sind die denn, dass ich lieber feiern als mit ihnen reden würde? Was für Freunde sind die denn, wenn sie *es* vergessen?

»Es ist ein Jahr her. Auf den Tag genau ein Jahr. Ihr wisst schon, seit ...« Die Worte trocknen im Mund aus. Deswegen habe ich ihnen nichts erzählt. Aber dann:

»Mist«, sagt Worm.

»Scheiße. Deine Mum?«, fragt Anthony und ich nicke dankbar, so verdammt dankbar dafür, dass sie endlich drauf gekommen sind.

Worm sagt: »Sorry, Mann.« Er rutscht näher auf seinem Stuhl.

Anthony sagt: »Selbstverständlich wusste ich, dass es ungefähr in diesem Zeitraum war. Prüfungszeit.«

»Selbstverständlich«, wiederholt Worm.

»Selbstverständlich.« Ich warte darauf, dass sie die Neuigkeit aufnehmen. Sehe meinen zuckenden Fingern zu. Ich sage: »Fühlt sich wirklich nicht nach Party an heute.«

»Na klar«, sagt Anthony schnell. »Mach dir deswegen keine Sorgen.« Er klopft mir auf die Schulter. Er hat das richtige Gesicht aufgesetzt. Das gefühlvolle Gesicht, welches hofft, dass jetzt alles aus mir raus ist; hofft, dass ich jetzt die Schnauze halte – aber immerhin, das ist auch eine Art von Verständnis.

Erleichterung bricht aus mir heraus. Trotz alldem, ich will ihn ändern, will, dass er diese eine Sache nicht tut und nicht so ein Typ ist. Wir werden rumhängen, nur wir drei; er, Worm, ich. Wir werden darüber reden und drehen die Zeit einfach zurück vor den Punkt, an dem er diese Art Typ wurde, der so etwas macht. Die Art von Typ, die Menschen verletzen würde, um zu bekommen, was er will.

Keine Clara. Keine Party.

»Danke«, sage ich. »Wir machen es dann nächste Woche. Heute nur wir drei, in Ordnung?«

Anthony bläst die Backen auf und atmet langsam aus. »Nur wir?«

»Ja, quasi die Party absagen?«

»Ach Scheiße. Da bin ich mir nicht so sicher. Warum hast du nicht schon früher was gesagt? Im Endeffekt weiß jeder über heute Abend Bescheid.«

»Dachte, ihr würdet euch erinnern.«

»Offensichtlich nicht. Nicht mal ich bin so ein Arschloch.«

Worm reibt halbherzig meine Schulter. »Steh drüber.«

Ich lege mein Kinn auf die Hände. »Du kannst es nicht absagen? Dieses eine Mal?«

»Alles ist schon im Gange. Die Eltern sind in Nam. Wenn ich jetzt einfach absagen würde, käme wahrscheinlich trotzdem irgendeine traurige Gestalt aus der unteren Stufe abends mit einem Fässchen vorbei.«

»Aber –«

»Was hättest du davon, wenn ich absage?«

»Es ist meine *Mum*.«

Und das ist wirklich mein letztes Wort. Die wirklich einzige Möglichkeit, Anthony zu erreichen und ihm verstehen zu geben, wie wichtig der heutige Abend ist.

»Morgen kannst du für Fifa und Pizza vorbeikommen. Wie wäre das?« Anthony breitet die Hände aus, als würde er mir ein großartiges Angebot unterbreiten. »Du wirst doch sowieso bei deinem Vater sein wollen. Ich bin sicher, du hast Pläne.«

»Ja, klar doch. Du erinnerst dich an meinen Vater, ja?«

»Die Party ist durchgeplant.« Worm reibt meine Schulter etwas fester und krönt es mit einem zaghaften Tätscheln.

Ich fummle an meiner Tasche herum. Krame mein Handy sinnlos raus und scrolle durch Seiten voller Fotos, die ich längst gesehen habe. Was nun? Zünde ich Anthonys Haus an? Fessle ihn? Packe ihm seine eigenen Drogen in die Tasche und rufe die Bullen?

Anthony verliert das Interesse an meiner Kommunikationsunfähigkeit und macht sich lustig über die neuen Sneaker, die Worm haben will. Ich stelle die Ohren auf. Normalerweise bin ich da gerade unter der Dusche in der Turnhalle oder verliere auf dem Parkplatz den Verstand, während sie dieses Gespräch haben.

»Worm, Kumpel, wie willst'n dir das leisten, wenn du mir immer noch fünfzig Scheine von letztem Monat schuldest?«

»Brauch eben welche.« Worm fährt verlegen mit den Fingern über die Tischplatte.

»Hast du vor, mir das jemals zurückzuzahlen?«

»Na klar doch.«

»Ach ja? Verkaufst du eine Niere oder was?« Worm zuckt zusammen und Anthony sagt: »Wenn du das ausgleichen willst, schau mal, ob es dir einen Fünfziger wert ist, nackt durch die Party zu rennen und in den Pool zu springen.«

»Sei nicht dumm«, sage ich. »Das ist gefährlich.«

»Gefährlich lustig.« Anthony stößt Worm, der immer noch nicht aufsieht. »Komm schon, Rote Rakete.«

Worm reibt sich die Nase. Ein weiteres Puzzlestück fügt sich ein. Anthony steht auf, steckt sein Handy ein und streckt sich, setzt sich dann auf den Esstisch und sieht sehr zufrieden aus mit sich selbst. Er stellt die Füße auf den Platz, den er bis eben besetzt hatte.

Die Cafeteriatüren schwingen auf und Mia schreitet herein, ihr Gang kommt ins Stocken, als sie uns sieht.

»Lach doch mal, Mia«, ruft Anthony. Mia beschleunigt den Schritt.

»Ist das dein Ernst?«, frage ich.

»Was?«

»Sie ist ein Mensch, kein Hund. Vielleicht hat sie keine Lust darauf, herumkommandiert zu werden.«

Worm lächelt, rollt die Augen und auch wenn er mir zugewandt ist, kann ich nicht sagen, auf wessen Seite er ist.

Mia kommt vom Snackautomaten zurück. Anthony bellt: »Party heute Abend. Bring deine Schwester mit.«

»Was habe ich gerade gesagt?« Ich boxe ihm gegen die Schulter. »Ernsthaft. Du würdest so einen Scheiß nicht Worm und mir hinterherrufen.«

»Du überschätzt maßlos, wie fickbar du und Worm für mich seid.«

Worm kichert, als hätte Anthony ihn nicht gerade erpresst, sich später auszuziehen. Idiot.

Anthony sagt: »Ach, hab dich nicht so, ist doch nur Mia. Sie ist maximal bei drei Sternen, guter Service, aber –«

Ich sage: »Spoiler-Alert, aber sie bringt ihre Schwester nie mit. Wahrscheinlich, weil du so ein Idiot bist.«

Anthony sieht Worm wieder an und diesmal gilt das Augenrollen definitiv mir. Anthony sagt: »Du hast offensichtlich einen beschissenen Morgen mit dem Blechschaden und deiner Mum, also lass ich dich in Ruhe, aber sei nicht den ganzen Tag so ein Jammerlappen, okay?«

»Lieber ein Jammerlappen, als was auch immer du bist.«

Ich werfe den Kopf zurück. Anthony haut eine billige Beleidigung raus und Worm lacht und ich blende alles aus. Ich will Anthony nicht mehr ansehen, auch nicht Worm und seinen wackelnden Kopf. Ich warte auf Clara. Strecke die Arme auf dem Tisch und lehne mein Kinn in die Armbeuge. Ich beobachte die Doppeltüren der Cafeteria und warte. Und warte.

Beinahe dritte Stunde, aber sie ist nicht da. Ich folge ihrem üblichen Weg von der Tür zum Automaten. Und dann komme ich drauf. Das Bounty. Clara hatte ihre furchtbare Schokolade bereits, dank mir selbst. Deshalb hat sie keinen Grund, herzukommen. Es ist eine Veränderung und einfache Logik.

Ich schätze, ich gehe heute Abend zu einer Party. Aber alles wird anders sein.

8.2

Ich wünschte, ich könnte vergessen.

Das Gefühl von Anthonys Faust in meinem Bauch, seine Hände, die mich in den Pool schubsten, und wie er sich, noch bevor wir wussten, dass es Clara gut geht, nur um sich selbst sorgte. Wünschte, ich könnte alle meine Erinnerungen auswaschen und damit ausspülen, wie ich sie auf dem Bett gesehen habe. Ihr Kleid hochgerissen, während sie schlief. Aber ich sollte das nicht vergessen. Welche anderen Erinnerungen habe ich verdrängt, um hier zu enden?

Es ist ganz einfach, alles zu verdrängen, wenn er den Gastgeber spielt, dir Getränke und Gras ausgibt, wenn er dich übernachten lässt. Aber es gab Anzeichen. Er ist temperamentvoll, klar. Und er ist ein schlechter Verlierer – er hat Ryan einmal gegen die Wand in der Umkleidekabine gedrückt, für einen dummen Spruch über dünne Knöchel nach einem schlechten Spiel. Bisschen überreagiert. Dann das ganze Zeug, was er von Eric über die Jahre gestohlen hat – Geld, eine Lederjacke, ein iPad, seinen Ausweis–, hauptsächlich materielles Zeug, einfach zu ersetzen. Und es wirkte damals lustig, den Lieblingssohn zu untergraben und zuzusehen, wie er zornig wurde. Aber warum stehlen, wenn man sich alles leisten kann? Und dann ist da noch die Art, wie er über Mädchen redet – aber tun wir das nicht alle?

Vielleicht ist es bei ihm schlimmer.

Er ist außerdem so selbstsicher – wie er nicht davon abzuhalten war, Mia heute Morgen anzuschreien.

Und was ist mit seinen guten Seiten? Anthony ist spendabel

und loyal. Kein Zweifel an den großen teuren Flaschen zu meinem Geburtstag oder den Stunden, die er neben mir verbracht hat nach Mum. Aber dann ist da *dieser Tag*, diese Party, diese Planung und seine Ablehnung, ein Scheiß darauf zu geben, sogar wenn er die perfekte Gelegenheit dazu hätte. Das passt zu dem, was Clara über ihre Kunst gesagt hat, vor vier oder fünf Versuchen. Etwas über den Unterschied zwischen einfach im selben Raum oder wirklich für mich da zu sein.

Anthony hat es mit mir ausgehalten, aber hat er geholfen? Ich weiß es echt nicht mehr. Aber ich weiß, dass ich mich mit ihm nie so unterhalten habe wie mit Clara. Anthony hat mich nie unbeschwerter zurückgelassen.

Seine Gesellschaft war stets gut dafür, Dinge tief zu beerdigen, aber Clara hilft beim Ausgraben. Und möglicherweise ist es das, was ich brauche.

Ich versuche mir vorzustellen, wann Anthonys Veränderung stattgefunden hat. Denn das hat sie. Verändert haben wir uns ja alle. Allerdings ganz ohne Datum, Tag oder Alter. Aber bei Anthony: Nicht einmal ein passendes Gesicht, auch wenn er immer dasselbe verwöhnte Grinsen aufgesetzt hat.

Anthony war mein bester Freund, aber jetzt kann ich nur noch daran denken, ihm auszuweichen.

Ich vergeude Zeit in der Bibliothek und finde eine Ecke, um mir den Blazer über den Kopf zu ziehen und zu schlafen. Vorgespult zum Mittagessen und ich rausche in die Cafeteria, ein Mann mit einem Auftrag. Dieser Tag wird immer schlimmer und eines der Opfer der existenziellen Querschläger ist Jays Nase.

Im selben Moment, als Jay die Schlange mit seinem vollen Tablett verlässt, eile ich zu ihm und schnappe mir den gefährlichen Becher und den rollenden Apfel. Kein Ausrutschen heute, kein Tisch ins Gesicht, keine gebrochene Nase. Gern geschehen, Jay. Gern geschehen, Genni.

»Sei vorsichtig«, sage ich, als ich Jay in Sicherheit manövriere und er schaut mich finster an, als würde ich mich über ihn lustig machen.

An seinem Tisch gibt er mir ein sarkastisches »Danke schön.«

Bitte schön, du Bastard.

Ich pfeife auf den Rest des Schultags. Gehe bei Bingo Booze vorbei, kenne aber niemanden in der Tagesschicht. Ich lege zwanzig Scheine auf den Tisch und frage nach einer ganzen Menge Rubbellose, reibe dann mit einer Zwanzig-Pence-Münze über die Silberfensterchen, möglicherweise ist der Tag doch noch gut für irgendwas. Aber ich liege falsch. Unglaublich. Mein Geld ist weg, meine Finger bedeckt von klebrigen Silberfusseln. Kein Verlust; das Geld taucht beim nächsten Sonnenaufgang sowieso wieder in meiner Tasche auf.

Ich gönne mir einen Film. Leere Nachmittagsvorstellung und eine ordentliche Portion salziges Popcorn. Die Geschichte von irgendeinem Macho-Banker, der Leute reingelegt, alles verloren und dann eine Million mit den Filmrechten gemacht hat. Moderne Helden.

Bildaufbau, Drehbuch und Schauspiel sind der Hammer, aber dann ohrfeigt der Protagonist sein Mädchen und ich verliere die Lust an meinem Popcorn.

Ich kann zu Hause nicht für immer meiden, auch wenn es so einfach wäre. Die ganzen verpassten Gelegenheiten zehren an mir. Also gehe ich heute nach Hause, wenn auch ein bisschen spät. Spät genug, dass Dad bereits da ist, und er taucht aus der Küche auf, poliert einen Teller mit einem Geschirrtuch. Das Brummen des aufheizenden Ofens und im Flur der Geruch von Schuhen und Jacken, erdig und feucht.

»Oh hallo«, sagt Dad. Als hätte er mich nicht erwartet. Als würde ich hier nicht einmal leben. Und ja, zurecht, ich war nicht so oft hier, mit dem ganzen Dad-Ausweichen und den schlimmen Erinnerungen, aber meine Verstimmung nimmt zu.

Dad wuschelt eine Hand durch seine Haare. »Wie war äh ... wie war dein Tag?«

Er setzt sein höfliches Geschäftsgesicht auf, das er bei der Arbeit trägt. Ein Ausdruck für die Mittagspause, für Small Talk übers Wochenende bei einer Tasse Tee. Das ist das Schwierige mit Dad. Kann nicht so tun, als wäre alles in Ordnung, weil ich zu viel Angst davor habe, dass es wirklich so sein könnte.

Also sage ich: »Gut.« Und setze ein passendes Gesicht auf.

»Möchtest du Abendessen? Ich mach dir ... irgendwas.«

»Wir müssen ja beide schließlich essen.«

Das freut ihn. Dad schlendert zurück in die Küche. Ich folge ihm, sehe, wie er Schubladen öffnet, mit Pfannen scheppert und schneidet – Oliven, Pilze und Speck alles bereits aufgereiht. Ich lehne mich an die Theke und schaue zu.

Die ganze Zeit, während er auf der eichernen Arbeitsfläche werkelt, sitze ich am Tisch mit meinem Handy, aber in Gedanken lege ich Erinnerungen über diese Szene. Füge Mum hinzu, die Geschirr in die Maschine räumt, die das Radio anstellt und über die DJs meckert, mir in kleinsten Details von ihrem Tag erzählt. Ich vermisse es – wie sie ohne Mühe die leeren Flächen füllte, wie nur sie es konnte. Nicht wie Dad, der nicht mehr weiß, wie er mit mir reden soll, sich stattdessen durch jede Unterhaltung stottert, als wäre das Leben eine einzige Rede, deren Text er vergessen hat.

Ich schließe die Augen und als ich sie öffne, sind da wieder Dad und ich allein und die gähnend leeren Flächen zwischen uns.

Dad ist endlich fertig, stellt alles auf den Tisch und setzt sich mir gegenüber, nickt über einem dampfen Riesenklumpen aus Kohlehydraten. Er sagt: »Ich bin schon ein bisschen erleichtert, dass diese Woche zu Ende ist, um ehrlich zu sein.«

»Ach ja?« Ich greife nach einem Löffel und nehme mir die Pasta vor, schaufle einen Haufen auf meinen Teller. Immer dieselben knirschenden Worte. »Gut für dich, Dad. Freut mich, dass es dir besser geht, nachdem es geschafft ist.«

»Das meinte ich nicht.«

»Klar.«

»Wie wars bei Anthony gestern Nacht?«

»Es ist immer beschissen«, sage ich, und es ist vollkommen egal, dass Dad und ich über zwei verschiedene Nächte reden. Vollkommen egal, dass ich an beiden Nächten nicht da war. Jede Nacht bei Anthony ist verdammt beschissen. Dads Gesichtsausdruck nach kann er nicht mitfühlen.

Meine Gabel sticht durch Penne und kreischt über den Teller. »Weißt du überhaupt, welcher Tag heute ist?«

»Sicherlich.«

»Dann sag es.« Ich pike mit der Gabel in Richtung Dad und ein bisschen Pasta fällt davon auf den Teller.

Dad blinzelt mich an. Drei, vier Mal, als würde er versuchen, sich selbst aus- und anzuschalten. Oder vielleicht versucht er einen Neustart.

»Ich ... ich meinte nicht zu wollen, dass es vorüber ist. Einfach ...« Er saugt an seiner Lippe. Was er auch immer sagen wollte, verschwindet damit. Und ich bin jetzt richtig aufgekratzt. Kurz davor durchzudrehen und meine Wut an ihm auszulassen, wie ich es immer tief in mir wollte, an jedem dieser beschissenen endlosen Freitage – komm schon, Dad, sag was Echtes. Trau dich mal einen ganzen scheiß Satz zu sagen.

Sein Mund öffnet sich und seine Hand schnellt nach vorn, als würde er es tatsächlich versuchen. Ein Rutschen, ein Krachen. Glasscherben überall auf dem Boden und ein Spritzer Rot.

Dad ist sofort auf dem Boden, klaubt Glasscherben mit der bloßen Hand auf, bis er innehält und seinen Finger in den Mund steckt. Er rappelt sich zurück auf die Fersen und starrt auf den kleinen Tatort.

»Es war einfach ... Es ist schwierig ohne sie. Und mit dir ... Ich weiß nicht, was du willst und warum ich dich enttäusche.«

Scheiße. Der Klang seiner Reue. Es treibt die Wut aus mir heraus und hinterlässt so etwas wie Angst. Dass wir doch noch miteinander reden müssen oder dass es wir es nicht werden, ich weiß es nicht.

Ich trete vorsichtig über den glasübersäten Boden, um Kehrblech und Besen zu holen, reiche sie ihm.

Er wischt über die Scherben. Er sollte aufhören und seinen Schnitt verbinden.

»Deine Mum würde an uns beiden verzweifeln. Ihr zwei habt euch immer so gut verstanden. Sie wusste immer genau, was sie sagen sollte.«

»Stimmt.«

Das machen wir jetzt. Wir erzählen Lügen über sie.

Erinnerungen sind nur Abwandlungen. Gestützt von schlechten Quellen. Jedes Mal, wenn wir uns erinnern, rufen wir nur den letzten Moment des Erinnerns zurück, nicht das eigentliche Geschehen. Das heißt, wenn wir Dinge ändern – dezente Korrekturen hier und dort – werden unsere falschen Erinnerungen wahr, bis Menschen, die wir verloren haben, zu den Geschichten werden, die wir uns selbst erzählen. Es macht Erinnerungen zu einer Art Zeitreise. Eine Möglichkeit, die Vergangenheit zu verändern.

Das will ich nicht.

Ich will mich an die Dinge erinnern, die der Nachruf ausgelassen hat, lästige Marotten wie das Erklären von Filmhandlungen und immer das letzte Wort haben zu müssen.

Sogar die Erinnerungen, die ich gerne ändern würde, sollten so bleiben. Jedes gebrüllte Wort, jedes einzelne Stirnrunzeln wegen mir. Ich glaubte, ich hätte noch so viel Zeit, mich zu bessern. Dachte, sie würde lange genug leben, damit ich sie endlich stolz machen könnte. Es ist mir wichtig, mich daran zu erinnern, wie ich versagt habe, aber ich habe offensichtlich nichts daraus gelernt; denn ich mache gerade wieder dieselben Fehler.

Ich wasche die Hände, lasse sie im heißen Wasser ganz rot werden.

»Ich hätte nicht gedacht, dass der Jahrestag mich so sehr trifft«, sagt Dad.

»Es war hart, stimmt.«

»James. Willst du später einen Film schauen? Zusammen? Vielleicht ... ich weiß nicht, *Little Miss Sunshine*?

Ich merke, was hier passiert. Einer von Mums alten Lieblingsfilmen. Könnte gut sein.

»Oder wie wär's mit einem schlechten Horrorfilm? Billiges CGI und noch schlechtere Schauspieler.«

»Klingt gut, Dad, aber ich muss später noch wohin.«

»Gehst du aus?«

»Party.«

»Oh? Oh ... klar. Okay.«

Er faltet das letzte bisschen zerbrochenen Glases in die heutige Tageszeitung und wendet sich damit ab. Er nickt langsam, wie beruhigt. Oder abgelehnt. Ich sage: »Hör mal, aber morgen ...« und lasse dann den Gedanken fahren.

Er verharrt über dem offenen Mülleimer, Fuß auf dem Pedal. »Morgen?«

»Der Midget braucht ein bisschen Pflege und Wachs, falls du Lust hast? Muss ihn in einem guten Zustand halten, ist ein altes Auto.«

Er nickt wieder. Legt das zeitungsverpackte Glas vorsichtig in den Eimer und richtet sich auf. »Liebend gerne«, sagt er.

Na bitte. Das ist doch was.

8.3

19:58 und ich stehe vor dem Haus, in dem laut meinem Navi Clara wohnt. Sie wohnt in einer Straße, die meiner ähnelt – rote Ziegel und kleine Gärten, zu viele geparkte Autos – aber die Häuser sind schmaler. Die Fahrt hierhin habe ich kaum mitbekommen. Das erschreckende Gefühl, dass ich ohne Gehirnaktivität gefahren bin. Ich schaue in die Spiegel, erwarte eingeklemmte Straßenabsperrkegel in meinem Radkasten.

20:01. Clara ist zu spät, aber ich klopfe nicht. Alles könnte hinter der roten Tür Nummer dreiundneunzig lauern. Eltern, Geschwister, alle Arten von Möglichkeiten für unangenehmes Aufeinandertreffen. Stattdessen schicke ich Clara eine Nachricht. Drei Mal muss ich Anlauf nehmen für dieses glänzende Meisterwerk:

Ich: Hier

Clara kommt aus der Tür und stolpert die zehn Meter zum Auto auf ihren Absätzen.

»Du brauchst bessere Schuhe«, sage ich und erinnere mich an ihre vom Kies verkratzten nackten Füße.

»Sehe ich okay aus?« Clara zeigt auf ihr Outfit. Das Ding mit den Bändchen. Rot und schwarz, eng an den richtigen Stellen, endet auf halbem Wege ihrer Schenkel. Es ist wundervoll und sie ist wundervoll, aber ich habe sie zu oft in diesem Kleid sterben sehen.

Ich atme scharf ein. »Passt schon.«

Ich setze den Wagen zurück, schaue in die Spiegel und steuere. Es läuft alles geschmeidig bis zum Ende von Claras Straße. Erwische den dritten Gang auf der Suche nach dem ersten und der Wagen säuft ab. Ein hupender Anzugträger in einem blauen Renault ist nicht gerade begeistert, aber hey, ich auch nicht. Die Gänge knirschen, der Wagen macht einen Satz und Clara hält sich am Sicherheitsgurt fest.

»Bist du mit Passagieren etwas nervös?«, fragt sie.

Keine Ahnung, warum ich nervös bin, ganz ehrlich. Vielleicht, weil ich Clara in Geschenkverpackung zum Ort ihres Todes bringe. Wenn ich Eier hätte, würde ich die Türen verschließen und sie ins tiefste, dunkelste Wales bringen.

Oder in einen Keller. Aber nicht einmal mit einer unendlichen Anzahl von Freitagen wage ich mich an eine Entführung ran. Bei meinem Glück ist der Tag, der dann doch endet, der, an dem sie in meinem Kofferraum erstickt oder ich uns beide von einer Klippe fahre.

Aber ich habe meine Pläne.

Was dem Erfolg bisher am nächsten kam, war der Freitag, als ich die ganze Nacht bei Clara war. Hätte Anthony sie nicht in den Whirlpool geschubst, hätte sie es geschafft. Jetzt habe ich einen Vorsprung: Clara ist hier bei mir, wir sind Freunde. Und je länger ich es hinauszögern kann, dass sie zur Party geht, desto besser, oder?

Ich fahre rundherum um den nächsten Kreisverkehr.

Es ist schräg, mitanzusehen, wie Clara die Regale von Bingo Booze durchforstet, wie wenn die eigenen Eltern in die Schule kommen müssen und zwei Welten zusammenkrachen. Oder wenn du einen neuen Freund nach Hause bringst und du aufs Neue bemerkst, dass dein Vater ein unerträglicher Möchtegern ist.

Claras Füße reiben an einem braunen Fleck auf dem beigen Linoleum. Ich sage: »Der ist alt.« Aber diese Erklärung ist nicht ganz so befriedigend und überzeugend, wie sie in meinem Kopf klang.

Als ich nach Limo greife, wackelt Clara im Takt zum fernen Rauschen der Musik mit dem Kopf. Ich nicke ebenfalls im Rhythmus und das Grübchen erscheint. Das Gitarrenriff ist vertraut. Wer hätte gedacht, dass Clara einen vernünftigen Musikgeschmack hat? Aber dann kommt der Gesang und Clara ist mittendrin.

Ihre Stimme ist tief und passt perfekt, aber der Text, den sie singt, ist nicht der richtige. Mein Kiefer verkrampft sich, während ich mich auf den Klang ihrer Stimme konzentriere und nicht auf:

»*I'm a latte and a rhino, I'm a skater and a beetle*«

Ich will jetzt echt nicht dieser Typ sein, aber ...

»Du weißt schon, dass das falsch ist?«

Sie nickt, das Grübchen ein frecher Mittelfinger zum richtigen Text.

»Ach ja? Ähnlich genug.«

»Nicht annähernd.« Ich drücke mich an ihr vorbei zu den Süßigkeiten.

»Wow, Spence. Dir ist das wirklich wichtig, oder?« Clara tippt mit dem Fuß auf den Boden. Ihre Augenbraue zuckt. Ich versuche indifferent auszusehen. Sie flüstert: »*There you are now, instanteneous* –«

»Ich weiß ganz genau, was du da machst«, sage ich, während sie weiter Unsinnstexte haucht. Ich weigere mich, ein Lächeln zuzulassen. Kann sie auf keinen Fall gewinnen lassen. Ich artikuliere den eigentlichen Text, während wir das letzte Regal vor der Kasse umrunden, dann legt Clara eine Hand auf meinen Arm und sagt: »Oh wow, ernsthaft? Dich sieht man auch überall.«

Ich denke erst, dass sie eine abendliche Gedächtnislöschung erlebt, bis ich bemerke, dass sie nicht mich ansieht, sondern Hannah-die-früher-Jane-hieß. Hannah richtet sich hinter dem Tresen auf und schließt ihr Taschenbuch, als Clara auf sie zuläuft.

Clara hebt es auf. »Buch vier? Mein Gott, du bist so eine schnellere Leserin.«

»Hä?«, mache ich, bevor Hannah antworten kann. Beide Mädchen glotzen mich an. »Woher kennst du Hannah?«

»Woher kennst *du* meinen Namen?« Unter Hannahs Pony zeigt sich bloßes Misstrauen.

»Ich höre zu.«

»Von einem Kunstprojekt«, sagt Clara. »Daher kennen wir uns.«

Ich stemme die Limo und die Süßigkeiten auf die Theke und stehe dadurch zwischen den beiden – Clara, die aussieht, als hätte sie lieber nichts gesagt, und Hannah, die kampfbereit wirkt.

»Kunst?«, frage ich.

»Ich habe das Albumcover für Hannahs Bandfreunde gestaltet«, gibt Clara nach einem Moment zu. Sie vermeidet Augenkontakt.

»Das ist großartig.«

»Wirklich?« Claras Wangen röten sich. »Ich dachte, du findest so was eher ... ich weiß nicht – blöd?«

»Großartig«, wiederhole ich. »Warte mal, Hannah, du bist in einer Band?«

»Nein, ich hab das Musikvideo für sie gemacht – Lavender Menace. Unmöglich, dass das etwas für dich ist«, beharrt Hannah. Meine Unbeholfenheit muss durch den ganzen Laden strahlen, denn nach einem kleinen Bisschen erbarmt sie sich meiner und ergänzt: »Teil meines Teilzeit-Abschlusses. Film und Digitale Kunst.«

»Was?« Meine Stimme wird ganz hoch und aufgeregt. »Verdammt cool. Seit wann?«

Hannah muss lächeln, breit und ein bisschen schüchtern, und sieht Clara an, als könnte sie kaum glauben, dass ich mich nicht lustig mache. Und Hannah erzählt mir von ihrem Projekt: ein Musikvideo für irgendwelche hippen Musikstudenten. »Ich liebe Filmemachen«, sage ich ihr und Hannah ist total geschockt und Clara ist ganz »ooh, stille Wasser«. Ich versuche nicht zu glücklich darüber auszusehen. Bald findet ein Konzert statt, Hannah versichert, ich sei herzlich willkommen. Und Clara schiebt Haare hinter ihr Ohr, nickt bestätigend und sagt: »Oh wow, ja, du solltest kommen.«

Hannah drückt mir das Wechselgeld in die Hand, Finger berühren meine Finger, reicht mir dann einen Flyer von einem Stapel neben der Kasse. Tickets gegen einen Fünfer, Einnahmen gehen an einen gemeinnützigen Frauenverein. Ich muss schlucken, als meine Augen an dem Wort »Gewalt« hängen beiben.

»Ich hab den Flyer gestaltet«, sagt Clara ruhig. Das Design ist in schwarz-weiß mit fetten Linien. Anders als ihre Gemälde, weil detaillierter. Rund um den Bandnamen und die Daten hat sie eine Gruppe feiernder Mädchen gemalt. Lange Haare, kurze Haare, Kopftücher, keine Haare, sogar Achselhaare, die ganze abwechslungsreiche Mischung.

»Das ist großartig. All das ist ... großartig.« Mir fehlen quasi die Worte.

Aber es ist wirklich großartig zu wissen, dass Hannah ein Leben außerhalb von Bingo Booze hat. Natürlich hat sie das, ich habe nur niemals darüber nachgedacht. Und Clara – ich ging davon aus, wenn sie nur Genni in der Schule hat, hätte sie auch nur Genni auf der ganzen Welt.

Ich wusste nie, dass sie so was zusammen machen oder dass so etwas überhaupt in dieser Stadt passiert.

Alter Schwede, ich weiß von gar nichts.

Die Klingel scheppert über der Tür und ich winke Hannah zu, die tausend Mal interessanter ist, als ich es jemals für möglich gehalten hätte. Clara reißt eine Packung Erdbeerschnüre mit den Zähnen auf.

»Du bist schockiert, das seh ich«, sagt Clara, sobald wir weit genug vom Laden entfernt sind. »Wie kann so ein Loser wie ich ein Leben außerhalb der Schule haben?«

»Das ist nicht ... nee.«

»Ich mache eine Menge interessanter Dinge, von denen du nichts ahnst, Spence.«

»Okay.« Clara trägt einen Hauch von Selbstgerechtigkeit. Meine Haut kribbelt.

Der MG ist genau da, wo wir ihn draußen vor Bingo Booze gelassen haben. Aus diesem Winkel kann ich die eingedrückte Stoßstange nicht sehen. Sieht wieder perfekt aus. Neustart.

Wir steigen ein. Ich drücke Clara mein Handy in die Hand, damit sie die Musik auswählt.

»Also ... Party?«, fragt Clara.

Ist das nicht die eine Frage?

8.4

Wir fahren kurz bei mir vorbei, um meine Gitarre abzuholen. Ich nehme Clara das Versprechen ab, bei späteren Duetten den Text vom Handy abzulesen. Sie merkt an, dass sie lieber sterben würde, als vor einer Menschenmenge zu singen, aber ich verspreche, sie mit meinem Gesang zu übertönen und Kritiker direkt im Pool zu ersäufen. Ich erläutere meine Theorie, dass Geschmack gleichzusetzen ist mit Persönlichkeit, und sie behauptet, ich wäre doch kein tiefes, stilles Wasser, sondern »flach wie eine Wasserpfütze im Sommer.« Dann schnipst sie mich spielerisch an und legt eine Haarsträhne hinters Ohr. So läuft das die ganze Fahrt lang.

Zum Zeitpunkt, als ich den Wagen in das letzte bisschen leere Einfahrt bei Anthony manövriere, sind wir ordentlich spät dran für die Party und meine Zähne ganz klebrig vom Lächeln.

Auf dem Weg zur Tür sagt Clara: »Oha. Das beantwortet ein paar Fragen über Anthonys Beliebtheit.«

Claras Ehrfurcht trübt meine Freude. Ich will etwas Abschätziges sagen, herausstellen, dass das Haus ein charakterloses Imitat darstellt, ein Möchtegern-georgianisches-Fertighaus. Könnte darauf hinweisen, dass es in einer besseren Gegend zwei Millionen mehr kostet, dass Wohlstand immer relativ ist. Stattdessen sage ich: »Sie haben einen Pool.«

»Wow. Das ist ...«

»Eine verdammte Geldverschwendung, damit sie zwei Wochen lang ein bisschen planschen können, wenn es sonnig genug ist? Ultimative Hurensöhnigkeit.«

Claras Mund zuckt. Unsere Füße mahlen den Kies. Drinnen gibt jemand ein tierisches Heulen von sich, was mich daran erinnert, dass ich Clara dem Rudel zum Fraß vorwerfe.

Die Tür ist unverschlossen. Claras Kopf schwingt links und rechts, um alle Eindrücke aufzunehmen, aber sie erwähnt nicht den Platz und all die glänzenden, teuren Oberflächen. Sie schleicht mit den Armen an sich gezogen herum und schielt um die Ecken, wahrscheinlich überlegt sie, wie sie mich loswerden kann, damit sie Genni finden und endlich mit ihr kichern kann.

Um die Theorie auszutesten, gebe ich ihr die Ausrede an die Hand, die sie braucht und sage: »Wahrscheinlich gehe ich gleich mal zu Worm zum Rauchen.«

»Oh.« Sie zeigt fünf Gesichtsausdrücke auf einmal, alle abwertend. »Ich wusste nicht, dass du das machst.«

»Was soll das Gesicht?« Ich lache. »Nur manchmal. Nur ein bisschen Gras.«

Sie erwidert: »Ich weiß einfach nicht, warum jemand so vollkommen weg sein will. Ich mag mein eigenes Gehirn ganz gerne.«

»Wenn du dich über Menschen ärgerst, die dumme Dinge tun, wirst du nicht mögen, was als Nächstes passiert.«

Ich versuche mit Lachen zu überspielen, dass ich gerade ihre Einschätzung von mir geschmälert habe, und zeige auf das Wohnzimmer, wo die Menge schon viel zu laut ist. Und wirklich, es ist ein bisschen abwertend. Ist ja nicht so, als hätte ich dieses Mädchen nicht schon komplett voll nach Litern an Schnaps gesehen.

»Die Leute können machen, was sie wollen, Ich denke nur manchmal, dass ihre Prioritäten falsch liegen.«

»Das musst du ihnen unbedingt sagen«, erwidere ich. Leute mögen das.

»Natürlich. Deswegen muss ich mit Gewalt gegen die Massen an potenziellen Freunden erwehren.« Sie blickt auf den Boden. »Danke fürs Mitnehmen«, sagt sie, geht einen Schritt.

»Du schuldest mir einen Song.« Ich tänzle zurück.

»Ich habe nichts versprochen.« Noch ein Schritt.

»Du kannst deine Gaben nicht länger vor der Welt verbergen, Hart.« Ich drehe mich halb weg.

»Ich glaube nicht, dass die Welt mich besonders haben will. Oder meine Gaben.«

Der Moment, in dem wir uns beide wegdrehen, fühlt sich an wie das Abreißen von Haut.

Ich nehme mir vor, Worm zu finden, aber zuerst etwas anderes. Claras Überreaktion zu harmlosem Rauchen sagt mir alles, was ich brauche. Es schmerzt, Claras Meinung zu mir zu schmälern, einfach um Informationen aufzudecken, aber das war es wert, um sicher zu sein, und das bin ich nun. Anthony hat gelogen.

Ich gehe in sein Zimmer. Weiße Wände, dunkle Möbel, ein Boden, auf dem ich zu oft geschlafen habe, um es noch zu zählen; auch wenn er unter Anthonys Krempel beinahe unsichtbar ist.

In der Mitte davon, sein Bett. Das dunkelblaue Bettlaken ist unordentlich, auf einer Seite zurückgezogen und es starrt, mit stumpfem Blick, ohne Wissen von seinen Verbrechen. Blasiertes Scheißbett. Dauert nur eine Sekunde, die Decke wegzuziehen und auf den Boden zu werfen, das Kissen danach in die andere Ecke des Zimmers zu werfen. Meine Aufmerksamkeit lenkt sich auf die Schubladen – entleeren ihr Inneres und saubere Wäsche mischt sich mit der schmutzigen auf dem Boden. Inmitten der Zerstörung stehe ich und hole Luft. Mit einem wohlgezielten Tritt werfe ich seinen Schreibtischstuhl um. So. Jetzt ist das eine andere Art von Chaos. Nicht gerade ein Ort, an dem ein Mädchen länger als fünf Minuten bleiben möchte. Dieses Zimmer sieht aus wie eine Warnung. Und ich fühle mich verdammt noch mal befriedigt.

Ich gehe ins Badezimmer, nehme den Inhalt seines Nachttisches mit. Ich leere Pillen und Pulver in die Toilette und sie schäumen an der Wasseroberfläche, drehen Spiralen unter einem Rand, gefleckt von Anthonys eingetrockneter Pisse.

Ich spüle alles runter. Das Wasser donnert los und kommt sauber wieder hoch.

Wollen wir mal sehen, wie viel Spaß er jetzt haben wird.

Der Garten ist ganz ruhig. Keiner ist bislang wütend, nackt oder bekloppt. Draußen hinterm Pool sind Bänke, Lichter und ein breiter Streifen Gras vor den Bäumen. Hinter den Bäumen kommt noch mehr Gras, wo Anthony vor fünf Jahren ein Trampolin stehen hatte. Inzwischen wäre er zu schwer, würde wahrscheinlich die Federn verdrehen, im freien Fall durch den Bezug. Die Vorstellung, wie Anthony auf den Boden auftrifft, zaubert ein Lächeln auf mein Gesicht.

Ich bemerke ein Strichmännchen unter einer Tanne. Gehe mit einem Verdacht darauf zu, der sich bestätigt, als es sich wie erwartet um Worm handelt, der unter den Bäumen liegt.

»Das's schön«, sagt er, mit dem Finger zeigend.

Worm hat nicht unrecht mit dem Ausblick. Das Haus sieht aus der Entfernung glanzvoll aus, gold und weiß, der Pool ein perfektes Rechteck aus Türkis, Veranda blass und schlank, Himmel blickt herab, schwer und dunkel, während all die kleinen Leute feiern. Von hier aus sieht's ganz nach großem Gatsby aus.

»Dachte, du würdest nicht kommen«, sagt Worm.

»Jep, hab mich umentschieden.«

Worm fingert an seinem Feuerzeug herum. »Wir haben uns Sorgen gemacht. Einfach so aus der Schule abhauen. Nicht gerade typisch Spence, nicht wahr?«

»Wer hat sich Sorgen gemacht?«

»Alle.« Worm schüttelt einen Tabakbeutel aus der Tasche, zieht einen Joint hervor und hält ihn nah an seine Nase, Ausdruck ernsthaft wie ein Sommelier, der etwas Kostbares und Altes beschnuppert.

»Anthony nicht. Der sorgt sich nur um sich selbst.«

Worm blickt in den Himmel. Er klemmt den Joint zwischen die Zähne und schnipst das Feuerzeug an. Glitzerndes Minifeuerwerk. Keine Flamme. Er sagt: »All die Sterne da, ne? Die sind vielleicht schon längst tot.«

»Wen juckt das?«

»Genau.«

»Wann war das letzte Mal, dass Anthony sich ernsthaft für dich interessiert hat?«

Worm sinkt mit dem Rücken gegen einen Baum und konzentriert sich wieder auf die Luft über meinem Kopf. »Wann hast du?«

Und autsch. Guter Punkt. Worms Feuerzeug sprüht Funken und Flammen und er hält es vor sein Gesicht, dann erlischt es in einem Schwall von Rauch.

Durch zusammengebissene Zähne sagt er: »Schon mal drüber nachgedacht, dass Leute sich immer nur für große Tiere interessieren? Tiger, Nashörner, so was. Kein Mensch kümmert sich jemals um so 'ne Kröte, die letzte Woche ausgestorben ist.«

»Richtig, japp. Denk ich auch.«

»Kröten bekommen keine Aufmerksamkeit.«

Stimmt schon, Kröten bekommen nicht die Publicity, die sie verdienen. Aber ich bin nicht hier, um über Kröten zu reden. »Anthony ist nicht nur ein schlechter Freund, weißt du? Er ist auch beschissen zu Mädchen, Worm.«

»Hält sie nicht auf.«

»Aber richtig ist das nicht.«

»'ne Menge Zeug ist nicht richtig.« Er nimmt einen langen Zug.

»Warst du schon mal richtig mit 'nem Mädel zusammen,

Worm? Ich mein, so *richtig*.« Denn ich befürchte, dass gleich die Bullshitmaschine rotiert.

»Zu viel zu tun.« Er bläst drei Rauchringe heraus. »Ach, scheiß drauf. Wer will mich schon? Ich bin eine Kröte.« Sein Gesicht sackt für einen Moment zusammen, bevor es einen Moment später in einem anderen Rauchschwall verschwindet. Von dahinter ergänzt er: »Oder halt ein Wurm.«

Ich strecke die Hand aus und reibe mitleidig seine Schulter. Worm. Ekelhaft und unlustig, jedoch manchmal trotzdem lustig – im Durchschnittswert oder so – und irgendwo in einer Zeitdimension, in einer Ausgabe dieses Tages, hat Worm eine ziemlich schlechte Entscheidung getroffen. Eine, die er nicht wiederholt hat. Seit dem ersten Mal ist Worm nie mehr in dieses Zimmer gegangen, Anthony jedoch wieder und wieder. Da liegt der Unterschied, denke ich.

Worm ist nicht bis ins Mark verdorben. Er ist ein Mitläufer, das ist sein Problem.

»Magst du den Spitznamen überhaupt?«, frage ich.

»Würdest du?«

Mein Hals wird heiß. Jetzt, da ich drüber nachdenke; ich habe niemals nachgefragt. Warum sollte ich? »Worm« blieb einfach so schnell kleben. Total grundlos – nur weil Mr Taylor ihn einmal »Wormley« statt »Worley« bei der Anwesenheitsprüfung genannt hatte und Anthony ihn das niemals hatte vergessen lassen. Wormley wurde zu Worm und es gab nichts, was er dagegen tun konnte. Sein echter Name ist Gary, arme Sau; Worm wirkte damals beinahe wie eine Verbesserung.

»Zieh dich nicht aus für fünfzig Scheine. Das ist beschissen. Ich bezahl dich dafür, dass du's nicht tust, okay?«, sage ich. »Du musst mir auch nichts zurückzahlen.«

Worm bewegt sich auf dem Gras, beäugt mich misstrauisch und ich zucke mit den Schultern wie, yeah!, wer ist jetzt Mr Geldsack? Fünfzig Scheine sind ein schmerzhafter Einschnitt in meine Finanzen, klar. Aber das ist es mir wert.

Natürlich, es gibt immer die Möglichkeit, dass meine Großzügigkeit von der nächsten Schleife dieses Tages beiseite gewischt wird.

»Ich zahl das verdammt noch mal zurück«, sagt Worm.

»Passt schon.« Ich besiegele es mit einer Faust gegen seine Schulter.

Er bietet mir den Joint an, bläst einen Rauchring. Ich atme den warmen, feuchten Passivrauch von Worm ein.

»Pass auf dich auf, ja?«, sage ich, bevor ich gehe.

Worm schließt ein Auge und schießt mit einer Fingerpistole auf mich.

Fünfzehn Minuten später trippele ich durchs Haus, gesenkter Kopf. Die Leute sind zusammengedrängt, geneigt, mir auf die Füße zu treten, und ich bekomme mehrere Ellbogen ins Gesicht. Aber Clara ist exakt dort, wo ich sie erwartet hatte, gedrängt in eine Ecke mit Genni, kichernd, bis ihr Gesicht rot wird.

»Spence, schau einer an, ganz schick.« Genni blickt durch mich durch; schätze, Jay ist hier. Ich fahre durch mein Haar und schiele herunter auf mein T-Shirt. Streifen. Ich sehe aus wie ein Stück Käse.

»Hast du schon entschieden, welches Stück du später darbieten möchtest?«, frage ich Clara.

Sie streicht ihr Haar nach hinten, obwohl es makellos ist. »Du scheinst deine Gitarre verlegt zu haben?«

»Sicher gelagert, keine Sorge.«

Genni sagt: »Mon Dieu. Ich würde Geld dafür bezahlen, um die großartige Clara Hart vor Publikum singen zu hören.«

»Traurigerweise gibt es nicht genug Geld auf der ganzen Wet«, sagt Clara.

»Kenn die Texte nicht«, ergänze ich.

Wieder Genni: »Oh, du bist einer von denen! Clara ist nicht eingeengt, durch eure bürgerlichen Konzepte à la ›richtige‹ Texte. Befreie deinen Geist, du Roboter.«

»Sing den Blödsinn«, stimmt Clara zu. Die Mädchen haken sich beieinander ein. Ich frage mich, wie ich Clara aus Gennis bösartigen Fängen lösen kann, als es einfach so passiert. Sie müssen irgendwie ohne Worte kommuniziert haben – nur ein Erweitern der Augen, das geringste Nicken – denn Genni sagt, »Ohmeingott, der Drink hier ist viel zu trocken«, während sie dramatisch ihr halb volles Glas schwenkt. Sie entzieht sich Clara und der Unterhaltung und verschwindet in die Menge, bevor ich überhaupt weiß, was geschieht.

Während ich ihr nachschaue, bemerke ich ihn. Anthony, im Türrahmen stehend, die Szenerie überblickend. Ich ducke mich aus seinem Blickwinkel, als seine Suchscheinwerfer sich in meine Richtung wenden.

Clara lacht. »Ernsthaft? Versteckst du dich gerade?«

»Komm hier runter«, bedeute ich ihr und sie kommt auf meine Höhe.

Ich habe Anthonys Reserve runtergespült, aber ich bin mir nicht sicher, ob das Clara ausreichend beschützt. Die ersten paar Male, als er ihr wehgetan hat, stand sie nicht unter Drogen, schätze ich. Allein auf der Party, nachdem Genni sich Jay geschnappt hat, hatte Clara einen schlimmen Fall von Partyangst und versuchte sie zu unterdrücken – ich mach dasselbe. Regelmäßig. Das eine Mal, als er sie in den Whirlpool geschubst hat, war sie auch nüchtern. Ich mag nicht daran denken, wie sie auf der Treppe gezittert hat und ins Nichts starrte oder die dummen Dinge, die ich zu ihr sagte und wie sie kaum sprechen konnte. Scheiße. Ich hab es damals nicht verstanden, aber jetzt ist es mir klar.

Es sind nicht die Drogen, es sind Gelegenheiten – das nutzt Anthony aus. Clara wird niemals sicher sein. Nicht, solange er in der Nähe ist. Nicht, wenn er das Geschehen auf millionenfache Weise verändern kann, um allein mit ihr zu sein. Ich muss sie bei mir behalten und vor allem weg von ihm. Wenn schon nicht weg von der Party, dann wenigstens außer Sicht und Gedanken.

Manchmal sind die einfachsten Lösungen die besten. Ich sage: »Wir müssen hier raus.«

»Warum?«

»Ähm. Aus Gründen. Schau mal, komm her.« Ich nehme ihre Hand, um es einfacher zu machen. Sie lässt es zu und ich speichere diese Tatsache im Kopf für später. »Wir gehen auf Schatzsuche.«

Die Menge bietet uns Deckung. Wir halten uns niedrig, kurven unseren Weg in Richtung Eingangshalle. Claras Atem zittert vor Lachen, ihre Hand ist heiß in meiner. Ich schiebe sie vor mir her, während wir die Treppen hinaufstürmen. Wir kommen keuchend auf dem Treppenabsatz an.

»Das dürfen wir nicht«, flüstert sie.

»Kein Weg zurück.«

Nicht für sie, nicht für mich. Los geht's.

8.5

Die erste Regel der Mansbridge-Schatzsuche ist: Es gibt keine Regeln. Wenn Bonzen in den Urlaub fahren und das Haus in den Händen ihres unzuverlässigen Sohnes lassen, betteln sie sozusagen darum, beklaut zu werden. Ihre unpersönliche Dekoration macht es extra verlockend; eine Einladung, um nach verborgener Schrägheit zu wühlen.

Oben gibt es ohne Ende Wandschränke, Schubladen und dunkle Ecken. Oben sind wir außerdem sicher vor Anthonys arglistigen Augen, was mir die Gelegenheit bietet ihn Claras Existenz vergessen zu lassen. Obwohl es reine Taktik ist, macht es auch Spaß. Wer würde es nicht genießen, tief in den Mist einzudringen, mit dem reiche Leute ihre Häuser anfüllen. Das ist nicht mein erstes Abenteuer dieser Art, doch Clara ist bessere Gesellschaft als mein üblicher Spießgeselle. Man muss es Worm aber lassen, ehrlich, er hat verdammt gute Augen für Verstecke.

Mr Mansbridges Höhle ist komplett in dunklem Holz mit gerahmten Filmplakaten an der Wand. *Shutter Island, A Clockwork Orange, Rope.* Ein Mann nach meinem Geschmack, bis ich die andere Wand mit Bond gesäumt sehe: *Dr No, Goldfinger, Casino Royale,* okay, Klassiker. Aber *Moonraker?* Ach komm schon.

Clara fährt das Modell eines Aston Martin am Bücherregal entlang. Aus ihren Lippen kommt ein leises »Neooow« und sie rammt das Auto in eine Filmdose. Sie wirbelt es herum, ein stiller Schrei auf ihren Lippen, bis der Wagen in Zeitlupe auf dem Dach landet. Mit den Händen in gespieltem Schrecken an die Seiten des Gesichts gepresst, verkündet sie: »Es gab keine Überlebenden.«

Ich verziehe das Gesicht und beschleunige unsere Schatzsuche. Während wir suchen, nörgeln wir und das macht Spaß. Wir finden richtig lustiges Zeug. Alte Fotos vom kleinen Streber Anthony; einen fragwürdigen Kimono mit Tigerprint, den Worm lieben würde; eine Kiste voller Teelöffel, über die wir uns ganze fünf Minuten kaputtlachen; und die Sexspielzeuge von Anthonys Eltern, was das Gelächter peinlich macht. Was wir nicht finden, sind Spuren von Anthonys Kindheitsobsession zu Lego. Also vermute ich, dass Mr Mansbridges große Säuberung in der neunten Klasse erfolgreich war.

Lego ist scheinbar für Kinder, aber kleine Autos aus Agentenfilmen? Sieh an, die Doppelmoral.

Das Zimmer von Anthonys Bruder Eric beherbergt eine Vielzahl von Touristenkitsch. Ein bunt bemaltes Didgeridoo, Bongos und eine spanische Gitarre, welche Eric unter Garantie nicht spielen kann. Sie ist immer noch nicht gestimmt, trotzdem spiele ich ein paar schräge Griffe und Clara klopft einen Rhythmus auf den Trommeln, weigert sich jedoch zu singen.

»Du würdest dich doch nur über meine Freestyletexte beschweren«, sagt Clara und kichert.

»Bin mir da nicht so sicher. Nähere mich langsam dieser Idee. Dieser Tag hat sowieso keine Regeln.«

Claras Stirn kräuselt sich. Sie legt die Trommeln beiseite und streicht über die Überdecke.

»Ist Anthonys Bruder nett?«

»Besser als Anthony.« Ich hebe eine Schneekugel mit einem kleinen Empire State Building darin auf. »Aber wer ist schon schlimmer als Anthony?«

»Warum sind Jungs immer so gemein zu ihren Freunden?«
»Du hast doch gesagt, er wäre ein Schwein.«
»Hab ich das?« Ihr Gesicht verzieht sich wieder. Ach ja, falscher Tag.
»Solltest du. Du bist zu nett.«
Ihr Gesicht zeigt jetzt übertriebene Empörung. Dieses Mädchen steckt voller guter Gesichtsausdrücke.
»Was? Nicht gerade eine Beleidigung«, sage ich, als ich sie aus diesem Zimmer und in den Raum neben dem Treppenabsatz bugsiere.
»Nein? ›Nett‹ ist definitiv ein Codewort für ›unglaublich langweilig‹.«
»Nee.« Die nächste Tür führt uns in eins der Gästezimmer. Süßlicher Duft von Zitrusfrüchten und Gewürzen, ein Körbchen voll kleiner Hygieneartikel als sei das ein Hotel. Nobel.
»Du bist nicht langweilig, Hart. Du bist anders, verstehst du? Ziemlich anders als andere Mädchen.«
»Kein Mädchen ist wie andere Mädchen. Gib doch einfach zu, dass du keines richtig kennst.«
»Scheiße. Na gut. Hör mal, nett ist gut, okay?«
»Das passt zu alten Leuten, Keksen und Badezusatz.«
»Besser als beschissen und enttäuschend wie die meisten Leute.« Ich halte immer noch die Schneekugel aus Erics Zimmer in der Hand. Glitzerteilchen regnen nieder, größer als die gesichtslosen Figuren, die vom Hochhaus starren. Ich bemerke mein Spiegelbild im dunklen Glas des Fensters. Müde, dunkle Augen.
»Du bist so ein Pessimist«, sagt Clara.
Unten explodiert Gelächter, dann herrscht Stille. Wahrscheinlich ist jemand hingefallen oder hat sich übergeben.

Oder vielleicht hat Worm sich doch ausgezogen. Vielleicht schwimmt er schon mit dem Bauch nach oben. Aber draußen kann ich keine Leichen entdecken, nur die Veranda und Bee, die auf dem Grasflecken sitzt, wo ich sonst mit meiner Gitarre wäre. Sie quatscht unaufhörlich, Mia neben ihr sieht wieder trübsinnig aus. Bee schubst Mia und deutet in den Himmel. Sie winkt mit weit ausgestreckten Händen und ihr Mund formt Worte, die ich nicht hören kann. Kann sie den abnehmenden Merkur sehen? Funktioniert das so?

Ich habe keine Gefühle für Bee. Nicht einmal, wenn sie sich auf dem Rasen windet.

Kein Stich von Reue, kein Gefühl des Verrats und nur die entfernte Anziehung. Sie ist schön, klar, aber ich scheine mich kaum daran zu erinnern, warum es so schmerzte, als sie mit Anthony ausging und nicht mit mir. Das ist eine Erleichterung. Diesen Groll habe ich weitaus zu lange gehegt.

»Kannst du dir vorstellen, dass Menschen sich ändern?«, frage ich. »Zum Guten oder Schlechten. Glaubst du, sie können das wirklich?«

»Ja«, sagt Clara. Jetzt ganz ruhig. »Absolut. Ich hoffe, dass wir jetzt nicht das sind, was am Ende rauskommt. Wie langweilig wäre das denn?«

»Was, wenn wir alle immer schlimmer würden?«

»Warum sollte das so sein?«

Auch wenn Clara hier oben sicher ist, wächst in mir ein präventives Elend aufgrund der Unausweichlichkeit, sie wieder zu verlieren. Als ob wir Anthony durch die bloße Erwähnung seines Namens heraufbeschworen haben, unsere Nacht zu zerstören. Mein ganzer Optimismus zu dieser Version von heute fließt einfach ab.

Ich war mir vorhin sicher, aber jetzt sehe ich auf meine Hände, zu fest geschlossen um die Schneekugel, meine Knöchel zittern. Sie sehen ziemlich unsicher aus.

Das Licht im Zimmer ist gedämpft. Claras Gesichtsmerkmale stechen heraus, Wangen hell und rund. Ein Grübchen, stecknadelgroße blaue Sommersprosse. Wiederkehrende Formen in den Formen. Geschweifte Kurve, Komma, Punkt. Ich könnte mit dem Daumen über den Halbkreis ihrer Oberlippe fahren, aber nein. Reiß dich zusammen, Spence. Es ist nicht in Ordnung, komische Gedanken über dieses Mädchen zu haben.

»Du bist ein guter Kerl, Spence.« Clara tritt auf mich zu, ihre Augen leuchten vor Witz, als sie hinzufügt: »Nicht so wie die anderen Jungs.« Ihr Kinn senkt sich, aber sie sieht mich an. Sie ist nah. Ich wünschte, ich hätte doch etwas getrunken. Mein Mund klafft offen. Mein Fuß schiebt sich fingerbreit nach vorne.

»Nee.«

Sie sieht mich immer noch an.

»Ich dachte, vielleicht –«, beginne ich. »Weißt du noch ...?« Dann höre ich auf. Dumm von mir, dieser Gedanke, den ich beinahe hatte. Die Burg. Das Mal, als ich sie nach einem Date gefragt hatte und sie mich abwies. Sie könnte sich nicht erinnern und es ist nicht klug, ihr das ins Gedächtnis zu rufen.

»Weiß ich noch was?«, fragt sie.

Ich schaue wieder nach draußen. »Wir könnten hier raus.«

»Aus dem Fenster? Ganz schön hoch.« Clara schaut ebenfalls. »Aber ja, ich sollte wahrscheinlich Genni suchen und –«

»Nee. Nicht da runter. Können wir nicht weggehen? Fahren?«

»Wohin denn?«

Ich schüttle den Kopf. Wir könnten überall hin, alles tun. Wir könnten in meinem Wagen auf dem Supermarktparkplatz sitzen und hätten einen besseren Abend. Verzweiflung wischt meinen Verstand sauber und ich kann mir nichts vorstellen. Kein Ort existiert außerhalb dieser Party.

»Du magst sie wirklich, oder?«, fragt Clara. Ich blinzle und worauf ich gerade noch geistesabwesend schaute, wird mir jetzt klar: Bee, die in Mias Ohr flüstert. Natürlich weiß Clara, dass ich Bee mochte. Es muss so ein Grund zum Lachen gewesen sein in unserem Jahrgang, dass alle wissen, dass ich auf das Mädchen meines besten Freundes stehe.

»Nee. Lang vorbei.«

»Echt? Oh, na gut, okay.« Clara klingt nicht besonders überzeugt. Draußen vor dem Fenster nähert sich Anthony den Mädchen. Er umschließt Bee von hinten mit den Armen und hebt sie hoch, Arme an den Seiten festgeklemmt, Beine zappelnd, der Mund schreit mit wütendem Lachen. Ich trete ans Fenster und sehe zu, wie Bee sich loswindet und ihm auf den Arm boxt. Nervöse, schaudernde Kraft durchfährt mich, ein Bedürfnis, nach unten zu hetzen und Anthony einen Schlag in die Kehle zu verpassen. Meine Fäuste ballen sich.

Clara hat das Geschehen da draußen auch beobachtet. Sie hat mich beobachtet. Ihr Ausdruck ist leer. Sie wendet ihren Blick dem Fenster zu und sagt: »Wir sollten wieder runtergehen. Du hast bestimmt wichtigere Leute, mit denen du rumhängen willst.«

»Hab ich nicht.«

»Dann ...« Sie schüttelt ihren Kopf auf kurze, abweisende Art und tritt auf einem Fuß. Wieder steigt die Hitze und an unangenehmen Stellen kommt der Schweiß. Keine Ahnung, was ich gemacht habe. Keine Ahnung, warum sie so kalt reagiert. Draußen – unter uns – redet Anthony immer noch mit Bee.

Ich sage: »Ich bin nicht eifersüchtig.«

»Das geht mich nichts an«, sagt Clara. »Aber ich muss wirklich –«

»Nee, sei nicht so.«

Ich mache einen Schritt nach vorne. Mein Gesicht zuckt und versagt zu lächeln, während ich meine Hände auf Claras Schultern lege, sie dabei ruhig halte. Genau dort, wo sie bleiben soll.

Ihre Augen werden groß. »Ähm, Spence?« Sie hebt eine Hand und befreit sich, dann sie will nach unten gehen. Unten, wo *er* ist. Panik durchrauscht mich erbittert und stark; ich greife nach ihrem Handgelenk.

»Das geht nicht«, sage ich.

Clara starrt mich an, als hätte ich den Verstand verloren. Und das Ganze passiert viel zu schnell, Vollgas von philosophischen Betrachtungen auf Ablehnung in fünf Sekunden. Aber zum Ausgleich verlangsamt sich nun die Zeit und meine tränenden Augen fokussieren ganz auf die Sommersprosse auf ihrer Wange und den Glanz ihres Haares und ihre Haut unter meiner Hand. Ich hole Luft, um ruhig zu bleiben. Denn ich kann das retten.

Claras Augenbrauen bauschen sich auf und ihr Mund öffnet sich und das ist der Augenblick.

Ich drücke meinen Mund auf ihren. Zu schnell. Meine Zähne fest hinter den Lippen.

Clara zappelt. Stöhnt auf. Sie schubst mich, stolpert jedoch selbst nach hinten. Ihr Ellbogen trifft das Fenster mit lautem Knall. »Was zum Teufel, Spence? Aua.« Sie berührt ihren Mund. »Warum machst du so was?«

Mein Mund fühlt sich angeschwollen an. Meine Brust bebt. Was für eine dumme Frage! Was soll ich denn sagen – dass ich sie mag? Nichts ist so lächerlich wie diese drei Worte laut ausgesprochen.

»Ich dachte, du wolltest das«, sage ich stattdessen. Ich blicke aus dem Fenster, an dem Anthony und Bee stehen. Anthony schaut hoch. Genau zu mir. Und ich hoffe, dass er nichts sieht, nicht durch das Fenster schaut. Aber ein breites Grinsen verzerrt sein Gesicht und er hebt seine Faust in die Luft und schwingt sie herum, sein Mund ein Kreis aus stillem Jauchzen, als wären Clara und ich eine Sportübertragung und ich dabei im Finale.

Ich schaffe es nie.

Schlimmer noch, Clara sieht zu. Ihre Hand umfasst jetzt den schmerzenden Ellbogen. »Spielst du nur mit mir?«

»Was?«

»Ist es das, worum es heute ging?«

Ich schüttle den Kopf. Erstaunt von dieser Art des Verhörs.

»Was hattest du vor, Spence? Wohin wolltest du mich bringen?«

»Whoa. Nirgendwohin.« Ich hebe die Hände, benommen von dem Kuss. Adrenalin vermischt mit einem ekelhaften Schluck Reue, dass ich es auf diese Weise versucht habe. Alles richtig versauen in der Mansbridge-Villa. »Du bist mir doch ins Auto reingefahren.«

»Und deswegen spielst du mit –«

»Nein!«

»Warum wolltest du dann so unbedingt weg von hier?«

Das kann ich ihr nicht erzählen.

»Egal«, sagt sie. »Ich gehe nach unten.«

»Nein.« Ich greife nach ihr und sie weicht aus. »Clara, komm schon.«

»Du hattest recht. Menschen enttäuschen nur«, sagt sie. »Und ich schätze, sie ändern sich nicht.«

Ihr Gesicht verschließt sich. Sie macht einen Schritt zur Tür. Weg von mir. Zur Party. Zu ihm. Und sie setzt eine Kette an Dingen in Gang, die ich kenne wie meinen Lieblingsfilm, eine Szene nach der anderen, ich kenne den Ablauf. Da wartet kein Happy End auf mich.

Ich werde das nicht zulassen. Und wenn sie nicht bei mir bleibt, muss sie eben gehen. Wird Zeit, das Drehbuch zu verändern.

»Yeah, hast schon recht.« Ich erzwinge ein bitteres Lachen und Claras Schritte werden unsicher.

»Dann geh doch,« spotte ich, erkenne mich selbst nicht wieder. »Lauf zurück zu deiner Freundin. Deiner einzigen Freundin. Gott weiß, dass es sonst keinen interessiert. Warum bist du überhaupt hergekommen, Hart?«

Ihr Kopf wendet sich, ihre Augen scheinen wie Glas.

»Du warst nur eine Wette«, sage ich. »Aber selbst das wurde mir zu viel. Wer würde denn jemanden wie dich wollen?«

Mein Gesicht verzieht sich zu einem Grinsen. Ich werde schwer. All meine Gefühle sinken tief, tief, tief zu meinen Füßen, wo ich nichts verspüre und mich nichts betrügt. Es muss sein. Clara aus dem Haus bekommen, ganz egal wie.

»Keiner von denen da unten mag dich,« sage ich. »Keiner.«

Ich betrachte den Aufprall. Sie zuckt. Ich erwarte, dass sie wegläuft, aber nein.

Sie dreht sich um und sagt in der schwächsten aller Stimmen:

»Danke.«

Sie läuft davon. Ganz ruhig. Ganz würdevoll. Ich gehe in Anthonys Zimmer, um die Einfahrt zu sehen, zu sehen wie sie geht. Die Hände in den Taschen damit sie aufhören zu zittern.

8.6

Sie ist weg.

Genau was ich wollte, oder? Das rede ich mir zumindest selbst ein. Weg. Die Party verlassen. Hat ihre Freundin geschnappt und ist gegangen, die beiden stehlen sich in Gennis Auto davon. Man möchte glauben, dass ich durch die Party tänzle, ein Bier auf den Sieg. Die Nacht war ein unglaublicher Erfolg. Soweit ich weiß, hat Worm seine Kleidung anbehalten, Clara ist weit weg und sicher.

Warum fühle ich mich dann so, als wären alle meine Lichter aus?

Egal, ich bin hier noch nicht fertig. Ein Punkt noch auf der Tagesordnung.

Es dauert ewig. Anstrengende zwanzig Minuten oder so, in denen ich den warmen, sauren Gestank zu vieler Leute einatme. Alle hier drin kommen viel zu nah. An mein Gesicht, auf meine Füße. Ihre spitzen Ellbogen in meine Rippen und übertriebenes Lachen, das meine Ohren plagt. Die Schwere der Nacht und die Hitze dieses Hauses drücken fest herunter auf mich und mein Kopf beginnt zu pochen.

Ich sollte hier fertig sein, aber bin es nicht. Ich bin wieder auf der Suche.

Mia. Erst am letzten Ort, an dem ich nach ihr Suche, taucht

sie auf, als ich zur Spitze der Schlange vor dem Klo stürme und das Mädchen hinter mir sagt: »Ähm, viel Glück, Mia Turner ist da drin und sie hat einen kompletten Nervenzusammenbruch.« Sie unterstreicht das mit einem Faustschlag gegen die Tür. »Aber ich komm als Nächste.«

Treffer.

Ich drücke die Klinke.

»Hab ich das nicht längst versucht oder bin ich ein Idiot?«, sagt das Mädchen von Fuß zu Fuß hüpfend. Ich ignoriere den Zorn ihrer vollen Blase und spiele von außen am Schloss herum.

Breit und rund, mit einem langen Schlitz direkt in der Mitte wie eine übergroße Schraube.

Den Trick kenne ich. Wir haben den ohnmächtigen Worm schon einmal gerettet. Er war ziemlich dankbar dafür, bis wir eine Woche später denselben Trick genutzt haben, um ihn beim Scheißen zu überfallen.

»Warte mal kurz«, sage ich zu niemand Bestimmtem und gehe in die Küche. Nach kurzer Suche in den Küchenschubladen, kehre ich mit einem Buttermesser zurück, welches genau in den äußeren Schlitz des Schlosses passt. Mit vorsichtigem Drehen und Klicken des Schlosses öffnet sich die Tür weit. Drin auf den schwarz-weißen Fliesen liegt Mia zusammengesackt vor der Toilettenschüssel in einem Schleier aus weichem, dunklem Haar.

»Ist denn wirklich jeder postpubertäre Junge ein heimlicher Perverser?«, sagt Bees Stimme, als sie aus dem Nichts erscheint und ihre Arme um meine Hüften schlingt. »Man kann doch nicht einfach so in besetzte Toiletten einbrechen.«

Wir gehen rein und schließen die Tür vor dem Rest der

Menge. Und nutzen dann Handtuch, Waschbecken, ein feuchtes Tuch, um Mias Gesicht, und Papier, um die Klobrille abzuwischen. Währenddessen richtet Bee Mia auf und kümmert sich um ihre Handtasche und Handy. Sie benutzt Mias Finger, um den Bildschirm zu entsperren und wählt Mrs Turners Nummer, um eine Abholung zu regeln.

»Das hätte ich sieben Male vorher schon machen sollen«, sage ich zu Mia, während Bee eine Wegbeschreibung abgibt.

»Ich hätte nicht kommen sollen.« Mias Mund verzieht sich nach unten. Sie schnieft und fährt mit dem Daumen unter der Nase lang. Sie rasselt eine Perlenschnur an Worten herunter, ohne Luft zu holen: »Was stimmt nur nicht mit mir?« und »Warum mache ich so was?« und lässt ihr nass benetztes Gesicht dann auf ihre Knie fallen und stöhnt:»Mia soll es endlich besser gehen.«

Ich sage: »Du kannst so nicht weitermachen, Mia. Ich war selbst genauso und es hat mir immer nur neues Leid eingebracht.« Wie zum Beispiel eine Freundin wieder und wieder sterben zu lassen. Zuzulassen, dass eine Freundin belästigt und abgefüllt wird.

Ich stütze Mias Schulter mit meiner. Sie schnieft nicht länger, schüttelt den Kopf. Auch okay, ich bin ein bevormundendes Arschloch.

»Bis gleich«, sagt Bee ins Handy und dann zu Mia: »Du hast zwanzig Minuten, um mit Kotzen aufzuhören und elterntauglich zu sein. Machen wir dich mal vorzeigbar.« Bee schiebt die Arme unter Mias Achselhöhlen und hievt sie ohne Probleme hoch. Sie stolpern rüber zum Waschbecken, damit Bee Mia besser beim Saubermachen helfen kann.

»Was ist denn heute passiert?«, frage ich Mia, eine Erinnerung dabei im Hinterkopf von einem der letzten Male. Sie hat sich mit jemandem verkracht, glaub ich,. aber scheinbar nicht mit Bee.

»Herrgott, Spence, ich glaube nicht, dass sie gerade besonders gesprächig ist«, sagt Bee. »Du hast mich da reingezogen – entweder hilfst du mir oder haust ab.«

Ich wähle Letzteres.

Ich gehe nach Hause und knalle die Tür zu. Was für eine Nacht. Wenn man alle Tatsachen genau betrachtet, war das eigentlich ein Erfolg. Keiner wurde verletzt, keine ist gestorben, Clara und Mia sind sicher nach Hause gekommen. Auftrag erledigt und das alles nur sieben Versionen *dieses Tages* zu spät. Ich sollte feiern, aber der Sieg fühlt sich ziemlich schal an.

Dad ruft mir von der Küche zu: »Ich mache Kaffee, möchtest du auch einen?«

Ich gehe rüber und er macht tatsächlich Kaffee. Keine Ahnung, wie er schläft. Es ist ziemlich spät, allerdings keine Ahnung, wie spät genau, denn die Uhr über der Tür steht immer noch still auf 1:15.

»Entkoffeiniert«, sage ich.

Ich scheppere durch Schubladen, wühle hinter Mülltüten und Alufolie, unter Geschirrtüchern und finde, was ich brauche. Ich stelle einen Stuhl in die Tür, klettere rauf und fische die Uhr herunter. Die alten Batterien fallen heraus. Ich ersetze sie durch zwei brandneue und stelle die Uhr auf die richtige Zeit.

Der zweite Zeiger zittert ins Leben. Jetzt brauchen wir nur noch Energie für einen neuen Tag.

»Spaß gehabt?« Dad reicht mir einen Kaffee.

»Nee.«

»Nein?«

»War nicht so in Partystimmung.«

»Hmm, ja. Das war vielleicht nicht der beste Tag für eine Party«, sagt Dad mit seinen Augen auf dem Kaffee und der Brille von Dampf vernebelt. Ich lasse das Sticheln mit Zähneknirschen zu.

Nach einem bisschen fragt Dad: »Ist irgendwas passiert?«

»Nichts, wirklich.«

»Einfach ... nur der Tag?«

Er blickt mich an, völlig übermüdet und mit rot umrandeten Augen. An der Hinterseite seines Kinns ist ein Büschel zu langer Stoppeln, die er heute Morgen übersehen hat. Ich frage mich, was er die ganze Nacht ohne mich gemacht hat; ob er den Film gesehen und geweint hat oder ein Buch gelesen oder die Nachrichten angeschaut, um sich vom Elend anderer Leute ablenken zu lassen.

Ich sage lakonisch: »Ich hab jemanden verärgert. Das ist passiert.«

»Oh.« Dads ganzer Körper entspannt sich. Er bittet mich darum, es weiter auszuführen und zu meiner großen Überraschung tu ich das auch. Erzähle ihm davon, wie sie von mir wegstürmt, ein bisschen davon, wie ich es versaut habe. Ich lasse den Kuss aus, erspare Dad, das Rotwerden. Er zieht seine Show ab. Fasst sich an den Kopf, sieht mich an und macht »Hmm.« Er spielt den Elternteil absolut überzeugend. Zehn von zehn. In den Rezensionen davon steht »überwältigend« und »die Rolle seines Lebens«.

Er reibt über seinen Nasenflügel. »Clara klingt nach einem netten Mädchen.«

»Soll ich bei ihr vorbeigehen? Oder ihr schreiben oder ...«

Ich schweife ab, während ich vor meinem inneren Auge sehe, wie ich hier sitze und diesen brilletragenden Oldtimer nach Ratschlägen zu Mädchen frage. »Ich will eigentlich nur wissen, ob es ihr gut geht.«

Dad schiebt seine Brille hoch. »Ich glaube, du solltest ihr ein wenig Zeit geben, um sich zu beruhigen.«

»Stimmt. Oder?«

»Nachdem du dich entschuldigt hast, liegt es an ihr.« Seine Zunge versteift sich. »Du musst ihr ein bisschen Luft lassen.«

»Mh-hm.« Da gibt's ein Problem. Meine Augenbrauen gehen hoch, während meine Lippen den nächsten Schluck Kaffee suchen.

»Du hast dich doch entschuldigt?«, fragt Dad. Ganz typisch, dass er ausgerechnet in diesem Moment so aufmerksam ist.

»Sie war sauer. Wann hätte ich eine Chance gehabt?«

»Oh.«

Ich stöhne auf. Fühle mich ein bisschen verurteilt. Vielleicht hätte ich mich ja entschuldigt, wenn sie zwei Minuten gewartet hätte.

»Na ja, du hast Montag in der Schule noch eine Möglichkeit dazu«, sagt Dad. »Lass dir besser was einfallen, um die Verspätung wiedergutzumachen.«

Die Urteilsflut wächst stetig. Dad weiß einfach, welche Knöpfe er bei mir drücken muss.

Ich bin im Begriff aufzustehen und mich hinzulegen, als Dad sich an seinem Getränk verschluckt und hustet. Auch wenn es nur Flüssigkeit im falschen Hals ist, beginnen seine Augen zu tränen. Er sieht traurig aus und jämmerlich und alt. Sitzt keuchend da in seiner Pyjamahose, löchrigen Schlappen und grauem T-Shirt.

Ich sage: »Ich muss mich auch bei dir entschuldigen, schätze ich.« Was, na ja, eine beschissene Entschuldigung ist.

Dad bleibt für einen Augenblick still. »Wofür?«

»Heute auszugehen.« Ich greife meine Tasse. »Hätte zu Hause bleiben sollen und deinen Film anschauen sollen.«

Dads Brille beschlägt und wird wieder klar. Ich warte darauf, dass er zustimmt. Hat es mir doch gleich gesagt. Schlechter Sohn. Ich bin darauf vorbereitet, als er sagt: »Du bist selbst schuld. Der Film ist ein absolutes Meisterwerk. Wetterkatastrophen und gefährliche Raubtiere? Beides? Das war einfach …« Dad küsst verzückt seine Fingerspitzen. »Ach ja, stimmt. Meinen guten Filmgeschmack habe ich dir nicht vererbt, ne?«

Ich krieche nach oben und in mein Bett. Ich starre zur Decke hoch und frage mich, ob ich morgen wohl mit demselben Bild aufwache. Irgendwie glaube ich das nicht. Jeder Morgen auf dem Parkplatz, jeden Morgen derselbe angeknackste Hals, dieselben stinkenden Achselhöhlen.

Auch wenn der Abend heute alle am Leben gelassen hat, habe ich doch einige Dinge gnadenlos verkackt. Ich denke an das Schlimmste: Claras Lippen auf meinen – so flüchtig, bevor sie sich losgerissen hat – und frage mich, wie es gelaufen sein könnte, wäre ich nicht voll Panik darauf losgegangen. Hätte ich mich nur beruhigt und alles erklärt.

Ich nehme mein Handy und starre auf Claras Namen. Es gäbe hundert verschiedene Nachrichten zu tippen, aber Dad hat recht – erzwingen kann man das nicht. Clara ist sicher zu Hause. Nicht betrunken oder auf Drogen oder im Koma. Nicht blutüberströmt auf der Straße. Clara lebt. Dad und ich reden. Mia ist nach Hause gegangen. Worm hat seine Würde behalten. Das sind die wichtigen Dinge.

Vielleicht hört es dadurch auf, vielleicht nicht. Wer weiß das schon? Vielleicht war ich erfolgreich, aber ich fühle mich eher besiegt.

Eine Nachricht erreicht mich.

Anthony: Fleisch im Sonderangebot

Foto von ihm, wie er an einem Mädchen leckt. Ich wische es weg. Komisch, mir vorzustellen, wie die Party weitergeht. Komisch, wie Anthony den Partyclown spielt, ohne die geringste Dankbarkeit, dass ich ihn vor einem Fehler bewahrt habe.

Es ist noch vor Mitternacht, aber ich bin erledigt. Ich zwinge meine Wirbelsäule zur Entspannung. Als ich den Tag zurückspule und von Neuem ablaufen lasse, fühlt es sich nicht so übel an, aber ich könnte es noch einmal versuchen. Schließlich wäre es schade, wenn Clara mich hassen würde.

DAS NEUNTE MAL
9.1

Dieses Mal schleiche ich Clara nicht auf dem Weg zum Kunstraum hinterher. Ich gehe neben ihr her über den Vorplatz, keine Ahnung, was ich denken oder fühlen soll. So sehr ich auf eine weitere Chance gezählt habe, bleibt mir gar nichts. Die Schlüsseltheorie ist gründlich abgeschmettert. Clara hat überlebt. Sie hat sich zum Schlafen in einem ganzen Clara-förmigen Stück in ihr eigenes Bett gelegt.

Also, was ist der nächste Spielzug?

Vor einer Stunde bin ich in meinem Auto aufgewacht, als Clara auf mich aufgefahren ist. Ich hab ihr Kaffee und einen Kokosriegel gekauft, überging ein paar der unangenehmen Momente von gestern, als wäre dieser Tag ein ordentlich gegriffener Akkord auf meiner Gitarre. Jetzt bin ich hier. Laufe. Fest entschlossen, es mit Clara nicht zu versauen, die mir davon erzählt, dass sie nach der Schule Kunst studieren wird, und den Schrecken beschreibt, ihr Portfolio den Würdenträgern an der Universität zur Bewertung vorzulegen.

»Das ist, als würde man sich bis auf die Seele ausziehen«, sagt sie und errötet. »Gar kein Druck, meinen Arbeiten zu schmeicheln oder so.« Sie sieht dabei so nervös aus, dass es mich juckt, ihr zu erzählen, dass ich bereits weiß, dass es großartig ist, aber das kann ich nicht, also wische ich ihre Worte beiseite.

Sie führt mich zu dem engen Geheimraum mit den farbverschmierten Bänken und dem einen hohen Fenster. Ich begutachte ihre Arbeit wieder, während sie auf ihrer Lippe kaut. Von Nahem bemerke ich eine Textur unter den scheußlichen Farben. Ein Muster zieht sich unter dem Violett und Grün und wird umso schöner, je näher man ihm kommt. Schichten über Schichten.

Ich sage ihr, dass ich es mag. Hebe die Schichten hervor, besorgt, dabei dumm zu klingen, aber Clara nickt begeistert und sagt: »Ich mag die ganze Vorstellung von ›du weißt schon, was ist schön, wer entscheidet das und warum lassen wir das zu?‹ Aber ich mag genauso die Vorstellung, dass Perspektive sich verändert, abhängig davon, wie weit weg man ist. Man weiß nicht, was dort vergraben ist oder welche Geschichte dahinter liegt.«

Sie deutet mit einer schlaffen Handbewegung auf ihre Porträts, spielt dann wieder an einem Pinsel herum. »Es ist blöd.«

»Ich verstehe es.«

»Wirklich?« Sie blickt auf. Lächelt.

»Die ganzen verschmierten Stellen – das macht es viel interessanter.« Ich reibe an meinem Ohr. »Keine große Ahnung von Kunstkritik, offensichtlich.«

»Nein, genauso ist es. Unsere Blessuren bleiben bei uns.« Sie streicht mit dem Daumen über eine flache Papierkante.

Ich verstehe es. Das klingt genau so, wie ich mich fühle, Blessuren über Blessuren. Clara versteht Dinge genauso, wie ich. Wie zerbrechlich das Leben ist. Wie gläsern alles ist, was uns beschützt. Jeder Schmerz ein plötzlicher Riss in der Windschutzscheibe. Frisst an unserer Illusion der Sicherheit.

»Welche Schläge haben dazu geführt?«, frage ich und fahre mit dem Finger über die Kante einer anderen Zeichnung.

Clara hebt ein Holzbrett auf, an dem ein aktuell in Arbeit befindliches Bild befestigt ist. Sie wiegt den Kopf herum, um das Porträt aus verschiedenen Winkeln zu betrachten.

Sie sagt: »Manchmal kann ich nur daran denken, dass es niemals das perfekte Ebenbild von dem sein wird, das ich im Kopf habe.« Sie quetscht Farben auf eine Palette und vermischt sie miteinander. »Egal, das ist, was ich an Kunst liebe, du kannst weder richtig- noch falschliegen Es ist alles Interpretation und Experimentieren und Dazulernen, verstehst du? Niemand kann behaupten, jemandes Kunst sei schlecht.«

Clara hat meine Frage nicht beantwortet, fällt mir auf. Sie platziert sich vor dem Brett mit dem halb fertigen Bild, das Papier festgespannt. Noch ein Porträt, noch in Arbeit. Auf der Haut sind weiße, kahle Stellen, die Haare sind nur Silhouette. Sie reckt die Hand, den Pinsel voll mit tiefem Violett und sticht ihn in die flache, leere Wange ihres Zwillings auf Papier.

Ich überlege, es voranzutreiben, versuchen herauszufinden, was darunter liegt. Aber das hat sie nicht mit mir gemacht. Und Clara ist schlau, sie weiß, dass Reden hilft. Sie kennt mich nur einfach nicht.

»Ich wünschte, ich wäre gut in so etwas«, sage ich.

»Du warst gut in der neunten Klasse.« Clara hört auf zu malen. »Du warst großartig beim Linolschnitt und darin, aus Blöcken zu schnitzen. Ich konnte das nie.«

»Ach ja?« Ich lache. »War ich das? Wer erinnert sich daran?«

Clara konzentriert sich wieder auf das Malen. Errötet ein bisschen. »Alles gut wegen des Autos, du hättest nicht herkommen müssen.«

Der dunkle Fleck auf dem Porträt, an dem sie arbeitet, wächst unter ihrem Pinsel und überdeckt die leeren Flächen. Ich bin davon fasziniert, wie sie wischt und tupft, die Hände stetig in Bewegung.

Ein Tag genüg nicht, um von all den Schicksalsschlägen zu erfahren, die Clara Hart geformt haben.

Ich erinnere mich daran, wie ich sie in diesem Raum an einem identischen Tag habe weinen sehen. Jetzt weint sie nicht, und ich verpasse damit meine Gelegenheit, für sie da zu sein, nützlich zu sein. Aber wenn ich genau darüber nachdenke, war der Tag nicht identisch: Ich habe sie wegen des Autos angemault, wahrscheinlich zu hart, und dann hat Anthony sie in der Cafeteria angebrüllt. Ich spüre einen positiven Stich. Vielleicht habe ich meine Chance doch nicht verpasst. Ich hab mich diesmal besser verhalten, war für Clara da. Das muss doch etwas zählen.

Ich komme zu Philosophie, gehe rein und sehe mich nach möglichem Publikum um, aber es sind nur Barnes und ich und Reihe auf Reihe von hässlichen orangen Schreibtischen. An der Tafel sticht bereits »Nietzsche und die Lebensbejahung« hervor. Er steht gebückt, die Glatze leuchtet mich an, bis ich die Tür zufallen lasse und er mich bemerkt. Eine freie Hand fährt über seinen Schädel, als er mich begrüßt.

Ich springe direkt ins tiefe Ende des Beckens, mache mir nicht einmal die Mühe zu behaupten, es sei hypothetisch, denn wer würde schon etwas anderes erwarten?

Als ich fertig bin, sagt Barnes: »Also, James, von einer nietzscheanischen Perspektive sollte man befähigt sein, sich vorzustellen, zwangsweise einen Tag immer und immer wieder zu erleben. Sich vorzustellen, ihn unendliche wieder zu erleben und immer noch glücklich mit den eigenen Entscheidungen zu sein. Das ist das Endziel. *Amor Fati,* die Liebe zum eigenen Schicksal, sich keine Veränderung zu wünschen. Als Nietzsche die Lebensbejahung als Möglichkeit des Begrüßens der ewigen Wiederkunft definierte, wusste er, dass dies ein sehr anspruchsvolles Ideal sein würde –«

»Okay, klar.« Ich unterbreche ihn, da wir uns in irrelevante Bereiche bewegen. »Aber was ist, wenn man selbst versucht, den Tag in Ordnung zu bringen und es andere Leute sabotieren?«

»James, du gehst am Thema vorbei.«

»Offensichtlich.«

Eine Pause. Ich bin zu weit gegangen, aber dann sagt er: »Es geht um dich – oder nicht *dich*, sondern das Persönliche. Zu leben, als sei die ewige Wiederkunft wahr, würde ein größeres Gewicht auf die Bedeutung unserer Wahlmöglichkeit legen. Deine Handlungen, deine Entscheidungen, dein Leben. In deinem Szenario ginge es nicht darum, alles in Ordnung zu bringen, sondern im Einklang mit dem eigenen Bewusstsein zu sein.«

Eine Leitung wird in meinem Gehirn gelegt und ein Licht geht an. Irgendwo nachdem Barnes sagt *meine Handlungen, meine Entscheidungen, mein Leben* habe ich aufgehört zuzuhören. Er hat den Nagel auf den Kopf getroffen. Mein Leben. Es geht nicht darum, was irgendjemand anderes heute tut. Ich bin derjenige, der den Tag wieder und wieder erlebt. Ich bin der Einzige mit den Erinnerungen, der Einzige, für den wirklich etwas auf dem Spiel steht.

Und es waren meine Handlungen, welche die Wiederholungen bislang in Unordnung gebracht haben. Ich versuchte Clara vom Trinken abzuhalten, ich habe versucht zu kontrollieren, wohin sie ging, war so besessen davon, sie in Sicherheit zu bringen, dass ich mich nicht dafür interessiert hatte, wie sie eigentlich ihren Abend verbringen wollte. Sogar Mia hat mehr getrunken, als ich versuchte mich einzumischen, und hatte am Ende eine schlimmere Nacht. Ich bin der Typ, der alles mit seinen beschissenen Einmischungen ruiniert hat. Also was, wenn nicht? Was, wenn ich Jay und Mia und Worm alle ihre Nacht durchleben lasse und mich einfach auf die einzige Person konzentriere, die mir wichtig ist?

Die Tür öffnet sich. Ryan und Jay kommen herein. Barnes stottert noch etwas anderes heraus, aber ich bin bereits weg. Laufe davon, zu meinem Platz. Anthony setzt sich neben mich. »Wo zum Teufel warst du?« Und ich schüttel den Kopf.

Der Raum füllt sich und Barnes beginnt mit dem Üblichen. Die ewige Wiederholung der ewigen Wiederkunft.

»Was wäre, wenn an irgendeinem Tag oder einer Nacht ein Dämon euch erzählte, dass ihr dieses Leben, das ihr lebt, immer und immer wieder erleben müsst? Es wird nichts Neues geben, nur ewige Wiederholung, alles genau gleich. Sogar dieser Moment gerade.«

»Was würdet ihr sagen? Würde euch dieser Vorschlag mit Freude oder Schrecken füllen? Das ist die Frage von Nietzsches ewiger Wiederkunft.«

Ich höre zu, aber gleichzeitig auch nicht. Ausgestreckt in

meinem Stuhl, Beine nach vorn, Hände hinterm Kopf verschränkt. Ich konzentriere mich auf eine gekrümmte Ecke einer Deckenfliese.

Clara hat gelächelt und sich entschuldigt, nachdem sie mir heute Morgen ins Auto gefahren ist, weil sie vergessen hat, dass ich jemals ein Arschloch war. Sie weiß nicht, wie ich mich zuvor verhalten habe. Sie weiß nicht, dass ich sie einmal angeschrien habe, weil sie mein Auto verbeult hat. Sie weiß nicht, dass ich einmal zuließ, dass sie verletzt wird, weil ich zu sehr mit meinem eigenen Mist beschäftigt war. Jeder bisherige Fehler wurde im Schlaf durchgestrichen, daher bin ich ein brandneuer Spence, einen Tag besser als die letzte Version.

Barnes schreibt ein Zitat auf die Tafel und übersetzt zuvorkommend das typische obskure Gefasel: »Nietzsche argumentierte für eine Herangehensweise an die Moral, die persönliche Verantwortung ermutigte.«

Er macht weiter, aber Barnes verblasst. Alles, woran ich denken kann, ist der eine Gedanke, der mich mit kristallener, glänzender Schärfe anstarrt: Es geht um mich. Kein Fluch, sondern ein Segen. Das Universum hat bemerkt, dass ich unglaublich verkackt hatte, und gab mir eine Möglichkeit, den Tag *richtgzustellen*. Wieder und wieder, bis es passt und bis ich passe. Die passende Art von Mensch, die nicht einmal Clara Hart unvorstellbar fände.

Ich bin der verdammte Schlüssel.

9.2

Die meisten Leute mögen nichts Neues. Sie mögen alte und gemütliche Gleichheit, nur nichts riskieren. Man erkennt es in den Filmen, die großen Universen spucken jedes halbe Jahr Filme voller Charaktere aus, von denen wir wissen, dass sie die Welt retten, der einzige Aufschub zu Remakes und Realverfilmungen unserer Kindheitscartoons ganz getreu Wort für Wort. Die meisten Leute mögen das Vertraute. Sie mögen ihre Leben auf Dauerschleife.

Für gewöhnlich scheue ich den Trend. Ich mag das Andere. Genremix und ein Twist am Ende. Dieser Tag sollte unerträglich sein, da ich versuche, jeden Schritt genau zu kopieren, aber es ist auf komische Art okay. Denn ich weiß endlich, warum ich hier bin, in diesem wiedergekäuten Tag. Zeit, das Universum, irgendeine gesichtslose, nicht bestimmbare Wesenheit hat uns zusammengeworfen, Clara und mich. Und ich bin hier nicht nur, um in Ordnung zu bringen, was am ersten Tag falsch gelaufen ist, sondern um gut zu leben. Ein guter Tag.

Also mache ich alles noch einmal, mit einem Unterschied. Ich mische mich nicht ein, als Jay in der Cafeteria zu Boden geht. Als sein Gesicht gegen den Tisch knallt, sind meine Finger über Kreuz. Ich gehe mit einem Lächeln weg, als seine Nasenlöcher anfangen zu bluten. Armer Jay, ich schätze, das ist nicht dein perfekter Tag.

Ich eile durch die Schule, erfülle jedes meiner Ziele. Und am Ende des Schultags kehre ich zurück zur abgelegenen Ecke auf dem Parkplatz und lehne mich gegen den verbeulten roten Micra, um zu warten.

Sie kommt als eine der Ersten raus. Ich erkenne sie aus der Entfernung – mit den klobigen Schuhen und dem glänzenden Pferdeschwanz. Als sie näher kommt, sieht sie auf den Boden, bis sie in Rufweite ist. »Hast du deine Meinung über den Schadensersatz geändert?«

»Nee, alles gut. Kann kaum erkennen, wo du mir reingefahren bist.« Ich weise mit dem Kinn auf das verbogene Elend an meinem Auto. »Hast du von Jays gebrochener Nase gehört?«

»Ich stand tatsächlich direkt in der Gefahrenzone. Das waren die größten Blutspritzer seit ungefähr einer Woche, die ich in der Cafeteria gesehen habe. Ich hoffe, er ist okay.«

»Schätze, er geht heute nicht zu Anthony.«

»Davon geh ich aus.« Clara öffnet ihren Kofferraum. Ich gehe zur Seite, als sie ihre Tasche hineinwirft.

»Ich schätze, er war allerdings der Hauptgrund, warum du kommen wolltest. Er und Genni?«, sage ich und Clara verzieht das Gesicht. »Also gibt's quasi keinen Grund aufzutauchen?«

Clara verschränkt die Arme. »Du gehst hin, oder?«

Mein ganzer Tag, die ganzen Tage laufen alle genau darauf heraus. Wartet darauf, dass ich den richtigen Satz im richtigen Moment sage. Mein Magen rumort. Ich räuspere mich, gefährlich kurz davor, alles zu versauen.

»Nee. Wenn du nicht gehst, geh ich auch nicht«, sage ich. Clara nimmt diese Neuigkeiten mit einem leeren Gesicht auf, welches nichts verrät. »Weil, dann könnten wir vielleicht etwas zusammen unternehmen, dachte ich. Irgendwo hingehen.«

Um richtig aufzutragen, strecke ich meine Hand aus. Und ich hasse das Gefühl, wie sie da hängt. Handfläche ist offen, wartet darauf, von ihr genommen zu werden. Oder auch nicht.

Clara dreht eine Haarsträhne um ihren Finger. »Soll das ein Witz sein?«

»Ist es wirklich nicht. Wollte dich schon länger fragen.«

»Aber wieso?«

»Ich weiß nicht, Hart. Wieso nicht?« Meine Hand zittert und ich dehne die Finger und lasse sie sinken.

Clara lächelt und ihre Stirn runzelt sich und sie fragt: »Irgendwo?«

»Jep.« Mein Gesicht dehnt sich in einem Grinsen. »Irgendwo zurück in die Zeit.«

Sie glättet ihr Haar hinter ein glitzerndes Ohr, zeigt Grübchen und mein Herz hüpft. Ich weiß, dass sie mit mir kommen wird. Und es wird klappen, weil Nietzsche es versprochen hat.

Auch wenn es sich anfühlt, als würde ich alle meine Hoffnungen auf Bees Art von Aberglauben setzen – Horoskope, abnehmende Planeten, der ganze Hokuspokus – das ist alles, was mir bleibt.

9.3

Mein Abend zu Hause ist nicht erholsam ohne Clara. Ich bin damit beschäftigt, mich zu fragen, ob sie sicher ist oder ob das Universum einen neuen und einfallsreichen Weg gefunden hat, um sie außerhalb der Party umzubringen. Das ist allerdings lächerlich. Sie schafft es immer zur Party, also schafft sie es auch zu unserem – was? Unserem gemeinsamen Abend.

Ich schneide eine Zucchini, als Dad das Übliche sagt.

»Ein bisschen Erleichterung, dass diese Woche zu Ende ist, um ehrlich zu sein.«

Dad weiß nicht, wie sehr wir wirklich festhängen, aber wenn es eine Person in diesem ewigen Freitag gibt, die sich genauso wie ich ein Ende wünscht, ist er es.

Ich fasse das Messer fester. »Allerdings, ich bin fertig mit dieser Woche. Fertig mit diesem Tag.«

Wir essen und endlich einmal, fühlen wir uns gut zusammen. Immer noch eine Familie, auch ohne das fehlende Stück. Es ist tatsächlich Jammerschade, sein verlockendes Angebot einer Filmnacht auszuschlagen, aber ich muss wohin. Ein Mädchen treffen. Einen Tag lösen.

Auch wenn sich diese Lösung wie die einfachste anfühlt, sind meine Hände ganz kalt, als ich ins Auto steige.

Ich bin total nervös, als ich sie abhole. Aber mein Fahrstil ist geschmeidig und sicher. Clara nörgelt auf dem Beifahrersitz und es entspannt mich, dass sie mit mir redet und nichts einfordert. Es beruhigt. Als ich von der Straße auf den Kiesweg einbiege, lässt sie die Hand, die andauernd mit ihren Haaren spielt, fallen und sagt: »Tatsächlich in der Zeit zurück.«

»Wohin auch sonst?«

Die Autoreifen mahlen im Schotter, als ich unter einem Baum halte und den Motor ausmache.

Da sind wir. Der Himmel über der Stadt ist ein oranger Nebel, aber hier draußen schimmern einzelne Sterne auf dem Grau. Raus aus dem Auto und ich nehme ihre Hand, treten in einen Bereich, der ruhig, leer und einfach ist, das Gegenteil von jeder lärmenden, überfüllten Variante dieses Abends. Ich führe Clara hinter die Bäume, in die Schwärze.

»Gott, ich war hier schon seit Jahren nicht mehr.« Sie kichert, als wir uns auf dem Gras im Mondlicht den bröckelnden, efeubewachsenen Ruinen nähern. Im Grunde genommen sind wir für die Burg ein gutes Jahr zu alt, aber es ist nostalgisch, nicht wahr? Und wo hätte ich mit ihr sonst hingehen sollen – nach Hause, um mit Dad einen Film zu schauen? Nein danke. Wir ducken uns unter dem steinernen Torbogen und erschrecken ein paar aus den unteren Jahrgängen mit ihrer billigen Flasche Cider.

Clara wendet sich mit gespielt ernstem Mund und ganz erschreckt mir zu und wir beschleunigen ein bisschen. Wir blicken über die Mauer auf der anderen Seite und finden einen freien Platz abseits von dem Trubel. Weg von allen. Nur ich und Clara. Der sicherste Ort, an dem sie sein könnte.

Ich streife meinen Hoody ab, lege ihn auf das feuchte Gras und lade sie ein, sich hinzusetzen. Ein Regenschirm zwischen uns zur Sicherheit. Mein Handy, an einen losen Ziegel gelehnt, taucht unsere Gesichter in schwaches Schwarz und Weiß. Hinter einem Saum aus dunklen Baumwipfeln blickt man auf die Autobahn, fernes Rumpeln von Autos und Aufblitzen von Gelb und Rot.

»Ist das komisch?«, frage ich. »Wärst du lieber bei der Party?«

»Oh nein.« Sie beäugt meine Tasche. »Hast du billiges Bier mitgebracht? Denn kein richtiger Abend bei der Burg ist vollständig ohne –«

Sie imitiert einen Trommelwirbel, als ich den Rucksack öffne und eine Flasche Limonade und saure Süßigkeiten heraushole. »Ich fahre«, sage ich. »Außerdem versuche ich den Alkohol zu reduzieren.«

»Na, dann ist es perfekt so.« Sie zieht die Knie an ihre Brust und bettet ihr Kinn darauf, wendet ihren Kopf zu mir. Ich fummle an der Süßigkeitenverpackung herum. Clara erzählt mir eine Geschichte, wie sie einmal mit Genni hierherkam und sie ein paar Studenten davon überzeugten, dass sie eine französische Austauschschülerin sei.

Ich erzähle von einem Mal, als Worm seinen Hintern gezeigt hat und wünschte mir, ich hätte angenehmere Geschichten zur Auswahl.

Nach einer Weile werden all die Geräusche hinter uns – die lachenden Jugendlichen auf der anderen Seite der Mauer – ruhiger und ich frage mich, ob sie abziehen und uns allein lassen. Und mir dämmert, dass ich ein Mädchen nachts zu einem einsamen Feld geführt habe. Nicht nur das, ich bin allein mit Clara; die ganze Nacht an einem dunklen Ort. Keine störenden Hintergrundgeräusche oder Partygäste. Und mein Kleine-Jungen-Schwarm vor vielen Jahren, bevor ich überhaupt jemals richtig ein Mädchen geküsst hatte, ist plötzlich nichts mehr, was ich abgelegt habe. Es scheint mir, dass er Stück für Stück mit den letzten Versionen dieses Tages zurückkehrte. Und nun beginnt mein Herz zu pochen und die Worte in meinem Kopf verschwimmen durch das Gefühl von ihrem Körper an meinem Arm.

»Hast du dir jemals gewünscht, einen Tag noch einmal neu anfangen zu können?«, frage ich. »Das wünschen sich Leute doch, oder?«

Clara zieht eine Augenbraue hoch. »Es läuft nicht so schlimm, Spence.«

Ich lache und fahre mit der Hand über meine Haare. »Nee, okay. Aber wirklich, schon einmal drüber nachgedacht, was du tun würdest, wenn du in einem Tag gefangen wärst? Heute. Wieder und wieder?«

»Wie zum Beispiel morgens nicht in James Spencers Auto reinzufahren? So etwas?«
»Für den Anfang.«
Clara rollt selbstironisch die Augen. »Abgesehen von diesem automobilen Missgeschick denke ich, ich habs tatsächlich ganz gut gemacht.«
»Was, wenn du hundert Anläufe hättest und einen großen Fehler begangen hättest?« Ich rutsche ein bisschen im Gras herum, ein bisschen näher. Die Temperatur fällt ab und ich hoffe, ihr ist nicht kalt. »Oder wenn du irgendwas total Verrücktes machen wolltest? Ohne Konsequenzen.« Das klingt auf einmal alles sehr eindringlich also ergänze ich: »Jemanden küssen? Jemanden töten?«
»Was für eine Frage draußen in einer dunklen, kalten Nacht. Hast du mich deswegen hierhergebracht? Um mich umzubringen?«
Interessante Antwortauswahl.
Clara sagt: »Hmm, ich glaube, ich verzichte auf das Töten. Selbst wenn man den Tag nicht behalten muss, würde man sich erinnern, also gäbe es immer Konsequenzen.«
»Stimmt.«
Sie hat recht. Auch wenn alle Tage komplett verknotet sind, hängen sie an mir wie Ketten. Acht Claras in meinem Gewissen. Abgebrochene Zeitlinien mit unterschiedlichen Versionen von Spence in ihnen. Mein Versagen führt dazu, dass sie dafür bezahlt. Acht Versionen von heute, an denen mein Fehlschlag damit endet, dass Clara das Leben genommen wird, einem Anruf bei ihren Eltern, ihre Familie, die versucht, sich an deren letzte Worte an sie zu erinnern. Meine Konsequenzen sind die Echos all dieser Tage, die mich verfolgen.

Aber jetzt gerade möchte ich keinen neuen Anlauf von diesem Tag. Ich stelle mir einen anderen Tag vor, anderes Licht, gleiche Szenerie, aber Sommertemperaturen und ein schönes Mädchen, das vorbeiläuft.

»Dieser Ort ist ...« Ich beginne. »Erinnerst du dich ...« Und dann höre ich auf. Es ist bescheuert.

»Erinnere mich an was?«

»Ich hab dich sozusagen ...« Ich reibe meinen Nacken, fühle ihn erröten. »Hab dich hier nach 'nem Date gefragt.« Mein Lachen klingt so falsch und so beschissen, ich wünschte beinahe, der Tag würde hier und jetzt neu starten und mir das Elend ersparen, uns beide mit Verlegenheit umzubringen.

»Hast mich hart abgewiesen. Brutal, Hart, absolut brutal.«

Clara schaut verwirrt. »Das ist nicht passiert.«

»Ha. Mmh, okay.«

»Nein, daran würde ich mich definitiv erinnern, Spence.«

»Das ist eine Ewigkeit her. Scheiße, ich wünschte, ich hätte nicht.«

»Du hast mich hier einmal verarscht«, bietet sie an. »Ich war hier mit Genni und du mit deinen Freunden und du hast quasi ... rumgebrüllt.«

Meine Sicht wird schwächer, während ich mein Hirn zermartere. Sie hat mich hier abgewiesen. Es war mir peinlich. Habe ich rumgebrüllt? Daran erinnere ich mich nicht. Ich erinnere mich nur daran, wie sie mit Genni vorbeilief, die Sonne auf ihren Haaren und ihr Gesicht in Abscheu verzogen.

»Kann ich mir nicht vorstellen.« Und dann das gnadenlose Aufziehen von Anthony und Worm.

»Wow, davon redest du also, ja? Das war so ›Hart, komm her.‹« Clara versucht, mich mit dem letzten Satz zu imitieren, und es gelingt ihr nicht besonders gut. Dazu gibt es noch mehr nervöses Gelächter.

»Ja gut. Aber du bist nicht hergekommen?«

»Ich dachte, du wolltest nur herumalbern.«

»Nee.«

»Wusste ich nicht.«

Gott, ich wünschte, der Boden würde mich einfach verschlucken. »Ich nahm an, du dachtest, du wärst zu gut für mich.«

Ihre Stirn runzelt sich. »Das denke ich nicht. Warum sollte ich das denken?«

Stille setzt ein.

Dieses eine Mal wiederholt sich, ein Song, zu dem ich den Text nicht kenne. Clara wirkt sehr sicher und ihre Version des Geschehens klingt plausibel. Natürlich habe ich es vergeigt, ohne es überhaupt zu bemerken. Gut gemacht, Spene, weder einmal die Zeichen falsch gelesen. Ich hätte aufstehen sollen und sie vernünftig fragen. Hätte das am Ergebnis etwas geändert? Hätte sie mich dann ernst genommen? Aber richtig zu fragen hätte Mut bedeutet, also natürlich stand das außer Frage.

»Also warum hast du mich hierhergebracht?«, fragt Clara leise. »Wenn du mich nicht zur perfekten Stelle für ein flaches Grab geführt hast.«

»Oh ja, großartige Stelle für ein kleines Verbrechen. Denn es gibt niemals Zeugen in den Büschen bei der Burg.« Ich deute mit dem Kopf in die Richtung, wo das Gras zum Wald führt. »Da drüben entstehen wahrscheinlich gerade zwanzig Kinder.«

Claras Lippen pressen sich zusammen und sie zeigt das Grübchen.

Oh Mist.

»Nicht, dass das der Grund dafür ist, dass wir hier sind«, füge ich hastig hinzu. »Nur ... du redest nie in der Schule. Bleibst immer ziemlich für dich allein. Dachte, es wäre gut, sich ... zu unterhalten.«

»Du lässt mich so kühl und distanziert klingen.«

»Bist du das nicht?«

Sie lächelt ihre Hände an. Ich stupse sie leicht. Sie stupst zurück. Im Mondlicht leuchten ihre blassen Arme beinahe und ihre ganze Haut ist vor Kälte gekräuselt.

Sie hebt den Kopf wieder. »Ich glaube nicht, dass ich so interessant bin.« Ihre Lippen pressen sich zusammen und das Lächeln wird kleiner.

Ich komme mit dem Druck nicht klar. Die Art, wie ihre Augen in meine und dann wieder wegsehen. Und wieder. Ihr Mund zittert leicht. Ich hab Angst – verdammt viel Angst – zucke mit den Schultern oder lache und vertrödele auch diesen Moment, so wie immer. Vergeude jede Gelegenheit darauf, echt zu sein. Halte meinen Kopf, mein ganzes Leben dümpelt auf der Oberfläche, zu viel Angst, den Kopf unterzutauchen. Ich hole tief Luft.

Ich sage: »Das stimmt nicht.«

»Nein?«

»Nee. Du bist ... es steckt einiges in dir.«

»Die Leute mögen mich allerdings nicht, stimmt's? Also in der Schule.« Ihr Mund verzieht sich und sie schaut auf ihre Knie und ich bin froh, dass ihre Frage rhetorisch ist, denn die Wahrheit tut weh. Clara sagt: »Ich weiß nicht, warum. Ich glaube nicht, dass ich schlimmer bin als irgendjemand anderes.« Sie sieht zum Himmel, ihre Augen glänzen.

Sie ist wundervoll. Sie ist so viel besser als alle anderen. Und ich wünschte, ich hätte Clara dieses ganze endlose Jahr gekannt. Kann mir nur vorstellen, über welche Dinge wir geredet hätten mit mehr als nur einem Tag Zeit dafür.

»Ich hab keine Ahnung von anderen Leuten«, sage ich. »Aber ich mag dich.« Meine Stimme klingt rau.

»Du kennst mich nicht.« Dieses Mädchen macht es mir echt nicht leicht.

»Was ich kenne, mag ich.«

»Okay.«

Sie stupst mich wieder und es wird zu einem Anlehnen. Mein Arm legt sich um sie. Sie sieht mich an. Ihr Atem wird still.

»Gut. Dann hätten wir das geklärt«, murmle ich und schaue weg.

Wir lehnen zusammen im Dunkeln und reden. Wir schlängeln uns hin und zurück zwischen ernsthaft und albern und mit Clara fühlt es sich genau gleich an. Jedes Wort kommt aus mir heraus wie mit der Sicherheit von fünf Bieren im Kopf, obwohl ich komplett nüchtern bin. Wir reden über unerschöpfliche kulturelle Themen – Musik, Filme, Fernsehen. Wir reden über die Schule – Lehrer, Freunde, Pläne. Wir reden über die Vergangenheit.

Ich wusste gar nicht, dass es mir so leicht fallen kann, mich mit jemandem einfach so zu unterhalten. Ob es die Dunkelheit ist, durch die es sich anfühlt, wie die Worte in die Leere zu werfen, oder dass sie sich morgen vielleicht nicht daran erinnern kann oder einfach Clara selbst. Wenn ich rede, denke ich nicht zweimal darüber nach, was ich sage. Ich verliere komplett die Balance und alles und gar nichts sprudelt heraus. Ich rede zu viel. Aber nichts, was ich sage, bringt sie auf die falsche Art zum Lachen.

Wir machen weiter, bis es Zeit wird zu gehen. Eine Sache des Überlebens. Es wird richtig kühl und wir geben schließlich auf, als Clara sagt: »Ich habe keine Füße mehr. Da sind nur Eisblöcke, wo sie einmal waren.«

Wir laufen zurück durch die Ruinen, wo die cidertrinkenden Jugendlichen längst verschwunden sind. Es ist beinahe Mitternacht und mein Handy ist bei 13 %, besiegt im Kampf um Licht und Empfang. Beim Auto kommt es zurück ins Leben, wiederbelebt von einem bisschen Empfang und einer erschlagenden Menge aus Mitteilungen. Sie reihen sich auf meinem Bildschirm auf und ich wische sie alle weg.

Ich öffne den Kofferraum und stelle Clara mein Inventar vor. Warnweste, Erste-Hilfe-Set, eine Fackel, welche sehr praktisch gewesen wäre, hätte ich mich an ihre Existenz erinnert, und natürlich Decken.

Mum hat das Auto für Pannen in Mörderstädten ausgerüstet, es auf biblische Fluten, Schneestürme und andere unwahrscheinlichen Naturkatastrophen vorbereitet. Ich bezweifle, dass Mum dachte, das könnte einmal praktisch sein, um die ganze Nacht mit einem Mädchen draußen zu verbringen.

Ich werfe die Decke über Claras Schultern und meine Hände hängen nutzlos herum, als warteten sie auf eine Einladung. Eine von ihren Händen zieht die Decke zu und ihre Finger streifen meinen Knöchel.

Meine Hände wandern zurück in meine Taschen. Wir gehen zum Auto. Als der Motor startet, springt das Radio an und spielt irgendeinen lustigen Popsong, der überhaupt nicht zu der Stimmung passt, die mir vorschwebt. Aber als ich mein

Handy öffne, um nach Musik zu suchen, sagt Clara: »Wir müssen nicht zwangsläufig nach Hause gehen, weißt du? Wir könnten bleiben –«

Aber ich bin verloren. Diese Mitteilungen auf meinem Handy.

Ich überfliege die Nachrichten, hoch und runter, als würde ich hoffen, dass die Ordnung sich verändert. Wünschte, die letzten paar Sätze würden einfach weggehen.

Claras Stimme wird ausblendet durch das Rauschen in meinen Ohren.

Ich starre sie an. Nehme sie ganz wahr. Ihre Augen etwas zu weit auseinander, ihre kleine, spitze Nase, seidenes Haar, das nicht hinter ihren glitzernden Ohren bleiben will. Sie ist so schön. So normal. So nett, sogar wenn sie sich über mich lustig macht. Und wenn ich neun Tage in die Vergangenheit zurückgehen würde, hätte ich gesagt, dass sie oberflächlich betrachtet nichts Besonderes ist, damals als ich nur die Oberfläche kannte. Warum hat Anthony sie ausgesucht?

Es gibt keinen Grund. Und wenn es keinen Grund gibt, hätte es jede sein können.

Ich schaue noch einmal auf die letzte Nachricht.

Anthony: Etwas ist passiert. Ruf an.

9.4

Das Tempolimit hält uns auf, die Straßen doppelt so lang wie zuvor. Die Nacht drückt sich gegen die Strahlen der Scheinwerfer. Mein Gesicht ist angespannt vor Sorge.

Clara sitzt neben mir. So hübsch. So normal. Sie ist wie

Cornflakes mit Milch, das Beste, seit es geschnittenes Brot gibt. Und wenn ich alles vergessen habe, was ich über sie weiß, jeder falsche Songtext und jede sarkastische Antwort, Selbstironie und Ernsthaftigkeit, wäre ich wieder auf dem Startfeld und würde mich fragen, warum sich der Tag um dieses Mädchen dreht.

Anthony kennt Clara nicht. Sie war einfach nur ein Mädchen. Irgendein Mädchen. Sie hatte Pech, weil es jede treffen konnte. Und das ist, was ich vergessen hatte, als ich sie von der Party fernhielt.

Auf der letzten Geraden kommen mir zwei Taxis entgegen. Ein drittes steht bereits in Anthonys Auffahrt.

Die Party ist ganz falsch. Die Musik ist aus, Menschen stehen in engen Grüppchen vor dem Haus. Keiner sagt Hallo. Keine beweglichen Glieder mehr, nur schmale Lippen. Irgendwer, vielleicht Lana, lehnt an einer Wand und weint zusammen mit Shaun. Diese ganzen bekannten Gesichter wirken fremd.

Mittendrn – zwischen den fallen gelassenen Bechern, einem Schuh, einem Mantel – sitzt Mia gegen die Wand gekauert, Arme fest um ihre Knie gefaltet. Ich bin beruhigt, sie zu sehen, zu meiner Verwunderung. Irgendwie, tief in mir, dachte ich, dass ich sie im Stich gelassen hätte. Aber Mia sieht normaler aus als bei den letzten Malen. Tränenverschmiert, aber stabil. Sie blickt mit rotgeränderten Augen auf.

»Was für eine Nacht«, sagt sie abwesend.

»Was ist passiert?«, fragt Clara. »Spence sagt, jemand wurde verletzt.«

Drüben im Wohnzimmer sehe ich Worm, der auf dem Sofatisch sitzt, in eine miefige Rauchwolke gehüllt. Er klemmt den Joint in eine Seite des Mundes und hebt einen schlaksigen Arm. Ich kann keine Energie aufbringen, um zurückzuwinken, und während ich zuschaue, lehnt er sich zurück, bis er flach auf dem Glas liegt, sein Kopf baumelt über der Kante des Tisches. Er sollte nicht drinnen rauchen. Der Geruch vereinigt sich mit Deodorant, Alkohol, Füßen.

»Wer ist es?«, frage ich Mia.

»Bee«, sagt sie schniefend.

Clara murmelt schockiert hinter vor den Mund gehaltener Hand. Ich sollte von nichts mehr überrascht sein, aber diese Neuigkeit ist ein Schlag in die Kehle. Die Welt kippt.

»Sie ...« Ich nehme einen tiefen Atemzug. »Sie wurde von einem Auto angefahren?«

»Was?« Mias Gesicht verzieht sich aus Verwirrung. »Sie ist die Treppe runtergefallen. Sie ist ins Krankenhaus gefahren. Anthony auch.«

Die Treppen, richtig. Die Treppen, das Auto, der Whirlpool, das Schlafzimmer, die Drogen, der Junge, das Mädchen. Clara oder Bee oder irgendjemand.

»Wie ist sie gestürzt?«

Mia hebt ihre Schulter und es ist auch egal, denn ich weiß es, oder? Clara nicht da; Anthony gelangweilt. Kein Spence, der für Ablenkung sorgt. Beer Pong und Streit. Vielleicht hat er sie in den Whirlpool geworfen oder vielleicht bat er auch um eine Unterhaltung. Vielleicht war sie betrunken oder vielleicht auch nicht. Vielleicht war es auch überhaupt keine Absicht von Anthony oder vielleicht schon.

Wenn es nicht Bee passiert wäre, dann vielleicht einem anderen Mädchen. Wenn ich es alles dem Zufall überließe, gäbe es vielleicht immer noch die Möglichkeit, dass Anthony es nicht wieder tut.

Ich weiß nicht mehr, wo ich mich im Universum befinde. Vielleicht gab es keinen Schlüssel, nur irgendeinen Dämon, ausgeschickt, um die Schrauben in meinem Verstand zu lockern. Keine Lösung und kein Weg, es aufzuhalten. Eine ewige Bestrafung für die miesen Entscheidungen, die mich hierhergeführt haben. Nur, dass Bee und Clara für meine Fehler büßen müssen.

Clara stellt eine Frage. Mia schüttelt den Kopf. »Ihr Arm sah ziemlich kaputt aus und sie hat sich den Kopf gestoßen, aber sie hat geredet. Ich kann nicht ...« Mia legt ihren Kopf in ihre Hand und die letzten Worte kommen gedämpft.

»Können wir dich nach Hause fahren?«, bietet Clara an. Und trotz allem ist das ganz nett, weil – anscheinend –heißt es jetzt »wir«?

Clara sitzt still neben mir. Mia alleine auf dem Rücksitz. Irgendwo auf dem Weg zwischen Anthonys Zuhause und ihrem fängt Mia an zu weinen. Im Rückspiegel kann ich ihren Kopf versunken zwischen ihren Knien sehen. Clara greift durch den Spalt, murmelt Bekräftigendes und reibt Mias Knie. Ich habe eine kurze Eingebung von einem anderen Spence, der im Taxi fährt, tief versunken in Ablehnung und Selbsthass, in der zweiten Version dieses Tages, der sich an etwas erinnert, wovor er weggelaufen ist.

Dieser verdammte Tag.

Vor Mias Haus fällt sie förmlich aus der Tür mit einem »Danke«.

Ich rolle das Fenster runter und frage: »Kommst du alleine klar?«

Unter der Straßenlaterne wirken ihre Augen anklagend.

»Ich hasse diese Partys einfach«, sagt sie. »Sie enden immer furchtbar.«

Und sie biegt in Richtung des Hauses ab, hebt eine Hand zum letzten Gruß.

Ich halte den Wagen vor Claras Haus an und stelle den Motor ab. Fühlt sich an wie tausend Jahre, seitdem ich Clara hier abgeholt habe. Ihre Hände liegen in ihrem Schoß, Finger spielen miteinander.

»Denkst du, dass Mia klarkommt?«, fragt Clara. »Sie könnte einen Schock haben oder so.«

»Hoffentlich sind ihre Eltern da. Oder ihre Schwester.«

Clara nickt langsam. »Danke, dass du mich heimgefahren hast.« Als hätte die Möglichkeit bestanden, dass ich das nicht tun würde.

»Danke, dass du gekommen bist.« Meine Fäuste klammern sich ums Lenkrad. »Kaum zu glauben, diese Nacht.«

»Um auf deine Frage zurückzukommen, ob ich diesen Tag noch mal durchleben könnte, gäbe es jetzt Dinge, die ich ändern würde.« Clara dreht eine dunkle Haarsträhne um ihren Finger. »Arme Bee.«

»Mmh«, sage ich. »Ich bin mir nicht sicher, ob ich etwas ändern wollen würde.«

Clara runzelt die Stirn. »Wir könnten das alles jedoch noch einmal machen.«

»Wäre nie dasselbe.« Meine Stimme klingt zu verbittert. Claras Stirnrunzeln wird tiefer. Es stimmt allerdings. Es wäre niemals dasselbe. Es ist jedes Mal anders, wenn ich von vorne beginne, Kleinigkeiten, die alles verändern. Und jeder einzelne Tag hinterlässt mich mit neuen Geheimnissen, die ich vor Clara verbergen muss. Das ist nicht fair.

»Magst du ... magst du mich wirklich?«, fragt Clara. »Du tust nicht ... einfach so? Oder spielst mit mir?«

Ein paar Momente Stille. Meine Worte klingen, als zwängten sie sich aus einer zugedrückten Kehle. »Ich mag dich. Natürlich tu ich das. Schon seit du mir ins Auto reingefahren bist.«

»Das ist nicht sehr lang.«

»Das ist es.« Ich kann sie nicht ansehen. Sie ist nun an der Reihe. Ich möchte, dass sie etwas sagt. Irgendwas. Ich will, dass sie mich auch mag. Ich möchte, dass sie denkt, dass ich etwas wert bin und diesen ganzen endlosen Tag lebenswert mache.

Clara atmet kurz durch. »Ich mochte dich schon immer. Ich schätze, du weißt das.«

»Woher sollte ich das wissen?«

»Simmt, du ... warst nicht gerade immer der Netteste.«

»Simmt. Tut mir leid.«

Ich sehe sie an und sie sieht zurück, die Augen glänzen. Irgendetwas muss geschehen. Ich strecke die Arme aus und sie lehnt sich an mich. Meine Arme legen sich um ihre Schultern und sie fühlt sich kleiner an, als ich es mir vorgestellt hatte. Weich und warm und zitternd in meinem zugigen Auto. Die Handbremse drückt in meine Hüfte und meine Nase gräbt sich in ihr Haar und sie riecht frisch und sauber. Nach nichts Bestimmtem. Mädchengeruch. Clara.

Sie zieht sich zurück und ihre Haare gleiten durch meine Finger und sie wartet ein paar Zentimeter vor mir. Nase an Nase. Atem an Atem. Ihre Augen funkeln.

Ich küsse sie. Ich muss.

Meine Lippen treffen auf ihre, ganz kurz. Und als ich zurückziehe schließt sie wieder zu mir auf und für eine Sekunde lang ist das neu und komisch und zu lang her, seitdem das zuletzt passierte. Aber sie küsst mich. Meine Augen sind weit offen und ihr Gesicht ist dort. Lange dunkle Wimpern und perfekte Haut.

»Ist das okay?«, murmle ich und sie nickt.

Und dann schließen sich meine Augen und meine Finger spielen in ihrem Haar. Unsere Münder finden zueinander und es ist ganz einfach. Ich verliere die Zeit mit ihren Lippen auf meinen und ihren Händen, die fest zudrücken. Ich verliere alles. Es ist nur noch ihr Körper und mein Körper. Ganz eng beieinander. Wir verschwinden in der Dunkelheit.

Ich lasse los. Ich fahre mit dem Daumen über die Sommersprosse und dort, wo das Grübchen sich verbirgt. Ich möchte sie die ganze Nacht küssen. Ihr alles sagen.

Ich sage: »Bitte bleib bei mir.«

9.5

Die Ziegel der Burg sind kalt und feucht. Sie scheinen direkt durch mein Fleisch in die Knochen zu stoßen und das ist in Ordnung. Ich brauche jetzt das Unbequeme. Es ist früher Morgen, aber die Nacht klebt noch an ihm. Ich lasse nicht zu, dass sich jetzt wieder alles ändert. Ich weiß, was ich tun muss. Wach bleiben. Auf die Sonne warten. Nicht zulassen, dass der Tag sich umdreht. Also lasse ich die Ziegel in mich stechen und hoffe, dass das genügt.

Clara kommt nicht auf meine Verlustliste. Diese Leute, die ich aus verschiedenen Gründen auf verschiedene Arten verloren habe – Mum, Anthony, Bee – all dieser Schmerz taumelt zusammen und ich halte sie fest, die Geister halten mich wach. So geht das Leben, das ist die ewige Wiederkunft: versuchen, das Herz aufzubringen, Menschen weiterhin zu lieben, auch wenn sie dich verlassen, einer nach dem anderen, wieder und wieder.

Nicht Clara.

Ich lege die Decke um Clara und ziehe sie auf meinen Schoß. Ich glätte ihr Haar und berühre die Haut auf ihrem Ohr zwischen Silbersteckern und Ringen und sie murmelt: »Wenn ich dich heute Nacht ansabbere, musst du versprechen, es süß zu finden und nicht ekelhaft.«

Ein Lächeln kommt über meinen Mund. Ich möchte Clara wachhalten und ihr von all den Dingen erzählen, die sie jedes Mal, wenn der Tag gelöscht wurde, verpasst hat. Ich möchte ihr von Mum und Dad erzählen und von Anthony und dafür sorgen, dass sie mich wieder versteht. Ich werde es ihr morgen auf jeden Fall erzählen. Wenn der neue Tag kommt. Sobald die Sonne beginnt aufzugehen, wecke ich sie auf und wir werden reden. Sie wird sich erinnern. Sie wird es verstehen. Wir sind gleich, sie und ich. Wir wissen. Und ich behalte diesen Tag. Bee ist am Leben. Verletzt, aber am Leben.

»Du bist bezaubernd«, verspreche ich. Und ich glaube, das ist das Letzte, was sie hört, bevor sie einschläft. Ihr Atem wird ausgedehnt und langsam.

Jetzt muss ich mich gegen die Nacht wehren. Die Müdigkeit bekämpfen und festhalten.

Und ich möchte heute so gerne behalten. Die schönste Nacht. Und ich habe Hoffnung, weil der Regen niemals kam, nicht heute. Es war besser.

Ich möchte Clara behalten.
Meine Augen zucken wieder auf.
Es ist egoistisch, aber ...
Bleib wach,
Spence
Wach

DAS ZEHNTE MAL

10.1

Auf.

Wach auf!

Ich schrecke aus dem Schlaf auf, gerade genug Gehirn, um die Hand auf die Hupe zu hauen. Sie schreit in den Tag, der Lärm füllt das ganze Auto, den ganzen Parkplatz. Meine freie Hand bewegt den Spiegel, um ein rotes Auto direkt dahinter zu erspähen. Ich lasse die Hupe los und es dauert einen Moment, bis meine Ohren die Stille wahrnehmen.

Freitag. Schule. Natürlich.

Claras Wagen parkt. Ich drücke die Handwurzeln gegen meine Augen und unterdrücke einen Schrei. Sie ist weg. Sie ist zurück. Aber immerhin ist sie mir nicht reingefahren. Ich öffne die Tür und steige aus, um zu warten. Enttäuscht und euphorisch.

Noch ein verdammter Freitag, japp, aber noch ein weiterer Tag mit Clara und ohne Blechschaden. Vielleicht wird dieser Tag der beste von allen.

»Ich konnte dich sehen, weißt du? Ich bin nicht blind«, sagt Clara, die Hände beim Schließen über die Tür. Ich hab ihr Angst gemacht. Habe sie mit der Hupe erschreckt.

»Du wärst mir fast reingefahren.«

»Bei drei Kilometern pro Stunde und einem Fahrmanöver, das ich schon hundert Mal gemacht habe?«

»Gestern ist das passiert«, sage ich, was ganz klar nicht stimmt, deswegen deute ich auf ihr Auto und seine vielen Blessuren.

»Verzeihung?« Sie hält zwei Finger hoch und zählt ab. »Erstens: ich wäre dir nicht reingefahren! Und zweitens, hat nicht jeder reiche Mamis und Papis, die ihnen Autos kaufen.«

»Hör mal, ich wollte dich nicht –«

Aber sie schnellt mit der anderen Hand nach oben, um mich aufzuhalten. »Keine Sorge. Nichts passiert.«

»Nein, aber du warst –«

»Du weißt, dass du zu spät zur ersten Stunde kommst?« Sie öffnet ihre Autotür und lehnt sich rein, um ihre Sachen rauszuholen.

Ich folge ihr. »Aber ich –«

»Spence, kleiner Tipp? Du solltest vielleicht in einen Spiegel schauen vor dem Unterricht.«

»Brutal«, sage ich angegriffen und sie hört auf.

Clara seufzt noch einmal kurz und scharf. Sie presst ihre Hand auf ihr Herz, als schlüge es so fest wie meines. »Tut mir leid, aber du hast beinahe einen Unfall verursacht, weißt du? Und du – siehst ... unfit aus.«

Ich nicke. Besorgt, das ich, wenn ich den Mund noch einmal öffne, schreie und nicht wieder aufhöre. Genau ins Gesicht dieser wütenden Fremden.

»Wir sind absolut zu spät.« Ihr Lächeln für mich berührt nicht einmal ihr Grübchen. Sie schlägt ihre Tür zu und ihre Knie hüpfen wie verzweifelt, um endlich von mir loszukommen. Ihr Blick geht in Richtung Schule.

Es ist alles falsch. Sie sprudelt keine Entschuldigungen heraus, weil sie mir nicht reingeknallt ist. Hier bin ich, bin wieder albern und ein Schwein ohne Beweise für das Gegenteil, habe nichts zu geben. Ich versuche mich zu erinnern, wie es letztes Mal war, versuche etwas zu beschleunigen.

»Ich wollte nicht unhöflich sein. Aber hör mal, wegen der Party später –«

»Ich werde kommen. Ich brauche keine Einladung, nicht wahr?« Sie sieht mich noch einmal bemitleidenswert an und läuft los, ohne eine Antwort.

Als ich rüber in die Turnhalle wanke, um mich für den Tag bereit zu machen, muss ich Clara in meinen Hinterkopf verbannen. In mir wächst ein schlimmer Verdacht. Einzelheiten dieses Tages, die ich übersehen oder immerhin nicht genug darüber nachgedacht habe. Und diese Nachlässigkeit kostete mich meinen perfekten Tag mit Clara.

Clara, mit der ich so beschäftigt war. Clara, die nicht der Schlüssel ist.

Ich hocke mich in der Cafeteria neben die Jungs, werfe meine Tasche auf den Boden. Anthony und Worm machen ihre Witze und ich grunze und nicke und lache halbwegs in den Pausen. Ich erzähle ihnen von Mums Jahrestag. Ich bettle Anthony noch einmal an, keine verdammte Party zu feiern und er lehnt es ab, die Nacht steht weiterhin fest.

»Es ist meine Mum. Weißt du, was das bedeutet?«

Worm sieht zu seinen Zehen und Anthony sagt: »Morgen kannst du vorbeikommen für Fifa und Pizza. Wie wäre das? Du wirst doch sowieso bei deinem Vater sein wollen. Ich bin sicher, du hast Pläne.«

Und ich bin es leid, wie unpassend das Angebot ist und wie machtlos ich bin, ihn jetzt aufzuhalten. Es ist alles geplant, sagt er. Alles läuft bereits.

»Lach doch mal, Mia!«, brüllt Anthony.

Ich drehe mich um und sehe hin.

Ich habe Mia bislang kaum beachtet. Nie darüber nachgedacht, wie ihre Füße sich ein kleines bisschen schneller bewegen, nachdem er brüllt, und wie sie über ihre Schulter blickt. Sie lacht nicht. Mia drückt die Nummern auf dem Automaten, geht dann schnell um die Ecke. Sie blickt noch einmal über die Schulter und unsere Blicke treffen sich.

Diese Partys enden immer schrecklich.

Und ich denke daran, wie Clara sagte, dass mit Mia letzte Nacht etwas nicht stimmte. Sie stand unter Schock.

Und an Mia im Badezimmer. Und Mia, die zu viel trinkt. Und Mia einst so fröhlich und jetzt, nicht.

Mia.

»Sie ist keine beschissenen drei Sterne«, sage ich zu Anthony. »Das ist niemand.«

»Was würdest du ihr denn geben? Aber denk dran, dass meine Meinung mehr zählt, weil ich genaueste Kenntnisse habe.«

»Hast du das?«

Er grinst. »Alte Geschichten, okay?«

Aber dann springen seine Pupillen hin und her, als erinnerte er sich an etwas. Ein Knick in seinem Mund, als würde er sich an einen kleinen Fehler erinnern. Vielleicht der Grund, warum er mir von vornherein nie von Mia erzählt hatte. Vielleicht hat er sich gefragt, ob er das jemals rauslassen sollte. Nee, Anthony, nee.

Etwas in mir dreht sich einmal im Kreis und rastet dann ein. Ich stehe auf. Werfe mir die Tasche um.

»Wohin gehst du jetzt?«, ruft Anthony mir hinterher.

Ich verlasse die Cafeteria und warte. Die Vorhalle ist leer bis auf einen gelangweilten Rezeptionisten. Er nimmt seine Brille ab, gähnt. Über ihm zeigt eine dunkelblaue Uhr auf übertriebene Weise jede Sekunde an.

Hinter mir höre ich: »Party bei mir. Bring deine Schwester mit.«

Mia kommt heraus, geht an mir vorbei, Füße klatschen auf graue Fliesen, Hände schieben ein Snickers in eine Baumwolltasche, Appetit offensichtlich verloren.

»Hey«, sage ich. »Können wir uns unterhalten?«

»Ich wollte gerade …« Sie zeigt den leeren Korridor entlang. Ihre Augen sind groß. Ihre Unterlippe zieht sich zusammen. »Warum fragst du, was willst du?«

»Können wir rausgehen?«

Hinter seinem Schreibtisch drückt der Rezeptionist auf einen Knopf am Kopiergerät und es blitzt lebendig. Die Uhr tickt einen halben Weg herum.

10.2

Wir verlassen die Schule, gehen aus dem Tor raus und in die Straßen gesäumt von roten Ziegelhäusern. Ich frage sie nach Schulfächern, als wäre ich ein entfremdeter Verwandter, und sie murmelt Antworten, die sie eindeutig nicht geben möchte. Eine Frau mit einem Baby läuft vorbei und beäugt uns, fragt sich, was für Rabauken schon aus der Schule kommen, bevor sie richtig angefangen hat. Wir gehen zu der Grünfläche mit dem kleinen Ententeich, an dem Mia sich auf die kleine Mauer setzen kann und ich stehe, Hände in den Taschen, frage mich selbst, wie zur Hölle ich diese Frage stellen soll. Ich sollte das nicht fragen, so viel weiß ich. Ich kenne Mia kaum, egal in welcher Version des Tages.

»Bin ein bisschen besorgt«, erkläre ich ihr.

»Wegen mir?« Die Worte sind kaum zu verstehen, sie kommen so leise.

»Wegen Anthony. Oder wie er, du weißt schon, Mädchen behandelt.« Ich reibe meine Augenbraue mit dem Finger, spüre Schweiß aus meinen Achselhöhlen kommen, die Hitze meinen Rücken hinaufwandern. Meine Lungen fühlen sich eng an. Die Luft, die rein- und rauskommt, ist keine große Hilfe unter dem Druck. »Er hat Zeug gesagt, Nachrichten geschickt ... da sind ein paar Sachen passiert, die mich etwas ... ja, besorgt machen.«

»Worauf willst du hinaus, Spence?« Ihre Lippen verschwinden.

»Nur ... was ist mit ihm passiert? Und dir?«

Mia zögert, die Spitzen ihrer Locken zittern im Wind.

»Das geht dich nichts an.« Und sie steht auf. Sie beginnt von mir wegzulaufen.

Ich sollte sie ziehen lassen, ich weiß. Sie schuldet mir nichts. Es geht mich nichts an. Und ich habe eine Ahnung davon verstanden, wie schwierig es sein wird, mir zu erzählen, was ich wissen will.

Ich erhebe die Stimme und sage zu ihrem Rücken: »Nein. Ich wollte nur sagen ... du weißt schon, es war nicht deine Schuld –«

Mia macht ein gluckerndes Geräusch, könnte ein Lachen sein, aber es liegt keine Freude darin. Sie hält an, Hände auf ihre Seiten gestemmt. Sie schüttelt langsam den Kopf.

»Hab herausgefunden, dass er es manchmal etwas zu weit mit Mädchen treibt.« Ich warte. Mia bewegt sich nicht. »Ich dachte vielleicht –«

»Was weißt du denn schon?«

»Mia, ich –«

»Glaubst du, ich will darüber reden?«, fragt Mia schnell, dreht sich dann wieder um. »Denn das will ich nicht. Mir geht's gut.«

»Aber –«

»Mir geht's gut«, sagt sie zum Boden. »Wirklich«.

Klar. Mit »gut« kenne ich mich aus.

Ich möchte sagen, dass sie mir nichts vormachen sollte. Ich will sagen, dass ich weiß, was er getan hat, und dass er es mit Absicht gemacht hat. Will ihr sagen, dass er es heute Abend wieder tun wird. Aber wie kann ich ihr das alles aufbürden? Es ist nicht ihre Schuld; es ist nicht ihre Aufgabe, ihn aufzuhalten oder mir zu helfen.

Ich sage: »Okay, klar. Tut mir leid«.

Ihr Körper sackt zusammen. Wir gehen denselben Weg zurück. Mia ist ein paar Schritte vor mir, läuft schneller, als mir lieb ist. Ich halte die Panik im Griff. Wenn ich ihr Angst mache, verliere ich sie.

Als wir beinahe beim Schultor sind, sage ich: »Du sollst nur wissen, dass ich auf deiner Seite sein werde, falls du jemals deine Meinung änderst. Das hätte ich schon längst sein sollen.« Mia blickt mich fragend an und ich schüttle den Kopf. »Ich muss etwas in Ordnung bringen.«

»Vielleicht ist es nicht deine Aufgabe, das in Ordnung zu bringen. Gott, was denkst du, wer du bist – ein weißer Ritter in beschissener Schuluniform?« Sie starrt mich an. »Ich bin nicht derjenige, der irgendwas falsch gemacht hat, Spence.«
»Ja, das weiß ich.«
»Ich sollte das niemandem erzählen müssen.«
»Ja, das weiß ich.«
Wir gehen in Stille noch ein paar Schritte. Ich sage: »Aber mach das nicht allein mit dir aus, okay? Das ist nicht gut für dich. Auch wenn du einfach nur, keine Ahnung, sitzen willst oder so. Ich bin ... na ja ... da.«
Sie nickt. Ich lege die Hand auf meine Stirn, ziehe die Haut glatt und lasse los.
Und wir werden zurück in der Schule sein und dann getrennter Wege und dann wird Mia zurück in ihrem Leben sein mit diesem Ding, das ihr passiert ist, und außer Reichweite. Ich verliere sie und verliere diesen Moment und meine Chance, etwas Echtes zu sagen. Am Ende zählt nur eine Sache richtig. Vielleicht muss ich es jeden Tag für den Rest meines Lebens sagen, falls dieser Tag weiter und weiter geht, und das werde ich verdammt noch mal auch machen. Ich lasse es in einem Rutsch heraus, in der Hoffnung, es verheddert sich nicht auf dem Weg nach draußen.
»Die Sache ist, Mia, ich glaube dir. Ok? Das ist alles.«
Mias Mundwinkel senken sich und sie muss mit sich kämpfen. Ihre Augen funkeln. »Das brauchst du mir nicht zu erzählen.« Aber sie wird wieder langsamer. Sie wird langsamer und hält an.

Wir reden für eine lange Zeit danach. Bis nach der zweiten

Stunde. Es braucht ein paar Fehlstarts. Ein bisschen Small Talk vor dem großen Thema. Aber dann fängt Mia an zu reden.

»Das war vor beinahe einem Jahr. Es war der nächste Morgen, als ich aufgewacht bin – es war ein Samstag.« Mia sagt: »Ich war mir erst nicht sicher, dass es Anthony war.« Sie schiebt ihre Unterlippe unter ihre Zähne und schließt die Augen.

»Hat er dir was ins Glas getan?«

»Nein. Ich hatte einfach zu viel getrunken. Denke ich.«

»Das ist ja egal. Leute machen das andauernd. Man sollte in Sicherheit sein mit ... quasi jedem.«

»Als ich montags in die Schule kam, war er da, machte mir gegenüber Witze. Sprach über das, woran ich mich kaum erinnern konnte, und ich fühlte mich so schlecht, ich konnte kaum aufstehen, während er so tat, als sei es eine unglaublich lustige Geschichte. Als hätte er nicht bemerkt, dass ich beinahe ohnmächtig war.

»Ich bin aus der Schule raus. Bin nach Hause gegangen und habe mich in die Dusche gesetzt, bis das Wasser kalt wurde.«

Mia erzählt mir, wie verbittert sie versucht hat, über das Ganze hinwegzukommen und zu vergessen. Keine Scherereien machen.

Wir sitzen auf der Ziegelmauer und sie legt ihre Arme fest um sich selbst und ich frage, ob sie eine Umarmung möchte. Sie möchte nicht. Natürlich will sie verdammt noch mal keine. Wir sitzen eine Ewigkeit so da. Mias Geschichte kommt in einzelnen Tröpfchen heraus.

»Ich wollte mich wieder normal fühlen, also tat ich so, als wäre ich es. Ich ging zu ein paar Partys, dann ein paar mehr und dann dachte ich mir, keiner wird mir noch glauben. Nicht wenn sie mich auf Partys gesehen hatten – sogar seinen Partys, Gott, denn ich wollte heute Abend eigentlich hingehen, Spence. Ich weiß nicht, warum. Und alle werden sagen, dass ich gelogen habe. Also hab ich weiter etwas vorgespielt, weiter getrunken. Und ich dachte, wenn ich nur genug vorspiele ...

Ich fühlte mich die ganze Zeit schlecht. Ängstlich die ganze Zeit, aber ich musste etwas vorspielen. Wenn ich das nicht ...«

Ich nicke. Ja, Mia kam vom Sommer total abgemagert zurück, daran erinnere ich mich. Anthony hat dann ihre Sternewertung nach unten korrigiert.

»Ich konnte es nicht einmal Bee sagen, als sie angefangen hat, mit ihm auszugehen. So eine schlechte Freundin bin ich.«

»Nein.« Ihre Augen blitzen zu mir, als würden sie nach Zweifel suchen. Oder Urteil. Sie wird das nicht finden, aber ich hoffe, dass sie meine Schuld nicht sieht.

»Man wird sagen, dass es meine Schuld war. Dass ich zu viel getrunken habe.«

»Nein.« Aber wir beide wissen, dass das nicht stimmt. Das ist, was die Leute sagen werden. Ignorante Bastarde.

Die ganze Zeit, während ich Mia zuhöre, macht sich ein Gedanke breit wie ein Stein im Schuh, unmöglich zu ignorieren; wäre ich einer von diesen Leuten gewesen? Ich möchte natürlich glauben, dass ich vor neun Freitagen Mia genauso geglaubt haben könnte. Dass ich Wahrheit in ihren Augen gesehen hätte und mich gegen meinen ältesten Freund gewandt. Aber nee, ich gehe davon aus, dass man das dem alten Spence nicht zutrauen sollte. Der hat nicht richtig hingesehen. Hat ihn auch nicht interessiert. Vielleicht hätte er gedacht, es wäre keine wirkliche Vergewaltigung, nur weil sie betrunken war oder wenn sie doch mit ihm gegangen ist. Er hätte gesagt, Anthony hat nicht gemerkt, dass er einen Fehler begangen hat. Aber man kann das merken.

Ich habe zugehört, wie Anthony ihr jeden Morgen hinterhergebrüllt hat. »Lach doch mal, Mia.« Jesus. Hat ihm das besonders viel Spaß gemacht?

Sie sagt: »Ich wollte es ja jemandem erzählen. Ich hatte darüber nachgedacht, ihn anzuzeigen. Ich habe es aufgeschrieben und weggeworfen.«

Mias dunkle Augen sind gerötet, verquollen, aber sie sind auch stählern. Und die Haare auf ihren Armen stehen auf, weil ich weiß, was sie als Nächstes sagen wird. Sie wird es tun.

Ich kann nichts machen, um heute in Ordnung zu bringen – ich habe zu spät damit begonnen. Dieser Tag war schon kaputt, bevor er begann. Anthony hat ihn mit seinem Übergriff auf Mia kaputt gemacht.

Immerhin kann ich das tun, was ich schon für Clara beim ersten Mal hätte tun sollen. Die Wahrheit sagen, und ihr glauben. Das ist so einfach im Vergleich zu dem, was Mia tun wird.

10.3

Es ist 17.30 und ich bin am Ende. Nerven auf Messers Schneide. Warten.

Der Couchtisch bei Anthony ist voll mit Snacks und da liegt noch ein Controller für Worm. Anthony tritt mir auf einem Pixelfußballfeld rauf und runter in den Arsch, aber das interessiert mich nicht. Ich bin nicht wirklich dabei. Ich warte.

Meine Unruhe ist wie heftig verkatert. Das Tag-danach-Gefühl, sich an jede kleine Peinlichkeit der Vornacht zu erinnern, zusammenzucken mit der Kraft der Retrospektive, während die Chemikalien im Körper Amok laufen. Du wachst auf und erinnerst dich: Ich habe getanzt, wie peinlich; ich habe gekotzt und nicht sauber gemacht, ups; ich habe zu diesem Mädchen einen blöden Spruch gesagt, Jesus. Nur dass heute das Gefühl noch schneller eintritt. Keine Zeit, darüber zu schlafen und die Handlungen zu bewerten, die mich hierhergeführt haben.

Ich habe meinen ältesten Freund fertiggemacht, ups.

Meine Hand rutscht über den Controller, mein Körper stinkt und ich bin sicher, dass Anthony einfach durch mich durchsehen kann. Muss wissen, in was für einem Zustand ich bin und sich fragen, warum. Ein Muskel zuckt in meinem Augenwinkel.

Anthony sagt: »Du bist mehr als eingeladen zu bleiben. Ein paar Drinks nehmen, ein paar Spiele spielen. Vielleicht würde dir eine Party helfen, ein bisschen zu vergessen.«

»Vergessen, dass Mum tot ist?«

»Nein.« Er sieht mich von der Seite an. »Das meinte ich nicht.«

»Ja, gut, eher nicht.«

Ich rutsche auf dem Sofa weiter weg. Meine Hose fühlt sich zu eng an. Wie viel länger muss ich hier sein?

»Was schätzt du, wann Worm sich uns anschließt?«, fragt Anthony.

»Morgen.«

Anthony lacht. Er ist noch nicht für die Party umgezogen. Seine Hemdknöpfe sind oben am Hals geöffnet, Krawatte abgenommen. Er hält mir ein Bier hin und ich nehme es, die Dose ist kühl in meinen heißen Handflächen. Ich nehme einen Schluck, so entspannt, wie ich eben vorspielen kann.

Die Zeit tickt weiter und Anthony macht das nächste Match klar und die nächste Gelegenheit ist fast vorbei. Wenn ich nicht nachfrage, erhalte ich niemals Klarheit.

Also sage ich: »Als du das über Mia vorhin gesagt hast ...«

»Ja?«

»Habt ihr beiden jemals ... du weißt schon?«

»Was denkst du denn?« Er lehnt sich zurück und runzelt die Stirn. »Ach komm, schau mich nicht so an. In einem Sturm taugt jeder Hafen, Kumpel. Sie sieht nicht übel aus.«

»Sag das nicht, sie ist nett.«

»Ach ja? Ich denke, du könntest da später bei der Party ran –«

»Nee, sie ist eine Freundin, ich will das nicht.«

»Was ist dann los?«

Ich kneife die Bierflasche zwischen zwei Finger und fahre über die braune Kerbe über dem Etikett. »Wollte sie es?«

»Was?«

»Du hast mich schon verstanden.« Aber meine Stimme wird leiser. »Wollte sie es definitiv? Manchmal ist es ... schwer zu sagen, wenn man nicht richtig zuhört. Wenn du ... ihr keinen Raum gibst. Wenn du einfach nur vermutest.«

»Als würdest du davon irgendwas verstehen.« Anthony legt seinen Ellbogen auf die Sofalehne.

»Hast du sie gefragt?«

Er sieht mir in die Augen. »Bist du sicher, dass du andeuten möchtest, was du da gerade andeutest?«

Ich nicke. »Schau mal, wenn du einen Fehler gemacht hast, sag's mir. Jeder macht Fehler, Anthony. Jeder.«

Er nimmt einen Schluck von seinem Getränk, der Mund immer noch verkniffen. Still presse ich meine Lippen zusammen und starre meinen Freund an. Ich versuche ihn mit allem in mir zu beeinflussen. Bitte. Die Wahrheit. Bitte.

Anthony schüttelt den Kopf. Er lacht, und als er sich wieder zu mir wendet, ist das Lächeln in seinem Gesicht sicher und klar.

»Spence, ich nehme dir das jetzt mal nicht übel, weil es ein beschissener Tag ist für dich.« Er haut mir eine bunte Postkarte ins Gesicht und sagt: »Jetzt halt die Schnauze mit Mia und schau dir diese beiden Clowns an.«

Ich sehe auf die Postkarte in meinen Händen. »Wir vermissen dich.«

Es ist nicht viel später, als es klingelt.

»Als wäre Worm einmal früh dran«, sagt Anthony, springt auf zur Tür. Ich bin müde vor Angst. Gelähmt, denn es ist nicht Worm, der vor der Tür steht. Es passiert.

Es läuft so ab: Zwei von ihnen kommen rein, beide in Blau. Sagen ihm, was Sache ist. Dass sie Fragen an ihn haben. Das Klingeln in meinen Ohren blendet sie aus.

Es fühlt sich wie ein Witz an; einer von denen macht gleich die Musik an und beginnt sich auszuziehen.

Es fühlt sich überhaupt nicht wie ein Witz an; das kann unmöglich echt sein.

Anthonys Gesicht steht offen. Sieht mich an, als wollte er etwas. Auch nachdem, was ich gesagt habe, auch wenn die Wahrheit rauskommen wird, sehe ich unschuldig aus.

Und auch wenn ich wusste, dass es passieren würde – Mia hat mir schließlich eine Nachricht geschickt – hatte ich es nicht erwartet. So ist das Leben. Du kannst dir die Schläge nicht vorstellen, bis sie dich mal treffen.

Ich hatte nicht erwartet, dass er so zerbrechlich aussehen würde.

»Spence«, sagt er. Ich nicke, stimme etwas Unausgesprochenem zu, dem ich nie nachkommen werde.

»Alles wird gut werden.« Es klingt nicht wie eine Lüge.

»Du wartest auf Worm?«

»Klar.«

Nur ein paar Fragen, aber sie nehmen ihn mit. Die Tür schließt sich und ich bin allein im Haus. Das Licht draußen wird langsam schmutzig.

Ich kann mich lange Zeit nicht bewegen. Als ich es tue, hole ich mein Handy raus und wiege es in der Hand. Ich schicke es an alle, von denen ich eine Nummer habe, bitte sie, es weiterzuerzählen. Ich einige mich auf:

Ich: Party ist abgesagt

Ich will für tausend Jahre schlafen, aber ich habe nur einen Tag Zeit dafür. Bevor ich schlafen kann, muss ich eine andere Person treffen.

10.4

Ich gehe direkt von Anthony zu ihrem Haus. Klopfe an die Tür und warte, zittrig, als hätte ich mir Hunderte Kaffee reingekippt. Clara öffnet die Tür, Arme bereits verschränkt. Sie trägt Jeans und einen Pullover, keine Partykleidung jetzt. Ihr Haar liegt lose über einem Auge und sie blickt mich misstrauisch von darunter an, während ich ein paar Lügen erfinde, warum ich hier in der Gegend und vor ihrer Türschwelle bin. Im Hintergrund Geräusche einer Fernsehsendung und ich frage mich, wer da ist – ein Elternteil, ihr Bruder und ob sie gerade zuhören und sich fragen, wer dieser Idiot dort auf der Treppe ist. Die Gehwegplatte unter mir wackelt und nimmt mir das Gleichgewicht.

»Also Worm hat dir gesagt, wo ich lebe«, sagt sie. »Aber woher wusste er es?«

»Äh ... Worm treibt sich überall rum, weißt du. Er hat eine Zeit lang die Zeitung ausgetragen.« Nicht meine beste Lüge, aber dieser Tag hat mein Gehirn als Erstes ausgespült. »Wie auch immer, du sagtest, du wolltest mich bei der Party treffen.«

»Hab ich das?«

»Die Party ist abgesagt.«

»Davon hab ich gehört.«

»Alles klar. Ich dachte, vielleicht hättest du es nicht mitbekommen.«

»Und anstatt mir wie ein normaler Mensch eine Nachricht zu schreiben, bist du den ganzen Weg hierhergekommen. Warum? Mich wieder als schlechte Fahrerin anklagen?«

»Nee. Sorry wegen vorhin.«

Sie hebt die Schulter. Kein Lächeln. Kein Grübchen.

Dieses Mädchen sagte, dass sie mich mag. Jedenfalls genug, um in mein Auto zu steigen. Aber auch wenn ich weiß, dass sie mich nicht so sehr verachtet, wie es scheint, lässt mich dieser Empfang frösteln. Ich fühle mich auch wie ein kompletter Idiot in meinem Schulblazer. Ich wünschte, ich hätte Zeit gehabt, mich umzuziehen.

»Willst du vielleicht etwas anderes machen statt der Party?«, frage ich. »Mit mir.«

»Ich glaube nicht –«

»Schau mal, was hast du denn sonst vor?«

»Verzeihung?« Ihre Brauen verengen sich. »Warum willst du das überhaupt?«

Die Wahrheit ist unmöglich. Wahrheit ist, wir hatten drei tolle Tage miteinander und sie kann sich nicht an einen davon erinnern. Die Wahrheit ist, ich mochte sie mit jedem Tag noch mehr. Und ich weiß, dass sie mich auch mag, jedenfalls ein bisschen, und dass es mir schon reichen würde, wenn sie ihr Schutzschild etwas senken würde. Kann ihr nicht erzählen, dass eine andere Clara in meinen Armen eingeschlafen ist, denn diese hier wartet.

»Ich will mit dir rumhängen, Hart. Ist das so seltsam?«

Sie rollt mit den Augen, aber ein Lächeln huscht über ihre Lippen. »Ja.«

»Lust auf einen Spaziergang?«

»Es ist kalt und ich glaube, es wird regnen.«

»Kommst du zu einem Spaziergang zu meinem Auto mit? Es ist ein ziemlich schönes Auto. Niemand ist bislang auf dem Schulparkplatz reingefahren. Wenn du mich nicht leiden kannst, kannst du gleich wieder zurückgehen«, sage ich und deute auf den Midget, der ein paar Häuser entfernt steht.

Sie zieht die Unterlippe zwischen die Zähne und ich tänzle herum, als würde ich gehen, was ich auch gleich werde. Natürlich werde ich das. Aber Clara tritt nach draußen, um zum Himmel zu sehen, ruft dann eine Verabschiedung ins Haus. Sie knallt die Tür zu und sagt: »Das ist sehr seltsames Verhalten, James Spencer.«

Clara steigt mit mir ein und ich drehe den Zündschlüssel, damit die Heizung anspringt. Es fühlt sich im Auto besser an, als komisch in der Einfahrt herumzustehen, aber irgendwas passt immer noch nicht. Kann nicht ergründen, was fehlt. Wir plaudern und ich fühle mich ganz wie gestern. Heute. Aber die Luft zwischen uns ist noch von derselben Spannung erfüllt, da es nur bei mir funkt. Sie macht keine Witze oder gerät ins Plaudern.

Ihre Hände spielen mit dem Handy herum, das in ihrem Schoß liegt. Schreibt wahrscheinlich mit Genni. Bekommt wahrscheinlich schlechte Ratschläge.

»Willst du Musik aussuchen?«, frage ich, hole mein Handy raus und reiche es ihr.

Sie scrollt langsam durch meine Musiksammlung. Ich möchte, dass sie den Song aus Bingo Booze auswählt und mir schreckliche Texte vorsingt, also schlage ich die Band vor, versuche nicht zu lächeln, als sie »Sicher« sagt.

Aber der falsche Song ertönt im Auto. Der angespannte, pessimistische Ton von »Heart Shaped Box«. Nichts, wozu man mitsingt, nicht gerade die Stimmung, die ich suche.

Ich frage: »Ist das nicht ein bisschen langsam?«

»Es ist deine Musik. Tut mir leid, wenn du es nicht magst –«

»Das tu ich. Es ist nur ...«

Ich würde sie so gerne singen, reden und lachen hören. Verzehre mich danach, dass sie die Stille ausfüllt wie an den Tagen, als sie mir ins Auto gefahren ist und wir uns im Kunstraum miteinander unterhielten. All das habe ich heute verpasst. Und ich kann mich nicht mehr erinnern, was ich wissen und nicht wissen sollte. Jedes Thema wirkt entweder zu tief oder zu flach.

»Was ist los, Spence?«, fragt sie. »Ist das ein Scherz?«

»Nee. Wollte schon länger mit dir reden.«

»Aber warum?«

»Ich weiß nicht, Hart. Warum nicht?«

»Es muss doch einen Grund geben?«

»Ja, aber, Gott, zwing mich nicht dazu, es zu sagen.« Ich verziehe das Gesicht und Clara zeigt ihr Grübchen. Erleichterung bringt mich zum Lachen. »Wir unterhalten uns nicht oft in der Schule.«

»Ich wusste nicht, dass du zu Unterhaltungen fähig bist.«

Clara sieht auf mein Handy, das immer noch in ihrer Hand liegt. Ihr Grübchen vertieft sich. Sie überspringt den Song und der nächste beginnt.

»Du bist nicht etwa ein Vorspuler?«

»Was soll ich sagen? Ich will eben nicht für ganze vier Minuten in einem Song gefangen sein.«

»Zum Glück sind wir nicht ins Kino gegangen – ein zwei Stunden langer Film würde dich fertigmachen.«

»Ich stehe auf Untertitel ...« Ihre Stimme schweift ab und sie runzelt ihre Stirn in Richtung ihres Schoßes.

»Bist du –«

»Was ist heuteAbend passiert?« Sie ist plötzlich ganz angespannt, drückt sich gegen die Tür.

»Hä? Was meinst –«

»Was zum Teufel noch mal ist das?« Sie hält mein Handy hoch.

Ich muss die Augen zusammenkneifen, um die Worte lesen zu können.

Ryan:	Nein? Als würde irgendjemand Mia vergewaltigen
Ryan:	Das hätte sie wohl gern
Matt:	Deswegen ist es abgesagt? Mädchen. Machen alles kaputt
Worm:	Dann mach sie eben auch kaputt. Lol

Oh Gott. Der Rugby-Gruppenchat. Anthony ist in die Offensive gegangen und die Jungs sind auf seiner Seite.

Narben ziehen sich durch meine Sicht, leuchtend weiß und rosa und schimmelgrün. Mein Herz knallt wieder und wieder von innen gegen meine Brust.

»Nur ein Chat«, würge ich hervor.

»*Chat?* Ist das wirklich passiert? Mia? War das Anthony?«

Ich bewege mich nicht.

»Das ist ja krank«, flüstert sie, scrollt und ich will ihr das Handy wegnehmen. Will sie rausschmeißen. Möchte ihre Augen fest zuhalten. Ich verkrampfe die Hände auf dem Lenkrad.

Sie dreht den Bildschirm zu mir. Noch ein Gruppenchat. Von gestern – erst gestern. Dem richtigen gestern für Clara, aber mehr als eine Woche her für mich.

Worm:	Fuck, kiss, kill, Lana, Sophie, Genni: LOS
Anthony:	Fuck Lana, Kiss Genni, Kill Sophie (und dann auch ficken)
Worm:	lol. Nicht erst f dann k?
Anthony:	bisschen weniger widerstand
Ich:	papiertüte drüber wäre doch humaner oder?
Worm:	kiss lana, kill Sophie, fuck Genni aber sie vorher knebeln
Anthony:	mit deinem schwanz?
Anthony:	wie sagt man auf französisch schlampe saug fester?

Und hinter dem Chat verzieht sich Claras Gesicht in Abscheu.

»Scheiße.« Ich wünschte, ich könnte mich in meinem Sitz auflösen. »Das war ein Witz.«

»Du bist abscheulich.«

»Ich hab das nicht so gemeint.«

»Aber geschrieben hast du es.«

»Sie. Sie haben das geschrieben. Ich war da nicht der Schlimmste.«

»Ist das dein Ernst?« Ich schließe die Augen, damit ich ihren Ausdruck nicht mehr sehen muss. »Das ist so schwach.«

Sie scrollt immer noch. Ich strecke meine Hand aus und sie zuckt weg. Ich drücke meinen Körper fest gegen den Sitz. Mein Kopf dreht sich und ich frage mich, ob Erbrechen einfach alles löst; wenn ich in meine Hände kotze und ihr die Bröckchen zeige, hat sie vielleicht Mitleid und hört auf.

»Wolltest du lustig sein, als du sagtest, du gibst Lana ›vier Sterne, noch nicht ausprobiert, aber der Kumpel, der sie empfohlen hat, sagt, dass sie hervorragend reitet‹?«

»Ja«, sage ich. Nichts klingt lustig in Claras Stimme. Es ist nicht lustig. Es war nie lustig.

»Was ist mit ›Mia ist so hässlich, dass sie doch dankbar für jeden Schwanz im Dunkeln sein muss?«

»Nicht von mir.« Ich bin sicher, dass ich das nicht war. *Bitte nicht ich.*

»Du hast gesagt: ›Der war gut.‹ Und, war der gut?«

»Nein.«

»Wer bist du nur?«, fragt sie.

»Ich hab keine Ahnung. Ich hab keine Ahnung, wer das war.«

Sie scrollt.

»Hör bitte auf.«

Sie scrollt.

Ich falte die Hände und strecke sie aus. Meine Stimme wird leise. »Bitte, Clara, bitte hör auf. Ich würde quasi auf die Knie gehen und betteln. Ernsthaft, alles. Ich bin nicht mehr so ein Typ.« Ich bin ein Wort vom Weinen entfernt. Sie hört nicht auf.

Und dann tut sie es. Und sie sieht mich mit einem Ausdruck an, den ich am liebsten abwaschen will.

»Ich suche jetzt nach meinem Namen. Wenn es etwas gibt, was du mir sagen willst, bevor ich das mache, solltest du das jetzt tun.«

Ihr Name?

Mein Griff um das Lenkrad wird fester. Ich kann es ihr nicht sagen, weil ich mich nicht erinnere. Ich weiß es nicht mehr. Ich weiß, dass ich jetzt besser bin als in diesem Chat, eine bessere Version von mir. Und ich vertraue dem nicht, der ich einmal war. Diese Version von Spence könnte alles Mögliche gesagt haben.

Clara sieht nach unten und beginnt zu tippen und meine Hand schnellt los. Meine Finger schließen sich um das Handy und ich zerre es frei. Meine Fingernägel kratzen über ihre Haut.

Als ich gegen die Tür sacke mit dem Handy in den Händen, ist die Erleichterung so groß, dass ich tatsächlich lächeln muss. Atmen. Und dann sehe ich Clara an, deren Augen groß und feucht sind. Sie hält ihre eine Hand.

»Ich schätze, das ist meine Antwort«, sagt sie.

»Nein, hör bitte zu –«

Siesteigt ausund knallt die Tür zu. Sie geht einfach die Straße runter, wechselt auf die andere Seite. Sie hält sich selbst fest. Sie läuft ins Haus. Sie sieht niemals zurück.

Allein suche ich »Clara« und ich finde nichts. Nichts. Ich habe sie vor heute nie erwähnt. Aber ich habe es ruiniert. Ich lasse das Handy fallen, schiebe die Hände hinter den Kopf und greife nach der Nackenstütze, ziehe daran, als wollte ich sie abreißen und meinen Kopf gleich dazu.

Ich warte hier, höre, wie meine Musik durchwechselt, sehe dem Licht beim Verschwinden zu. Schaue auf ihr Haus, aber sie schaut niemals heraus.

Was hat Clara an der Burg gesagt? Konsequenzen. Wir müssen mit uns selbst leben, egal was kommt. Versuch nach Versuch an diesem elenden Tag, aber ich bin am Ende immer ich selbst. Das ist die Tragödie.

Ich bin so müde, dass ich mich betrunken fühle. Kann die Augenlider kaum offen halten, jedoch sobald mein Körper auf die Matratze trifft, kommt es mir wie eine Täuschung vor, denn ich bin hellwach.

Der Tag lief von Anfang an falsch: die erste Kollision, die keine war. Meine Hand auf der Hupe, die den Unfall verhindert. Das habe ich geändert. Folge dem Faden: Kein Unfall bedeutet keine Schuld und kein Mitgefühl von Clara. Ergibt gleich: keine Chance. Wir sind uns auf dem falschen Fuß begegnet, aber morgen mache ich es perfekt. Sie wird mir ins Auto fahren, es wird ihr leidtun und alles wird gut. Vielleicht können wir gemeinsam mit Mia reden, es zusammen regeln.

Ich lasse mein Handy aus. Ich werde sichergehen, dass sie mich nie wieder so ansieht.

Ich drehe mich auf die Seite. Wenn ich die Lider zusammenpresse,, kann ich sie in den Schatten sehen. Wenn ich die Decke halte, stelle ich sie mir auf meinem Schoß vor.

»Was würdest du tun, wenn du diesen Tag wieder und wieder erleben müsstest?«, flüstere ich.

Ich zucke zusammen.

JETZT

1

Ich ziehe die Decke weg und springe auf die Füße. Aus dem Bett, auf den weichen Teppich in meinem Zimmer, nicht in meinem Auto. Mein Körper ist ausgeruht, Pyjama und das Licht, das durch die Fenster kommt, ist gold, nicht grau. Ich reibe eine Hand über die steife, verschlafene Haut in meinem Gesicht und schaue auf mein Handy, auch wenn ich es weiß.

Es ist Samstag. Morgen. Heute.

Warum jetzt? Nach all diesen Freitagen des Schwitzens, Beeinflussens, Zusammenpuzzeln, was hat es am Ende gebracht? Mia ist verletzt, Anthony in Schwierigkeiten, Clara hasst mich. Ich habe nichts in Ordnung gebracht und das ist der Samstag, der jetzt bleibt. Danke Universum, aber wirklich, nein danke.

Ich dusche, heißes Wasser wie Nadelstiche auf meiner Taubheit. Ich steige heraus, ziehe eine Jogginghose und ein sauberes, altes T-Shirt an. Da ist so ein Idiot mit leeren Augen im vernebelten Spiegel. Ich werfe mir ein Handtuch über und reibe mein Gesicht im Dunkeln, bis meine Haut wehtut, einfach nur, um etwas zu fühlen. Irgendwas. Aber ich bekomme nur rote Flecken und bin immer noch leer. In meinem Zimmer nehme ich meine Schultasche und gehe zurück in das Badezimmer.

Ich schraube vorsichtig die kleine Wodkaflasche auf und halte sie, rieche daran, will es, dann kippe ich es ins Waschbecken.

Das Haus kommt zurück zu mir. Die Polizei. Der Blick auf Anthonys Gesicht, als ich ihn nach Mia gefragt habe. Sein Gesicht, als ihn die Polizei mitnahm. Ich will nicht über ihn nachdenken, aber manche Dinge wird man nicht so leicht los. Wusste er tief im Inneren, dass es so kommen würde?

Oder wusste er nicht, was er da getan hat – ist das möglich? Wird er die Wahrheit erzählen? Dieses Unwissen macht meinen Verstand fertig.

Ich sitze auf dem geschlossenen Toilettendecke und lege das Gesicht in meine Hände. Mia redet, das ist jetzt sicher. Die Polizei, die Anthony verhört, das ist auch sicher. Und auch wenn er es verdient hat, tut es weh. Er war mein Freund. Vielleicht nicht immer der Beste. Aber immerhin sieben Jahre.

Unten ist das Haus leer. Ich mache den Wasserkocher an und schaue aus dem Fenster. Die Schuppentür quietscht. Autos, richtig. Mein Vorschlag. Ich mache zwei Kaffee und trage sie nach draußen. Dad kommt hervor, Arme voll, knallt seinen Kopf gegen den niedrigen Türrahmen.

»Schhhhh-eibe«, sagt er. »Das hat deutlich weniger wehgetan, bevor mir die Haare ausgefallen sind.«

»Sag das bloß nicht.« Ich reiche Dad eine Tasse und er stellt seinen Eimer auf den Boden, um sie zu nehmen. »Ich hab deine Gene, nicht wahr?«

»Ich hab da schlechte Neuigkeiten –«

»Nee, ich behalte meine Haare bis achtzig.«

»Was passiert dann?«

»In Vergessenheit geraten.«

»Netter Gedanke.«

Wir trinken unseren Kaffee, füllen unsere Eimer und gehen durch die Garage zur Auffahrt, wo der Midget steht. Dad nimmt zuerst den Schlauch und spritzt den Wagen ab, also trete ich unter das Garagentor, um dem Wasser zu entgehen.

Auf der bloßen Ziegelmauer im Inneren hängen Bilder, die festhielten, wie Mum damals den Midget gekauft hat bis zum Punkt, als wir mit der Arbeit fertig wurden. Da bin ich, bisschen schmaler, kleiner, unordentlich, in meiner Arbeitskleidung und Mum mit einer schmutzigen Wange, einen halben Kopf kleiner, mit einem Arm um meiner Schulter.

Sie strahlt und ich sehe so hilflos aus, als wollte ich die Umarmung nicht. Die wollte ich aber definitiv.

»Deine Mum hat einen Hoffnungslosen geliebt«, sagt Dad.

Und für einen Moment, mit den Augen auf dem Foto und meinen Gedanken darauf, wie enttäuscht sie wäre, glaube ich, er meint mich. Alles bricht auf einmal zusammen. Wie Clara aussah, als sie aus dem Wagen stieg; die hässlichen Dinge, die ich geschrieben habe; die hässlicheren Dinge, die ich getan habe; all die Male vor diesem, als ich es falsch gemacht hatte. Und wie Clara nie wieder mit mir reden wird.

»Gute Arbeit«, sagt Dad, und auch wenn er über seinen blöden Schlauch redet, breche ich zusammen. Mein Mund öffnet sich, aber es kommt nichts heraus. Dad zögert. Läuft zu mir. Er legt überraschend einen Arm um meine Schultern und ich schniefe und laufe aus, als hätte ich ganz vergessen, wie man richtig weint, bekomme ich Tränen in den Mund und schmecke Salz.

Ich drücke meine Finger auf meine Augen.

»Alles ruiniert, Dad. Habe es ruiniert und es ist verdammt noch mal so geblieben.«

»Okay«, sagt Dad.

Ich schüttel den Kopf.

»Erzähl's mir«, sagt er.

Und das tu ich. Ich schnaufe es mit zittrigen Atemzügen raus, verstecke mich in meinen eigenen Händen und schwanke unter dem Gewicht von Dads Arm wie ein Kind. Mia, Anthony, Clara, der Gruppenchat. Dad hört es sich an und alles kommt raus. Eine erstaunlich kurze Geschichte und am Ende muss ich ertragen, wie Dad unangenehme Fragen dazu stellt, dass es mit Mädchen bei mir bisher so lief, und ich bin verdammt froh, dass das auch eine Kurzgeschichte ist. Beschämt ziehe ich mich sofort zurück, sobald die Tränen getrocknet sind, und gehe in die Küche, um mir die Nase zu putzen. Trage kaltes Wasser auf meine geschwollenen Lider auf und erwische meine verzerrte Reflexion im glänzenden Chrom.

Elender Bastard mit roten Augen. Was für ein Loser.

Aber auch wenn meine Augen jucken und mein Mund trocken ist, geht es mir besser.

»Du hast das Richtige getan«, sagt Dad von der Tür aus und fügt dann mit einem schiefen Lächeln hinzu: »Schlussendlich. Und ein paar falsche Dinge, offensichtlich.«

»Ich hab alles versaut.«

»Das ist nicht deine Schuld.«

»Ist es nicht? Wer sonst hätte ihn aufhalten sollen?«

»Du kannst nicht so denken, du kannst nicht ...« Dad kommt rein und schaltet den Wasserkocher an. Lehnt sich gegen den Tresen.

»Kann was nicht?«

Dad scheint die Schärfe in meiner Stimme nicht zu erkennen. »Wir reagieren alle unvorbereitet auf das, was das Leben uns hinwirft. Natürlich begehen wir da Fehler. Wir wissen nicht immer, wie Dinge sich entwickeln werden.«

»Ich hab alles, verdammt, alles falsch gemacht.«

»Du hast Chancen, von denen du zum Zeitpunkt nicht einmal wusstest, dass sie welche waren. Du hast jemandem zu sehr vertraut. Du hast dich schlecht verhalten.« Er nimmt zwei Tassen und gießt Milch in eine. »Fühl dich schuldig deswegen, aber sei auch nachsichtig zu dir selbst, denn du hattest keine Möglichkeit, das mit Anthony zu wissen. Du warst nicht im Zimmer mit ihm. Woher hättest du das wissen können? Du hättest ihn nicht aufhalten können.«

Meine Herz zieht sich zusammen wegen des Vertrauens in Dads Gesicht. Er weiß es nicht. Ich war da. Nicht bei Mia, aber bei Clara. Genau im Zimmer und habe nichts getan. Was, wenn es diesen Tag nur einmal gegeben hätte? Was, wenn ich niemals eine zweite Chance gehabt hätte oder eine dritte oder eine zehnte? Mia wäre allein mit ihrem Geheimnis und ich würde das von Clara tragen. Hätte ich jemals etwas gesagt?

»Hätte es wissen müssen«, sage ich. »Hätte etwas sagen sollen.«

»Ja, aber ...« Dad schüttelt den Kopf und macht eine Pause, nachdem er Kaffee in eine Tasse gelöffelt hat und nach der nächsten greift. »Ich hab so was auch erlebt, James. Ich dachte auch, wenn ich nur ...«

»Mum?«

Dads Gesicht friert ein. »Wenn die Dinge zwischen uns besser gewesen wären. Ich hätte niemals ...«

»Wolltet ihr euch trennen?«

»Nein. Nein.« Er zwinkert. Der Wasserkocher rumpelt in seiner Halterung. »Wirfst du mir das vor? Ist es das, warum du ...?«

»Warum ich ein beschissener Sohn bin?«

»Nein. Du bist ein fabelhafter Sohn – schau mich an –, der beste.

Ich nicke. Die Lüge kann ich wertschätzen, aber die Intensität ist unangenehm.

Er schiebt eine Tasse auf dem Tresen zu mir. Ich nehme seinen liegen gelassenen Teelöffel von der Kante der Spüle und räume ihn in die Spülmaschine.

»Fragst du dich manchmal ...? Manchmal habe ich ...« Er umfasst die Tasse fest mit beiden Händen und trinkt. Seine Brillengläser vernebeln und werden wieder klar. Als er absetzt, beendet er den Satz nicht. Stattdessen sagt er: »Gestern war so viel schwieriger, als ich es mir vorgestellt hatte.«

»Japp.« Dad ist wirklich der Meister der wenigen Worte.

Ruhe kehrt ein und es ist weniger unangenehm. Das ist ein Fortschritt. Auch wenn unsere Pausen länger sind als die Sätze.

»Geht es dir gut?«, fragt Dad.

»Japp.«

»Japp?«

Ich packe noch mehr Geschirr in die Spülmaschine und schalte sie an. Sie rumpelt und pumpt. Die Küche ist wieder sauber, bereit für Dads neues Chaos später. Und ich denke mir, warum auch nicht? Was versuche ich denn zu beweisen?

»Hör mal, ich bin ein Lügner«, sage ich. »Mir geht's nicht gut. Mir geht's schon lange nicht mehr gut.« Da ist ein loser Faden am Saum meines T-Shirts und ein feuchter Fleck auf dem Bein meiner Jeans und ich spüre Dads Augen auf mir.

Gott, ich wünschte, alles wäre gut und ich müsste niemandem mehr irgendwas erzählen.

Ich wünschte, Leute könnten einfach durch mich in mein schlimmes Inneres sehen und mir sagen, was ich wissen muss, damit ich keinen Mist wie diesen fragen muss.

»Wirds mir irgendwann wieder gut gehen?« Als ich das laut frage, wird Dads Gesicht weich und es ist alles so lächerlich, dass ich mir eine reinhauen möchte.

Dads Zeigefinger drückt unter seinen Augen, reibt langsam jedes Lid nacheinander. »Du wirst niemals derselbe sein«, sagt er, nimmt seine Brille ab, um die am T-Shirt zu polieren. »Keiner von uns wird das. Aber es wird dir gut gehen und du wirst daran wachsen.«

Ich nicke. Nicht die bestärkenden, leeren Phrasen, die ich erwartet hatte und das kann ich anerkennen. Aber meine Kehle zieht sich zusammen und ich möchte, dass er jetzt aufhört. Genug mit dem vertraulichen Gespräch.

»Sie wäre entgeistert, wenn sie sehen könnte, wie wir den Garten vernachlässigt haben«, sagt er, sieht aus dem Fenster. Und damit kann ich umgehen.

Dad und ich trinken unseren Kaffee aus und gehen zurück zum Auto, unserer beider Förmlichkeiten sind wieder zurück, nur ein bisschen weicher als zuvor. Dad macht mit dem Schlauch fertig; dann hole ich den seifigen Eimer und reiche ihm frisches Wasser, damit er hinter mir vorbeikann. Teamwork.

»Ich hab geträumt, dass ich den Wagen kaputt gemacht habe«, sage ich Dad. »Kannst du dir das vorstellen?«

»Das wäre nicht das Ende der Welt. Wir würden es reparieren.«

»Nee, es war schlimm. Die Art von Dellen, die man nicht rausbekommt.«

Dad sagt: »Mach dir keine Sorgen. Sei nicht leichtsinnig, natürlich, aber du bist jung und, vertrau mir, Fehler tun mehr weh, je älter man wird.«

»Tut jetzt schon ordentlich weh.«

»Ich weiß. Aber du lebst weiter und lernst und ... na ja, das ist alles, was du machen kannst.«

Er wischt mit dem Handrücken über seine Stirn und hinterlässt einen Streifen Schmutz. Blinzelt in meine Richtung. Er nickt und ich nicke und ich komme mir vor, als würde ich von weit draußen zuschauen, außerhalb meines Körpers, schaue mir diese beiden Idioten an, die sich fragen, was zur Hölle sie nun machen werden.

Alles besser machen, schätze ich.

2

Zwei Wochen nach dem Freitag, der nicht enden wollte. Sonntag kam genau vierundzwanzig Stunden nach Samstag und alle Tage danach wurden pünktlich geliefert. Hervorragender Service.

Statt Morgen für Morgen wegen Clara aufzuwachen, wache ich ohne sie auf. Zwei Wochen nun.

Ich trage sie immer noch mit mir wie eine Blessur.

Immer in dem Bewusstsein, dass sie irgendwo da draußen ist und schlecht von mir denkt. Immer in dem Bewusstsein, dass ich mein Handy nehmen und eine Nachricht schreiben könnte. Ich schreibe und lösche endlos viele Nachrichten, aber es gibt nicht die richtigen Worte, also bleiben die falschen in den Entwürfen.

Aber eine komische Sache ist passiert, ich hab viel über Mia Turner gelernt in letzter Zeit. Großartig, wie schnell man Menschen kennenlernen kann, wenn sie reden und man selbst auch antwortet. Großartig, dass Mia interessant und lustig ist. Also hängen wir miteinander rum.

Natürlich fühle ich mich manchmal schuldig. Mia hat getan, was Menschen nach einem Trauma tun, fühlen sich angezogen von einem unbeteiligten Zuschauer, der dabei war, als es geschah. Sie verwechselt mich mit einem Zeugen, statt eines Komplizen.

Ich bin ein Dreckskerl, wirklich, ihre Gesellschaft anzunehmen. Aber das Ding an Mia ist eben: Sie ist großartig. Man kann ihr gut zuhören, sich gut mit ihr unterhalten, sie ist von der aufmerksamen Sorte. Sie ist in diesem Sinne ein bisschen wie Clara, auch wenn sie überhaupt nicht wie Clara ist. Und es ist doch schön, rede ich mir ein, dass Mia doch auch einen Freund braucht, als würde ich ihr einen Gefallen tun, obwohl ich mir den wirklich selbst tue.

Sie liegt ausgebreitet auf dem Teppichboden meines Zimmers, Papier um sie herum, mein Laptop vor ihr und Dads großer Drucker mit einem Wust aus Kabeln angeschlossen. Mias Schuhe sind aus und die rosa Sohlen ihrer Füße sind in die Luft gereckt. Sie sagt: »Selbst jetzt fühlt es sich an, als sei ich das gewesen. Etwas, was ich getan habe. Meine Schwester sagte, es ist normal, sich so zu fühlen und ich frag mich, wie sie auf so was kommt? Weil sie weiß, dass es meine Schuld ist?« Mia schüttelt ihre Haare aus und rafft sie wieder zusammen.

»Nee, hör zu. Das ist Schwachsinn.« Ich schaue Mia fest in

die Augen. Ihre Mundwinkel sinken, aber sie schaut immer noch. »Diese Nacht hätte auf hundert verschiedene Arten ablaufen können.«

Mia legt ihr Kinn auf den Teppich. Neben ihr rüttelt der Drucker weiter.

»Ich wette, Leute denken, dass ich nur Aufmerksamkeit will.«

»Leute sind enttäuschend.«

Ein A3-Blatt wird schmerzhaft langsam endlich auf den Teppich ausgespuckt und Mia glättet es und legtesauf einen Stapel mit denanderen. Ich drehe meinen Bildschirm und Mia blickt darauf. Nickt.

Schlimm, dass Mias Geschichte immer noch angezweifelt wird. Schlimm, dass Anthony immer noch als freier Mann durch die Straßen laufen kann. Was die Polizei mit Anthony gemacht hat? Stellte sich heraus, das war keine Verhaftung. Eine Befragung, das wars. Allerdings kommt er nicht zurück zur Schule. Er ist suspendiert. Was natürlich einen Dreck bedeutet, wenn wir bald in die Revisionsphase gehen. Zu den Prüfungen wird er zurück sein, denn selbstverständlich darf er seinen Abschluss bloß nicht verpassen. Anthony ist vor dem Gesetz weiterhin unschuldig, aber wer würde sich schon so ins Kreuzfeuer stellen, wie Mia das gemacht hat? Wie viel Beweise mehr wollen sie denn?

Ich sage: »Leute wollen eben für andere nichts riskieren. Wenn eine Lüge einfacher ist als die Wahrheit, wählen sie die.

Mias Mund wird schmal. Das Problem ist, die lügende Person ist Anthony und eine der Idiotinnen, die ihm glaubt, ist Bee. Und auch wenn Bees Verhalten ein Akt der Selbsterhaltung sein muss – keine will das Mädchen sein, das den Vergewaltiger gedatet hat – macht es das nicht einfacher für ihre ehemalige Freundin.

Mia strahlt: »Weißt du, dass ich letzte Woche meinen lila Kickboxgürtel bekommen habe?«

»Willst du Bee in den Hintern treten? Oder mir, einfach so?«, schlage ich vor. »Denke mal, ich werde zusammengeknüllt wie Papier.«

»Definitiv. Ein schneller Schlag in deinen weichen Unterbauch.« Sie ballt ihre Faust und zeigt den kleinsten Bizeps der Welt. »Dein Glück, dass ich Pazifistin bin.«

Noch ein Blatt Papier fällt auf den Boden. Mia schnappt es und dreht es mir zu. Es ist ein Poster. Einfach, sauber. Eine Aufreihung von Nachrichtenkästchen. Ein Screenshot pro Blatt. Die Namen sind geschwärzt, Profilbilder verwischt, aber die Initialen ließ ich so stehen, für diejenigen, die spekulieren wollen. Mit Schimpfwörter ebenfalls geschwärzt, um das Risiko auf der Ärger mit den Lehrern zu begrenzen, wirkt das Poster wie eine düstere Art von Galgenmännchen.

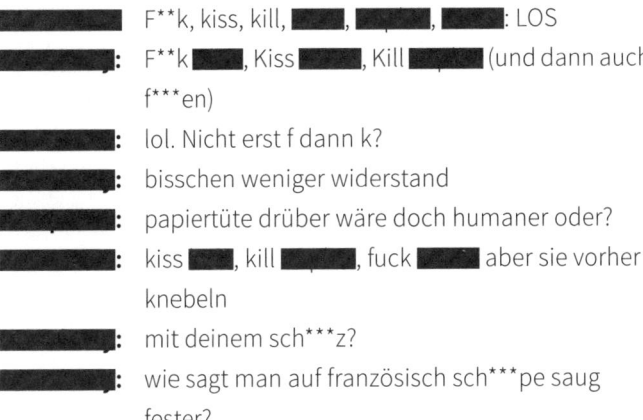

▬▬▬   F**k, kiss, kill, ▬▬, ▬▬▬, ▬▬: LOS
▬▬▬▬: F**k ▬▬, Kiss ▬▬, Kill ▬▬▬ (und dann auch f***en)
▬▬▬▬: lol. Nicht erst f dann k?
▬▬▬▬: bisschen weniger widerstand
▬▬▬▬: papiertüte drüber wäre doch humaner oder?
▬▬▬▬: kiss ▬▬, kill ▬▬▬, fuck ▬▬ aber sie vorher knebeln
▬▬▬▬: mit deinem sch***z?
▬▬▬▬: wie sagt man auf französisch sch***pe saug fester?

Eine andere Auswahl von Nachrichten auf jedem Poster, verschiedene Rugbyjungs, die zu verschiedenen Zeiten dazukommen, aber das Thema ist stets dasselbe. Am unteren Ende in großen schwarzen Buchstaben steht bei allen #shameonus.

Es war Worm – sorry, Gary, aber immer Worm in meinem Kopf –, der mich auf die Idee gebracht hat. Nach der längsten Versammlung unseres Lebens – alle von uns zurück in die Schule gerufen, um Ms Hargrove zuzuhören, wie sie »Zustimmung« erklärt, während wir uns auf den Stühlen hin und her wanden – hatten Worm und ich uns unterhalten. Wir können kaum die Stille füllen momentan. Nichts mehr zu sagen.

Ich bin hart rangegangen. Schließlich war Worm beim ersten Mal mit Anthony auch dabei. Aber Worm sagte, er hätte das nie getan und ich glaubte es ihm. Clara war das erste Mal. Das letzte Mal hoffentlich. Seine Akte ist sauber. Er ist der glücklichste Kerl der Welt und weiß es noch nicht einmal. Sein Schicksal ist das einzige an diesem niemals endenden Tag, was ich allein repariert habe, weil er jetzt Bescheid weiß. Wer so eine Scheiße baut, kommt nicht einfach so damit durch, nicht einmal – niemals.

Und Worm hat mich ebenfalls repariert mit einigen Bemerkungen. Denn wer war ich, ihm Vorträge zu halten? War ich nicht auch in der Gruppe mit allen anderen?

Er hatte recht. Nach Mias ganzem Mut, wo zum Teufel war meiner? Wann wollte ich etwas riskieren? Und warum sollten ich und die ganzen Rugbyjungs so tun können, als wüssten wir nicht, wer Anthony war? Die Beweise lassen sich hier direkt scrollen. Wir wussten es, wir alle wussten es, bevor Mia es laut ausgesprochen hatte. Er hat uns gesagt, wer er ist, und wir dachten, das sei ein Scherz.

Also haben wir verdammt noch mal gelacht.

»Bist du sicher, dass du das tun willst?«

Ich nicke. »Solange es dir damit gut geht? Vielleicht gibt das den Leuten mal ein neues Thema für eine Weile.«

»Ja, ich denke schon. Danke, Spence.«

Wie üblich winde ich mich. Ich murmle: »Dank nicht mir. Du bist diejenige die ...« Ich schneide es ab, weil sie weiß, was sie getan hat.

Sie glättet das Papier. »Da gibt's dieses Dilemma, weißt du? Ich habe gesagt, was er gemacht hat, und jetzt wissen es alle Leute und er muss damit leben, was natürlich mein Ziel war. Aber das bedeutet eben auch, dass Menschen das von mir wissen. Ist das gerecht?«

Ich starre auf den Teppich, wo eines von Mias langen Haaren in Spiralen liegt.

»Bereust du es?«, frage ich. Und ich frage mich, ob es auch mein Fehler war.

Mia winkt ab. »Man fragt mich, was laut mir passieren soll. Ob er angeklagt werden soll und der Fall vors Gericht geht? Ich bin mir nicht sicher. Das ist eine Menge, Spence. Das ist echt eine Menge und das zieht sich wirklich ewig.«

»Japp. Verstehe.«

»Was denkst du, soll ich tun?«

»Deine Entscheidung, schätze ich. Was auch immer für dich richtig ist und dich ...« Ich suche nach dem Wort. Nicht »glücklich«, eher das Wort, damit klarzukommen, dass etwas nie wieder gut sein wird, das Wort dafür, zu wissen, dass der Boden der Welt unter dir gebrochen ist und es nie mehr wieder der Ort sein wird, den du dir wünschst. Unaufhaltsam. In der Schleife.

Wenn ich könnte, würde ich Mia die Entscheidung sofort

abnehmen. Ich würde fünf Jahre zurückgehen oder mehr, alles in Ordnung bringen. Ich würde es zehnmal wiederholen, bis ich innerlich fünfzig Jahre alt bin wie Benjamin Button, zeitkrank und der Welt überdrüssig. Aber keine von Mias Möglichkeiten ist so einfach.

Alles, was ich tun kann, ist sicherzugehen, dass Menschen davon wissen. Und für meinen Teil geradestehen.

»Möglicherweise ... nicht«, sagt Mia. »Ich weiß nicht. Ich bin es leid, darüber nachzudenken.«

»Japp. Ich bin bestimmt eine große Hilfe.« Ich richte mich auf und mein Rücken knackt. Ich muss hier keine James Spencer Mitleidsparty geben.

»Das bist du. Du und meine Schwester, ihr seid die Leute, mit denen ich reden kann. Ihr macht es ... ich weiß nicht ...« Mia verzieht die Nase.

Und ich weiß, dass ich, ganz ehrlich, niemals verstehen kann, wie das für sie ist, egal wie sehr ich es versuche. Sie wird die richtige Unterstützung bekommen, eine Wohltätigkeitsorganisation, irgendwelche Therapeuten, Leute, die wissen, was sie tun.

»Natürlich bist du auch mein liebstes Menschenopfer«, sagt Mia mit einem dünnen Lächeln und streichelt das Papier mit den Fingern.

Mein Handy leuchtet auf. Mia hat mir das Foto geschickt. Ich poste es von dem Konto, das ich erstellt habe, bevor ich überhaupt darüber nachdenken konnte, ob ich mich da nicht lieber raushalten wollte.

@ToxicBoys: Coming soon to St.Peter's High School #shameonuns #toxicboys

»Die scheißen sich ein«, sage ich.

»Die werden sie einfach abreißen.«

»Aber sie werden sie sehen.«

Mia seufzt. »Ich bin froh, dass ich nicht zurückmuss. Nicht so wirklich, immerhin nur für die Prüfungen. Und dann bin ich hier weg.«

»Wenn du jemanden brauchen solltest, der mit dir geht. Moralische Unterstützung oder so ...« Ich belasse es dabei. Mia nickt.

Worm hatte recht. Diese Schwere, die ich in mir trage wie Felsen in meinem Bauch, es gibt einen Grund dafür, dass sich das seit drei Wochen hält. Es ist keine falsch interpretierte Schuld des Überlebenden oder der Schrecken von Clara erwischt zu werden. Nee, es ist Schuld. Ich bin schuldig.

Habe ich ihn dazu angetrieben? Hat er gedacht, dass er und ich gleich waren? Natürlich dachte er das, weil ich ihm nie etwas anderes erzählt habe.

Worm hat nicht verstanden oder nicht daran geglaubt, dass das, was wir sagten und gemacht haben, eine Bedeutung hatte. Er dachte, weil wir da alle zusammen drin waren, wäre es nicht ganz so schlimm. Aber es hatte Bedeutung. Und das ist der Gedanke, der gegen meinen Kopf hämmerte, die Sorge, die mich nicht mehr verlässt.

Die Poster geben mir Ruhe.

Wenn die Leute sehen, was Anthony geschrieben hat, vielleicht ist der Sprung dann geringer, auch zu glauben, was er getan hat. Wenn die anderen Jungs ihre Worte überall an der Schule sehen und auf den Handys anderer Leute, klickt es vielleicht endgültig im Kopf, was wir da getan haben.

Was meinen eigenen Anteil der Repressalien angeht, die hoffentlich kommen? Ehrlich gesagt, hab ich ziemlich schiss.

Unglaubliche Angst vor der Aufmerksamkeit, die ich nicht kontrollieren kann und davor, was Leute sagen werden, die diese Nachrichten sehen und dann mich. Es wäre einfach, sich zu verstecken und darauf zu warten, dass die Leute vergessen, dass ich je mit Anthony Mansbridge befreundet war, ohne dass sie jemals das Schlimmste erfahren. Aber ich glaube inzwischen, man kann eben falsche Entscheidungen nur bei sich selbst korrigieren.

Na dann, was dich nicht tötet, macht dich stärker, schätze ich. Nietzsche hat das gesagt, kluger alter Bastard.

Die Poster starten durch. Nicht auf eine virale Art, nicht auf diese Weise. Man stelle sich vor, wie es irgendwie total überschwappt und junge Männer im ganzen Land dazu bringt, sich zu öffnen und ihr Verhalten zu überdenken – nein, das passiert nicht. Ich bin nicht der Typ, dem das passiert. Und in meinen egoistischen Punkten bin ich auch darüber auch erleichtert. Es muss nicht die ganze Welt von meinen Fehlern wissen.

Aber Leute sehen sie. Schüler, Lehrer. Das ist ein Anfang. Mehr Leute haben Geschichten von Anthony. Nicht so schlimm wie Mia, aber schlimm. Zeug, von dem ich nichts wusste, und Zeug, das mir bekannt vorkam. Ich schäme mich jedes Mal aufs Neue, mich daran zu erinnern, was für ein Arschloch ich war, was ich übersehen, worüber ich gelacht habe, den Schaden, den ich angerichtet habe. Aber es ist gut, nicht zu vergessen. Gut, dass es klar bleibt.

Der einzige Junge, der gut weggekommen ist, war Jay. Als Mia und ich den Gruppenchat durchgingen, stach Jay als einzig guter Kerl heraus. Eine einsame Stimme, die darauf hinwies, wenn Grenzen überschritten wurden. Das war ein Tritt in die Magengrube; man stelle sich vor, wie es hätte sein können, wenn jemand damals schon auf Jays Seite gewesen wäre. Aber auch wenn er ein netter Kerl ist, muss ich ihn nicht mögen. Er hat sein Happy End sowieso bekommen: Er und Genni sind inzwischen unzertrennlich.

Ich dachte an diesen Freitag mehr, als gut für mich ist. Am Ende weiß ich gar nicht, ob ich Barnes Schlüssel gefunden habe oder einfach Glück hatte. Ich bin nicht zufrieden mit den Entscheidungen, die ich getroffen habe, aber vielleicht waren das die besten, die ich an diesem Tag treffen konnte. Ich lebe sowieso mit ihnen.
 Das andere womit ich leben muss, ist, niemals Bescheid zu wissen. Dieser Freitag. War es Clara die ganze Zeit oder Anthony oder Mia? War es Mum?
 Vielleicht liege ich falsch mit Tod und Seelen und Gott und dem Ganzen.

Vielleicht hat Mum runtergeschaut, von wo auch immer sie gelandet ist, mit wachsamen Augen, und hat mitbekommen, wie hoffnungslos ich alles verkackt habe. Vielleicht war an diesem Freitag ihre Hand auf meiner Schulter. Das würde ich gerne glauben. Aber ich hab ihre Teilchen fliegen und abstürzen und sich auflösen sehen und ich geh davon aus, dass sie weg ist. In Stein würde ich das allerdings nicht meißeln.
 Vielleicht war meine ganze Tortur nur ein zufälliger Rülpser des Universums. Je weiter er weg ist, desto weniger real wirkt es. Meine Erinnerungen brechen auf und werfen Blasen und weiche Haut wächst darüber nach, löscht all die Teile aus, die keinen Sinn ergeben. Ich schätze, in ein paar Monaten habe ich das Ganze vergessen. Irgendwelche Resterinnerun-

gen werde ich dann mit Käse und einem Horrorfilm erklären. Tage wiederholen sich nicht, Spence, du Idiot.

Es gab Abschiede. Anthony, Clara, Bee, Worm. Manche habe ich kommen sehen und manche haben mir den Boden unter den Füßen weggezogen. Sie taten weh. Selbst diejenigen, die langsam gehen, wie der verdammte Worm, dieser schräge, rätselhafte Idiot. Ich wette darauf, dass ich in sechs Monaten aufwache und einen plötzlichen Stich von Reue fühle, dass wir keinen Kontakt mehr hatten. Ich werde darüber nachdenken, ihm eine Nachricht zu schicken, um herauszufinden, wo er gelandet ist, oder um ihm zu sagen, dass das mit den sterbenden Sternen nur ein Mythos ist.

Als ich an einem weiteren Freitagmorgen auf den Schulparkplatz einbiege, sind meine Augen von einer dunklen Ecke angezogen. Ein schäbiger roter Micra steht dort unter den Bäumen, sicherlich, um am Ende des Tages voller Baumteilchen und Vogelscheiße zu sein.

Ich bin raus aus meiner Tür und gehe hinter dem Heck vorbei, als auf der anderen Seite Lana aus einem kleinen lila Auto hüpft.

»Du hast deinen Test bestanden?«, frage ich. »Gute Sache. Gerade so durchgekommen vor der Uni.«

Sie knallt ihre Tür zu und schießt mir böse Blicke zu. Stampft ohne ein Wort davon. Na ja, okay. Manche Leute haben gewisse Gefühle wegen der Poster. Auch gut.

Clara bestimmt auch, aber ich habe nie etwas von ihr gehört. Passt schon. Clara und ich, das sollte niemals sein. Nicht, wenn ich eine Woche Freitage brauche, um überhaupt mit ihr zu reden, ohne es alles zu versauen.

Ich gehe trotzdem in die Richtung ihres Micra, vielleicht

weil ich hoffnungsvoll bin – was denn? Die welligen roten Krater auf ihrer Stoßstange streicheln? Geheime Botschaften auf ihrem Nummernschild entziffern? Zu meinem Glück habe ich sie bereits gesehen, bevor ich mich entscheide, was für eine Art komischer Kauz ich sein möchte. Sie ist halb auf dem Rücksitz, mit einem Bein auf dem Asphalt.

»Ey, bist du in das Auto hier reingefahren?«, sage ich und blinzle den schwarzen Clio neben ihr an, betrachte die unbeschädigte Oberfläche, Finger am Kinn. Clara windet sich aus dem Auto.

»Ich bin dir tatsächlich niemals reingefahren.« Arme verschränkt auf der Brust.

»Hab gefühlt, wie es sich bewegt.«

»Ach hast du das?«, fragt sie affektiert. »Weißt du, wäre ich du könnte ich bestimmt einen furchtbaren Witz passend zur Situation finden.«

»Erdbeben? Gott, bin ich lustig«, sage ich. »Wärest du ich, wärst du mir aber nicht reingefahren, weil ich parken kann.«

»Na ja, wäre ich du, hätte ich den Witz wahrscheinlich in zehn Minuten gemacht, um vorher darüber nachzudenken ...« Als sie aufhört, zieht sich ihr Mund an einer Seite hoch und ihr Grübchen taucht neben der blauen Sommersprosse auf. Sie beugt sich wieder in ihr Auto, kommt mit einer Kiste unter dem Arm wieder hervor, die Seiten davon ausgebeult von Kunstmaterial.

Ich wünschte, ich hätte Clara in meinem Leben halten können. Nicht auf diese Weise, nicht wirklich. Sie wird bald genug die Stadt verlassen zu irgendeiner Kunstschule und ich lande sonst wo. Aber wir hätten befreundet sein können. Manchmal reden. Zu diesem Konzert mit Hannah gehen. Ich wünschte, ich hätte Gitarre spielen können und Clara zuhören, wie sie mich mit Worten begleitet, die ihrer Fantasie entsprungenen und mit absoluter Überzeugung gesungen sind.

»Weißt du«, sagt Clara. »Der Wagen war schon so, als ich ihn gekauft habe. Supergünstig.«

»Sieht aus, als hätte er jede Menge Scheiß mitgemacht.«

»Haben wir das nicht alle? Er läuft allerdings recht gut.«

»Passt sowieso, Hart, mach dir keine Sorgen, weil du nicht einparken kannst.«

»Das ist sehr gnädig.« Claras Augenbraue dellt sich, als ich, ihr in einem Anflug von Ritterlichkeit den Karton aus den Armen nehme. »Ich hab dich nicht nach deiner Hilfe gefragt, vielen Dank auch.« Mit letztem Ruck befreit sie die Kiste und legt ein Knie darunter, um ihre Position zu stabilisieren. Sie starrt über die Oberkante, Pinsel kitzeln ihr Kinn. «Ich kann natürlich einparken, aber habe auch meine Fehler«, sage ich, um auszugleichen.

»Ach wirklich?«

»Ja, zum Beispiel ... weiß nicht. Schlechtes Urteilsvermögen von Persönlichkeiten? Mangel an Rückgrat? Generelles Arschloch? Da gibt's eine gute Auswahl.«

»Oh, sind wir nun ein Märtyrer?« Sie macht einen Schritt zurück und dreht sich wieder. »Ich gehe davon aus, ein klein bisschen Rückgrat brauchte es, um diese Nachrichten zu teilen.«

»Du hast davon gehört.« Das ist keine Frage, aber sie nickt trotzdem. »Wie ist denn das an die Öffentlichkeit geraten?«

»Mia hat es mir erzählt. Irgendein Versuch, dein Image zu verbessern? Sie ist da wirklich sehr nett. Und Vergebungsvoll, scheint mir.« Clara zuckt die Schultern und ich bin sehr zufrieden, dass sie auf Mias Seite ist. »Es macht dich aber zu keinem Helden, das weißt du? Ich glaube, du bist wahrscheinlich zurück auf ›Akzeptabler Mensch‹-Level.«

Das nehme ich verdammt gerne an.

»Jay ist gut dabei weggekommen«, sage ich.

Clara schnaubt. »Ich glaube, es gibt ein echtes Risiko, dass keines der Mädchen hier jemals wieder glaubt, dass irgendwelche Jungs in Ordnung sind. Den Scheiß, den wir mit euch aushalten mussten, Herrgott, du kannst es dir echt nicht vorstellen.«

Ich presse die Lippen fest zusammen. Ich möchte etwas sagen, aber ich bin mir nicht sicher, wie ich sie überzeugen soll, dass ich das jetzt wirklich ernst meine: »Es war nicht mutig, weißt du? Mia ist die Mutige, auch wenn sie mir dafür die Haut abziehen würde, wenn ich das sagte. Und die Poster, das Konto, die Nachrichten: Wäre besser, wenn nichts davon jemals existiert hätte.« Ich halte meine Stimme sehr ernst. »Und es tut mir so verdammt leid.«

Clara schaut mich genau an. Für einen Moment mochte sie kurz davor gewesen sein, mich wieder anzuklagen für mein Selbstmitleid oder, weil ich es übertrieben hatte oder irgendeine andere Weise, wie mein Verhalten interpretiert werden könnte. Und ich hasse den Gedanken, aber ich belasse es dabei, alles.

Clara nickt, verlagert die Kiste und schreitet davon. Ich sehe zu, wie sie weggeht, und bekämpfe den Drang, ihr nachzurufen oder sie einzuholen. Das hier, schließlich, ist das wirkliche Ende für uns.

Clara hält nach wenigen Metern an und dreht sich um, unbeholfen wegen des Gewichts in ihren Armen. Mein Herz hüpft. Sie sagt: »Hast du vor, nur dort rumzustehen? Hast du keine Prüfung oder so was?«

Ich hole sie ein, frage: »Redest du noch mit mir?« Und bemerke einen Moment zu spät, dass es alles falsch ist. Ist nicht sie normalerweise die Unsichere? Ich habe heute ihren Text. Ihr Knöchel verdreht sich und sie stolpert, ich fange sie und sie klammert sich an ihre Materialkiste.

Sie sagt: »Du wirkst so, als könntest du ein Gespräch brauchen. Nach der Prüfung vielleicht?« Wir halten an. Sie sieht mich an, sieht mich und all die Macken und Fehlschläge an und ein paar der schlimmsten Fehler, die ich je begangen habe. Und die Versuchung ist da, hinten in meiner Kehle, ein dicker Klumpen Stolz möchte, dass ich ihr sage, dass es mir gut geht; niemals besser, nicht wahr?

Aber ich schlucke all die blöden Sprüche zusammen mit dem Klos runter und meine Stimme wird brüchig, als ich sage: »Ja, in der Tat. Ja, red weiter.«